刺客信条：英灵殿
白马之剑

［美］艾尔莎·顺内松 著
夏青 孔颖 译

NEWSTAR PRESS
新｜星｜出｜版｜社

# 刺客信条：英灵殿
## 白马之剑

"艾尔莎·顺内松轻而易举地将《刺客信条》的主题与历史、异教信仰和亚瑟王传说编织在一起，创作了一个引人入胜的故事，讲述一个女人为保卫她的人民而战。顺内松对《刺客信条》世界的演绎令人耳目一新，妮芙是一个充满矛盾、无所畏惧、引人共鸣的划时代女英雄。"

卡琳·蒂德贝克，克劳福德奖得主，<br>世界奇幻奖决赛入围者，《贾格纳》作者

"这是对《刺客信条》正史的华丽补充，将这个丰富多彩的故事与其他众多故事交织在一起的坚韧金线。顺内松奉上了一份宝藏，奖励细心的读者与专注的玩家。"

梅格·埃利森，轨迹奖与菲利普·K.迪克奖获奖作家

"一本有趣的读物，令人惊叹，感觉就像是在游玩《刺客信条：英灵殿》的一个章节。很好地扩展了游戏的世界观，读者一定会喜欢以新的方式与老朋友们见面。"

C.L.克拉克，《牢不可破》作者

"《白马之剑》将读者直接带回到游戏中，开始一场不间断的卓越冒险，其中有令人眼花缭乱的动作、杰出的女主人公，以及如刀锋般紧凑锐利的故事。我愿意追随阿盖尔的妮芙到任何地方。"

凯伦·奥斯本，《记忆建筑师》作者

献给戴，是戴让我重新拿起了剑。
盲女剑客们团结一致。

# 序 幕

妮芙跟着她必将背叛的男人跋涉上山，家乡崎岖陡峭的景色迎面而来。他们把马匹留在哈德良长城，带着它们越过边界进入喀里多尼亚风险太大。前方的道路只能步行，妮芙心里知道，他们这样走得越远，她的同伴就会愈加虚弱。她有些担心男人会体力不支，但她的忠诚毋庸置疑。

她有点想要建议他们冒险再偷两匹马，免得耽误海什木恢复身体。但两个陌生人骑马经过喀里多尼亚的这片地区，会比两个徒步的旅行者更加可疑，而且海什木这一路上不顾一切地赶马前行，实在过于急迫。妮芙不知道他身上究竟发生了什么，让他的身体变得如此虚弱，但这已经足以让他长时间滞留在雷文斯索普，甚至早在她认识他之前。正因如此，妮芙曾经试过说服他让她独自进行这趟旅行。毕竟，如果没有他那双警觉的眼睛盯着她，分析她的一言一行，一举一动，看透她脸上的每一个想法，事情就简单多了。这一路北行并不轻松，她一直小心翼翼，睡觉时离他越远越好，以防万一在梦中说错话。

她不明白他为什么坚持要带着伤跟她到这么远的北方来。雨水淋湿身体，又没有什么舒适的环境，对于康复毫无益处。狼群袭击，躲避土匪，这还只是暴力威胁。荒原的寒意让她握剑时指节疼痛，而他膝盖上的伤也好不到哪儿去。但他还在坚持。现在，她要付出的代价就是小心谨慎，对他能观察到的东西多一些额外的怀疑。这也意味着她会破坏他们之间的友谊。

可是，如果他累了……如果他走神了……如果他状态不佳，她也许就能在不经意间从这次旅行中得到她需要的东西。至少，要等到她走得足够远，方便她躲进沼泽里，或者说服一些当地人把她藏起来。如果她运气好，这些当地人也没发现她并不是他们期待或者想见的那个人。这可不是个简单的把戏。但她为这样的冒险受过训练，不仅是为她所听命的组织，还有在她家乡的村子里，这都是习以为常的事。人们总是需要有人暗中为他们服务，潜入敌对的村庄获取补给，或者偷回他们的武器。

他们继续在长满青苔的岩石上跋涉，长着大角和红色绒毛的牛看着他们，牛群是他们进入她故乡唯一的目击者。这些牛似乎不太在意他们的出现，不像生活在更南边的狐狸和狼。牛群只是盯着看，嚼着草。它们甚至没有动。

妮芙希望她能真正回家——回到她的村子，回到她的族人身边。她真希望自己没有陷得这么深。她希望自己也能像牛儿们一样安宁，它们站在荒原上吃草，放任自流，自由自在。当然，她的冒险也很精彩，有机会看到自己村子海岸以外的世界。但她已经知晓，冒险是要付出代价的。代价是安全，是友谊，还有她的理智。

她看着海什木走在前面。尽管她比任何人都熟悉这片土地，他还是坚持要当一段时间的领队。

"都到这儿了,你确定不要我来带路吗?"她又喊了一声,这得是第一百次了。

"不。我知道要去哪儿,最好让我先露面。"海什木答道。

就在此时,她看到他犯了一个错。当然,她不会允许他这么做的,这会害他们俩都丢掉性命。

"如果我是你,就不会踩那个地方。"她在旷野上喊道,加快脚步追了上去。

海什木的步伐几乎没有停顿。"没事,只是块苔藓,我们这一路上到处都是苔藓。"

她在心里叹了口气。来自群岛这片地区之外的人总是这么说。他们就是这样在荒野里变成干尸的,他们的尸体后来成了很好的火料。

"那是块沼泽,海什木。你看到的是泥炭。"

气味告诉她眼前的东西究竟是什么。关键不在于地面本身,而在于壤土与腐烂植被的气味,她知道这预示着人们不应该踏足这些地方。

海什木停了下来,稍稍后退了几步,回头看着她。"沼泽?但这里没有水,只有苔藓。"

她点点头,加快脚步走近他,以防他不听她的劝告。她想过他可能会因为她的背叛而死,但没有人应该死于意外踏入被警告要远离的泥炭沼泽。任何人都不应该这样死去,尤其是她欣赏的人。也许村子里的老梅是个例外,她对孩子们太过刻薄,还喝了太多的麦酒,既不理智也不中用。这种人就该死在沼泽里。

如果玛塞拉始终不愿配合,也许她也该死在沼泽里。但是海什木?海什木是个风趣理智的人,他的死应该得到莫里甘的尊重,而不是在死后被人取笑。

她绕过他,用脚尖踩了踩这块棕色和绿色相间的东西,她知道这里承载不了什么重量。她脚下的土地触感松软,并不坚固。"你不能把全身的重量都压上去,但可以试一下。明白吗?"她说着,示意他也来试一试。

他照做了,等他意识到自己差点犯了大错,脸色顿时变得煞白。"看来你的家乡比我想象的还要复杂,我没有独自走这一趟,带你一起来是明智的。"

他说话时面带微笑,妮芙却觉得心里愧疚难当。她一时间有些呼吸困难,甚至都不敢看他一眼,尽管此刻面对他的注视是最重要的。骗子撒谎时是不会把目光移开的。

"我很高兴你让我一起来,虽然我更希望你留在后方,身体也能少遭点罪。这是片艰难的土地,没有多少同情心。"妮芙在地上找到一根棍子,用它戳着沼泽边缘,寻找它的边界,"如果你跟着我,我可以带你走出这里,找到一条更安全的路。"她说着,转身背对着他。她希望自己蜷缩的肩膀不会泄露她的真实意图,以及困扰她的疑虑。

她戴上兜帽,忍住想要转身的冲动,她想告诉他回去,回伦敦去。她想向他坦白自己的计划。她想要坦承一切。但她不能,也不应该这么做。相反,她用棍子戳着地面,确保他们俩都不会意外失足,沦为沼泽的牺牲品,她绝不允许他们以这种最荒谬的方式死去。

"你是个好旅伴。"海什木低语道,他们终于走到了沼泽的另一边。他靠在捡来的棍子上,已经学会了安全的诀窍。"但你很安静。你以前不是这样的。"

她叹了口气。当然,他已经注意到了,随着他们离目标越来越近,开口也变得越来越难。

"回乡的感觉很奇怪。"她慢慢说道,"我以为等我重新回到这里的时候,应该是回村子去休养,那时我可能已经年老体弱。也许是我的尸骨被送回家乡安葬。我没想过我会……"

她该怎么用实话来撒谎呢?

"……带着任务,和别人一起回来。我以为我在这里再也没有意义了。对家乡的记忆是复杂的。它是我最想去的地方,同时也是我最不想去的地方。"

海什木点头表示同意。她看得出来,他也有自己的秘密。他从不谈自己的过去,也不说自己从哪里来。玛塞拉和她见过的其他无形者也是一样。他们把自己的身世笼罩在神秘之中,更喜欢谈论现在,谈论他们的目的。在他们的世界里,最重要的是他们的使命,而不是其他。

他们登上另一座山顶,她望见远处的山谷里升起了烟雾。那是一片营地。也许就是他们要去的地方?尽管海什木对她信任有加,允许她睡在他身边,允许她带路,但说到他们的实际目的地,海什木总是讳莫如深。他不想把确切的地址告诉她。

"海什木,你得告诉我,我们到底要去哪儿。"现在,她有些恼火地对他说。

"就在那里,翻过那座山,朝着烟雾的方向。那就是我们要去的地方。"他证实了她的猜测,海什木绕到她身前,坚持由他亲自带路,至少现在是这样。

妮芙看见她的命运即将降临。她几个月前做出的选择现在就在眼前,她所能做的就是忠于她曾经承诺过的人,而她没有对海什木做出任何承诺。

# 第一章

浪花拍打着海岸，撞击在喀里多尼亚最北端岩石遍地的海滩上。

妮芙坐在一块巨石上俯瞰海浪，一边冥想一边审视冰冷的海水，她把双手轻轻放在膝盖上，敲打着内心深处响起的歌声回荡的节奏。她身旁放着一把剑，久经战阵，破旧不堪，距离触手可及之处并不算远。她双眼半睁半闭，目光轻柔地注视着地平线，但也眼空无物，因为她正在脑海中徜徉，要解放自己的精神，与海洋的能量相接。

太阳缓缓爬上天空，黎明的金色与橙色照亮了海滩。颜色像狐狸尾巴一样的橘色缎带，把她赤褐色的头发编在脑后，远远避开了她的脸。对于剑士来说，这是个实用的解决方案。在内心深处，即使她专注于自己安排的冥想，但与此同时，她也知道在离村子不远的地方发现了劫掠者。如果他们遇到了她，她不仅要保护自己，还要独自保卫整个村庄。这就是她作为这个小镇女巫战士的意义。

因此，她希望能够完全放下这把剑，放下她对周围环境的认知。

如果她能假装这个世界对她没有危险,她就更容易与大地的能量联系起来。她的手指拂过身上穿的深绿色羊毛织物,毛料被裁剪成一件连身裙,衣服左边有一条缝,用来挂剑。阿盖尔的妮芙是永远有所准备的女人,即使是清晨在海边冥想。

等她默默祈祷完后,就被一阵急促的脚步声吸引了注意,妮芙扭头望向她来时抵达水边的小路。她的徒弟在小路上奔跑,因为累脸色通红,这一幕让妮芙十分担心——如果不好好锻炼她的耐力,这姑娘绝对撑不过她的第一场战斗。每走一步,她左手的剑都在颤抖。她的另一只手紧紧攥着某种纸质信笺。妮芙略略想象了一下如果这姑娘绊倒会发生什么,提醒自己要记得和她一起练习正确的出剑速度。毕竟,她应该等到有敌人的时候再拔剑。

过了好久,女孩终于走到她面前,深呼吸,喘着粗气。

"你可以收剑入鞘了,姑娘。"妮芙说,声音很严厉,"这里没有敌人要打,也没有狼群偷袭我们。除非,你是来杀我的?"

妮芙并不习惯扮演导师的角色,从她的嘴里发出训斥自己都感觉很奇怪。但学徒似乎正需要她大发雷霆。如果伯尔迪不小心的话,不切实际的持剑用剑会害死很多人,包括妮芙自己。

妮芙站起身,从巨石上跳下来,与海草丛里的女孩会合。看学徒脸上关切的表情,妮芙就知道有人读过伯尔迪递给她的这封信——这孩子不识字,这是妮芙把徒弟送去接受进一步训练之前必须解决的另一个教育问题。没有识字的本事,在她手底下可出不了师。

"是什么事?"她装作厌烦的样子。女孩过于激动了,也许是觉得信里提到的紧急情况也将她包含在内,她很可能是在设想自己的第一次任务。或许事实就是这样,如果妮芙确实需要帮助的话,但她并不愿意带上一个疯跑起来连自己的剑都顾不上收进鞘里的人……

"女士需要你的建议。"女孩一本正经地说,语气相对生硬,似乎她在来海滩的路上一直在练习这句话。这种正式的措辞大概也是寄信人,或者给她读信的人教她说的。

女士。这种强调的语气意味着一定是那位女士在寻求妮芙的帮助。这世上唯一能在任何时间、任何地点召唤她,而她也绝对有求必应的女士。

只是,虽然妮芙不愿意承认,但她已经累了。她只想待在这里,留在自己的村子里,不想去回应这样的召唤。她感觉自己这一生都在与那些巧取豪夺之辈斗争——无论是劫掠者还是从其他地方来到她们海岸的新来者。她宁愿安安稳稳地待在自己的村子里,做守卫城镇的工作,抵御源源不绝的袭击和伤害,如果女神垂怜,也许还能养育一两个孩子。

但相反,女神似乎在召唤她走上一条不那么平静的道路。诚然,妮芙曾经为这样的命运接受过训练,但她从未真正考虑过自己会走上这条路。当然,这个叫伯尔迪的女孩也没做好准备前往那么遥远的南方,去女士居住的地方,或者任务要求的远方。

妮芙瞥了一眼她的徒弟用颤抖的手递给她的信纸。过了一会儿,她意识到伯尔迪手里拿的不是一张纸,而是两张。第一张纸上的笔迹她并不认识。这些细长潦草的文字是一种她并不完全陌生,但却很难解读的语言。她又在海草和沙丘之间坐下,把信纸凑到眼前。

寄出第一封信件的人正在寻找一个名叫妮妙的老练战士。信中说,她精通剑术,能以狐狸般的隐蔽与蝰蛇般的沉默悄然潜行。写这封信的人想找人见见这位妮妙,因为她注定要加入他们的组织。

那种疲惫感更加强烈了,因为她甚至不用看下一页,就知道女士接下来打算让她做什么。女士想让她扮演这位战士,顶替她的身份。

不知何故，阿瓦隆截获了这条讯息。妮妙永远也不会收到这条消息，她将对这次征召浑然无知。妮芙会顶替她的身份。

伯尔迪告诉她，女士在召唤她。这只意味着一件事：女士不仅要她去突岩，还要让她去伦敦。寻找潜行战士的陌生人在信中明确指出了他们的位置，虽然阿瓦隆写的是密语，但对信笺来源的调查结果却很清楚。妮芙每次南下都会避开那座城市。城市的概念让她从骨子里感到难受。太多的人口。太多的噪音。太多她完全无法想象的东西，因为她在沼泽、湿地与海岸上度过了太长的人生。她了解这片土地，熟悉这里的人，但前往伦敦意味着她可能会一去不返。这是一段足够远的旅程，许多人去了之后就再也没回来。这趟旅行危险重重，妮芙心里清楚，要想安全抵达，她必须使出浑身解数。

她注视着这张历经磨难来到她世界一角的羊皮纸，把它折起来，放在腰间的皮袋里。她开始看第二页，之前的猜测都得到了证实。

这封信是女士亲笔书写，写在妮芙见过最轻的羊皮纸上，墨水里闪耀着小岛的魔力。

女士要她离开家乡，如妮芙预计的那样前往伦敦，搞清楚这些人的来头。为此，她将会顶替妮妙的身份。这些需要潜行人才的无形者究竟是谁？谁需要既能秘密行动又能杀人的人？

女士明确表示，在迷雾之女不知情或未准许的情况下，任何人都不得运营此类组织。因此，她启用了她们最优秀的一名女巫战士，也是她认为唯一能满足这次特殊任务需要的人。阿盖尔的妮芙。女士还指出，她们的名字几乎相同，这对完成任务很有帮助。尽管妮芙清楚她可以为任何任务改名。让她完美适配这一使命的是她的能力，而非她的名字。

即使已经疲惫不堪，即使对面临的旅途心怀恐惧，妮芙对自身的能力同样心知肚明。她为自己能以阿瓦隆之名取得的成就感到骄傲。她知道自己接受训练是为了什么，因为她们在她身上投入了时间、精力和祈祷。这就是她人生的重心，通过剑术与草药技艺探寻侍奉女神之道。这是她命中注定要做的事。所以，尽管她对长途跋涉的路途颇感矛盾，但还是不禁感到一丝自豪。她付出的一切已经足够证明，她有资格去探寻女神的真意。

因此，她会遵从女士的命令，接受这个艰险的任务。

她希望能在水边多花点时间道别，但她的徒弟似乎无法耐心等待。伯尔迪的脚在沙土上拖来拖去，脚尖戳着松软的泥土。她的手指沿着剑柄头的边缘跳舞，尽管她的技术还不达标，但她已经做好了出击的准备。至少这姑娘很渴望表现，这有助于她在这条路上走得更远。

妮芙点点头，站起身来，把第二封信折好放进皮袋里，然后沿着小路向他们的小村庄走去。她没有等她的学徒跟上来，因为她知道女孩会领悟她的意思。

伯尔迪有点跟不上。妮芙的步子迈得又长又快，她轻松地穿过海草，走进环绕她们小家的稀疏树林。女孩在她身后大声喊叫，因为距离太远，妮芙几乎听不清她在说什么。

那孩子又重复了一遍她的请求，妮芙听见她的脚步加快了。她停下来，让伯尔迪绕到她面前，和她说话。她对这姑娘并不是非常满意，但她有权利随时与自己的导师沟通和提问。

"你需要我跟你一起去吗？"伯尔迪屏住呼吸问道。

妮芙看着站在她面前这个脏兮兮的小姑娘，她体格虚弱，瘦骨嶙峋。她想着从阿盖尔一路骑行到麦西亚南部边疆的漫长旅行，想着这一路上孤身一人，只有一匹马的时光。她想着如果身边再多一双眼睛该有多好，当她凝望阴沉的天空，便知道即使她不想带上这孩子，在前方的路上她也需要她的徒弟。或许如果妮芙够聪明、够机敏、够有天赋，就能把这孩子送去阿瓦隆，而不是回归纺毛织线的生活。但伯尔迪并没有表现出足够的判断力，证明她能派上用场。这对妮芙来说是个艰难的决定，因为她知道伯尔迪的未来都掌握在她手中。

北方的生活很艰苦。人们通常都很矮，而且女孩的生活也比男孩更差一些。妮芙之所以过得好，是因为她逃离了家乡，为人生找到了目标和趁手的武器。

如果这女孩能尽展所长，找到她内心的力量，也许这趟离开阿盖尔的旅程就是值得的。如果这能让妮芙的日子过得轻松一些，即便伯尔迪并没有妮芙期望的那么聪明和敏锐……嗯。她会给她这次机会。

"备好两匹马，我们要向南骑行两天，准备好足够的食物，别忘了给你自己找件像样的武器。等我们出发之后，别让我发现你还没准备好。你手里这把不够锋利，马上去找铁匠。"

"那，我现在就去？"

"对，伯尔迪。现在就去。"

急切的女孩点点头，二话没说就匆匆离开了。只剩下妮芙和那两封信，还有她的思绪。

她是这个村落的树篱女巫。她的目标是守护养育她的人民，治愈他们的伤口，帮助他们生儿育女，当危险来临时，尽一切必要的手段保护他们——无论是用刀剑还是草药。她教孩子们如何制作膏药，每天早晨都在海滩上冥想，协调自己沟通大地的能量，了解谁在这里狩猎，谁在暗中潜伏，谁为和平而来。

妮芙凝望森林，和上次离家不同，她不知道这一次她会不会就此一去不返。这片森林了解她，她不想与生她养她的土地失去联系。她的家人都已亡故，世上唯一了解她这一生的，便只剩下这些树和这片土地。

她曾后悔过，年轻时前往阿瓦隆受训学艺，却没有好好告别。在那座神奇的小岛上，她非常想念自己的家乡，是阿瓦隆塑造了她的灵魂，这一次，她希望以更真诚的心荣耀阿瓦隆。

她漫步回到村子里，用新的眼光打量这座村庄。小屋顶着茅草铺的屋顶，灌木刚刚开始挂果。远处传来咩咩的羊叫声，牧羊人正把羊群赶回镇上。远处，女人们在拍打羊毛。村舍里烹饪的香味在茅屋之间飘荡，她再次为自己将要离开她所爱的人们感到遗憾。她走过这一切。她还有另一个地方需要注意。

最后，她来到了自己驻足最久的地方：镇外的石冢，这是她母亲去世后为安放她的遗骨而建的。

她母亲是村里上一代女巫战士，把位置传给了她。妮芙也曾想过，或许有一天她也会有一个女儿，把职责再次传下去，但现在她将要离开，前途未卜。她没想到情况会变成这样。毕竟，当初是她母亲要送她离开的，她坚持认为，为了村民和妮芙自己，她最好的选择就是去阿瓦隆努力学习，掌握尽可能多的知识，接受传承给她的职责，就像她曾经做的那样。

妮芙回想起女士在信里写的话。

你是我们最擅长审时度势的人选。女神已有旨意，这是你命中必行之路。我们选择你担任我们的间谍。

间谍。她从没想过自己还有这样的能力，她拥有战士的本领，女巫的知识，但是间谍？她猜测自己掌握的某些本事是可以通用的，但这对她来说是一个新的挑战。她已经准备好了。

她还记得自己的第一次突袭战。诺斯人来到海岸边，他们试图抢走村子里的一切……但在这偏远的北方，他们也没多少东西能抢。妮芙悄悄穿过混乱的战场，爬上他们带到岸边的长船。她凿沉了长船，让他们别无选择，只能穿过荒原返回他们自己的丹族定居点，回到西边被他们偷走的土地上。他们既没得到食物，也没有新的皮毛。

但这并不是妮芙唯一一次以智取胜。她双手拂过母亲石冢上粗糙的石头，回想起更早之前在阿瓦隆的时光。她离开的时候，母亲曾经告诫过她，要想成为女祭司，光靠顽强是不够的。还需要勇敢。

对于在薄雾笼罩的小岛上学习的女人们，她们需要完成的最后任务中有一项是漫步。这项任务并不是在放满羊群的草地上溜达，也不是沿着宁静的湖滨或河边散步。漫步在漆黑的海岸上进行，受试者要前往传说中属于梅林的山洞。在洞穴里，每个想要侍奉神明与女神的人都必须祈求祝福，才能踏上女巫战士的道路。

妮芙在近乎完全黑暗的海岸上漫步。她光着脚，披头散发。她只能用听觉来判断自己所处的位置，因为天色实在是太暗了。不知为何，天上没有星星闪烁，月亮也处于最黑暗的阶段。即使现在，哪怕她站在家乡的森林里，也能感觉到冰冷的海水在舔舐她的脚踝。她知道走错一步就意味着死亡，但她已经接受了这个代价。她已经接受了将这一使命进行到底的后果。

她抵达洞穴时，里面满是被海水磨得光滑溜圆的石头，她脱下长袍，蹚进淹没洞穴的冰冷海水里。她浸没在咸水中，然后又浮上来，祈求水的祝福。游进那个洞穴需要非凡的勇气，因为她知道，只要海水愿意，她随时都有可能淹死，冻死，或者被海浪冲到岩壁上，迷失方向。

只是，所有这些记忆都无法让她成为一名优秀的间谍。她是一名优秀的女祭司，一名优秀的战士。她曾帮助许多婴儿安全分娩，解决的状况能让一众助产士头皮发麻，但这些都不是一个间谍应有的品质，她并不擅长通过撒谎、偷窃、骗人来得到女士需要的东西。

但如果女士希望她这样做，如果女神希望她这样做，也许她们都在她身上看到了妮芙没有看到的东西。如果这是她命中注定要听从的召唤，那么也许她真的就是她们所认为的那个人。有时候，有必要让最了解你的人告诉你，你能成为什么样的人。她曾经这样相信过女士，在她漫步前往山洞的时候，女士告诉她她已经准备好了，尽管她自己并不十分确信。

踏上前往伦敦的旅程和通向梅林洞穴的路一样危险。

妮芙从皮袋里拿出那两封信，仔细端详。女士非常清楚、直接地表达了她需要妮芙得到什么。她的期望非常明确，而且妮芙也注意到这并不是请求。这是命令。

另一封信则很奇怪。措辞更像是谜语。她默念着这些奇怪的话，想看看它们究竟是什么意思。

我们是藏于阴影之人，在此寻求来自喀里多尼亚北方群岛的妮妙予以信任。我们知道你像狐狸一样狡猾，像蝰蛇一样沉默。你拥有狼的凶猛与兔的速度，同样大有裨益。

我们知道你为何拥有这些能力。如果你想进一步磨炼它们，更好地了解自己，就来泰晤士河边的鹰巢吧。登上我们的阶梯，告诉我们你所知与阴影和黑暗同行的方法。

与阴影同行指的是什么？妮芙很好奇。当然，她曾经花了不少时间学习莫里甘的仪式，怀着敬意夺走生命。她擅长了解阴影世界，但这跟与阴影同行并不完全是一回事。她很好奇这究竟是什么意思。她也想知道什么样的过去会让一个人更适合与阴影同行。

读这封征召信就像是在读她自己身负的传统，然而作者却是个对此了解浮于表面的人。她看得出来，写这封信的人知道她的族人相信人们可以理解周围生命的能量，并且尊重它们。但她并不相信自己可以承载任何生命的灵魂，只能向它们学习，就像她向森林里的其他能量学习一样。

但这并不一定就是坏人的请求。他们或许是在暗中活动，为了达成好的目的。她知道有这种可能，因为当年训练她的人们相信，为了保护向她们寻求指导和支持的人，有时候必须做一些困难的事。她也知道，她受过良好的教育，如果她能与这些陌生人结成联盟，就能教会他们更好地理解她的人民。

她最后又瞥了一眼女士的信，把最后几行读了一遍。

即使你愿意给予他们信任，你仍然必须假装是另一个女人，你不应当告诉他们你代表谁。告诉他们你的身世，不可透露你是迷雾之女。他们可能不知道我们，即使知道，也会因为你是我们的一员而减少对你的信任。运用你的判断力，我们相信你的判断，但我们同样确信，如果他们知道你有我们族群的支持，他们会把你拒之门外。

她将不得不假装自己是另一个人。在某种程度上，她必须否定自己的能力。显然，不管鹰巢里的这些人是谁，他们都不完全是朋友。但如果她有足够的理智说服他们，他们也可以成为朋友。

石冢很小，差不多和她母亲生前一样长，勉强比妮芙高一些，宽度足以保护她母亲的身体，以免乌鸦和其他野兽前来享受盛宴。

妮芙的双手还记得建造石冢的情景，这里每一块粗糙的石头都经过她的手，哪怕只是短暂的经手，因为她在建造时得到过帮助。现在，随着时间流逝，这些石头也被磨得光滑了，岁月让它们的棱角比建造石冢时柔和了许多。她已经很久没来这里了，不是不想来，而是没有时间。自她从阿瓦隆归来，这些年守护村子的责任一直让她忙得不可开交。总有孕妇或生病的孩子需要照顾。有狼群要赶走,有岗哨要支援。在海边的这片树林里,日子过得并不平静。妮芙几乎没有时间哀悼她的母亲,母亲也一定希望她多关心自己的族人,毕竟,妮芙已经接任了村里的女巫战士。

妮芙紧闭双眼,回想她对母亲最后的记忆。

在她准备前往阿瓦隆的时候,母亲就病了。她的身体发热,无论她尝试什么办法,都无法让皮肤降温,也无法阻止汗水从额头滚落。没有草药,什么都不管用。妮芙曾和她吵着不愿离开,但母亲嘱咐妮芙只能等到她的尸体被埋进石冢。一旦安葬结束,她就要立即赶赴阿瓦隆。

妮芙与村落的妇女们一起守夜,她母亲躺在芦苇床上,身上盖着毛皮和毯子保暖,即使她的身体烧得滚烫。母亲去世时她一直握着她的手,他们很快就建好了她的石冢,快到她再没有时间可以耽搁。

前往阿瓦隆的旅途孤独、宁静,满心深思。她已经感受到那份职责从母亲传递到她自己的灵魂,即使她为失去唯一的家人而哀悼,她也知道母亲的灵魂就在她身边,就在她心里。

现在,她的思绪也清明了几分,她意识到天色渐渐暗了下来,太阳在大海的彼端落下。她在这里待了一整天,反复思索这些念头,想要理清自己的位置。

即使是现在,太阳已经落山,她知道母亲的灵魂会指引她前往南方,听从迷雾之女的命令。

在她身后,她能听见远处的鼓声在召唤她,请她在离开前跳最后一支舞。帚石南与大海的气息向她低语,等她醒来,路就在前方。

## 第二章

天一亮，妮芙和伯尔迪就离开了村子。与镇上其他人听说她要离开后的反应不同，妮芙并没有喝太多的麦酒，而是观看了舞蹈，还进去跳了几轮，尽管她知道自己并不只是个村民，很久以前就不是了。她的马美森是从阿瓦隆带回来的一匹漂亮的棕色小公马，妮芙给它套上马鞍，准备向南方远行的时候，美森在她面前轻轻打了个响鼻。

伯尔迪在她身边默默地翻看她们的鞍囊，确认她们有足够的食物和水袋撑到旅行结束。妮芙很清楚，这趟旅行她不想在每个村庄都停下来寻求帮助。她希望在尽可能减少目击者的情况下抵达伦敦。毕竟，这些陌生人想要她与阴影协作。她会尽可能遵守这些规则。

在妮芙终于骑上美森，引导它沿着小路离开她们家的那一刻，她没有回头。她已经下定决心。她不能太过悲伤。尽管她并不想离开，但很有可能，女神会要求妮芙把她作为女巫战士学到的知识，也用到树篱巫术之外的地方。即使这需要时间，女巫战士们最终总会去冒险。

伯尔迪骑得并不快。她这辈子从没离开村子超过一天的骑程。妮芙越过她身边，绕到她徒弟前方领路，她知道伯尔迪心里也在想，她还能不能回到这里，回到她的家。

妮芙无法让她安心，也没法给出一个答案。没人知道这次任务会带来什么结果。只有女神知道，但她并没有把答案告诉她们。

她们还有很长的路要走。这样的旅程难免会让骑手磨破大腿，马匹也会筋疲力尽。为了保护马匹，妮芙通常会在中途换马，从爱波娜的马群里另选一匹借走。这个马群专为阿瓦隆服务，由她们在全岛各地的追随者负责照料，但这些信件让她产生了紧迫感。女士很担忧。岛上出现了陌生人，他们的目的尚不明朗。

伯尔迪加快速度紧跟在她身后，顽强地坚持了下来。她穿的衣服和妮芙差不多，都是实用的马裤，外面套了一条裙子，骑马时可以拉起来盖住臀部。按照指示，她给自己找了一把剑，比她在海滩上挥舞的那把要好一些。

但从第一天的骑行来看，伯尔迪显然还不适应长途旅行的节奏。看她晚上从马上滑下来的样子，妮芙就知道伯尔迪的臀部很痛，而且以这样的速度骑行这么多英里，身子骨早就累得不行了。妮芙已经习惯了，她以前做过这样的长途旅行，但她记得第一次骑行的经历给她带来多大的冲击。第一次骑马去阿瓦隆之后，她的骨头疼了好几天。

随后，她们骑马经过了许多皮克特人的村庄，伯尔迪开始抱怨为什么不能向他们寻求帮助，改善一下条件。妮芙翻了翻白眼，继续往前走，她知道拜访邻居并没有什么好处。如果走错了村子，她们就会沦为俘虏，甚至更糟。

对于伯尔迪酸痛的肌肉，还有她对舒适旅行的需求，妮芙实在无能为力。她们以妮芙认为必要的速度继续前进。直到她们抵达了那道为阻挡她们而建的石墙，妮芙才停了下来。

"这就是喀里多尼亚与麦西亚的分界线。"她转过身，表情严厉地对伯尔迪说。她还记得自己第一次穿越哈德良长城的情景，知道建造长城的目的就是为了把像她这样的人挡在后面。这是一个警告。不要过去，这里不欢迎你们。

"一旦你越过这堵墙，就没有回头路了。"最后，妮芙说道，"至少，我不会陪你回去。"这句话是匆忙补上的，但她知道这是必要的。伯尔迪可能会在去伦敦的半路上觉得自己不适合这种冒险，如果她适应不了，妮芙也无法带她回家。她还有任务要做。

伯尔迪回头望着那片接纳包容她的土地，大声咽了口口水。妮芙看得出女孩在权衡自己的选择，考虑她是否真的有勇气继续下去。

出乎她的意料，尽管伯尔迪看起来脸色有些苍白，精神恍惚，但女孩还是点了点头。

"是的。没问题。我要跟你去。"

这正是妮芙等待已久的回答。妮芙开始带领她沿着长城喀里多尼亚这一侧前进，寻找一个足够宽，能让她们的马匹通过的缺口。她们艰难跋涉了几个小时，但行进的同时，妮芙也有机会好好思考。

离开喀里多尼亚对她来说从来很难。她热爱自己从小养成的习俗，顺应四季、敬畏诸神、关注周围的能量。她不太确定南方的多神教徒如何主持他们的仪式，但她相信自己最终会和他们相处融洽。

真正让她担心的是另外那些人。基督徒想要彻底改变这些岛屿的习俗。丹族人带来了他们自己的魔法和奇特的神灵。新的信仰和新的神灵同古老的习俗混杂在一起，让妮芙十分迷茫。虽然她所熟知的古道并不局限于小村庄，但居住在乡镇与城市的习艺者却遭到了入侵者的积极追杀。

在这里，在喀里多尼亚，至少还能感觉这一切足够遥远，在大多数情况下，她和她的人民依然可以各行其是。他们可以忘记变革正在席卷南方，用前所未闻的神话和故事充斥那片土地。

终于，她们在长城上找到了一个缺口，从里面钻了过去。妮芙环顾四周，提防有卫兵呵斥她们离开或是发动攻击，但没有人发出这样的警告。她深吸一口气，和伯尔迪一起骑马进入麦西亚。

这些北地与喀里多尼亚南部差别不大，因为起初地理环境并没有太大的变化。城墙附近的区域经常发生冲突，等她们离城墙足够远之后，妮芙找到了一条可以捕鱼的河。

伯尔迪负责生火，妮芙准备食物，她们开始安静地吃喝。空气中仍然弥漫着伯尔迪紧张的情绪。

"害怕是正常的。"她们吃完饭后，妮芙说，她自己也很紧张，"恐惧会告诉我们需要聆听哪些声音。我第一次离开阿盖尔的时候就很害怕，第一次去阿瓦隆的时候也很怕。但恐惧无法吞噬你，我看到你在和它抗争。"

伯尔迪盯着她，嘴里咀嚼着最后一点鱼肉。

"这片岛上变化很大……"妮芙四下张望了一番，继续说道，"我们会骑马经过很多丹族人的定居点，他们来自另外一片土地——某个比我们那里更冷的地方。没错，他们中的一些人是我们的敌人，但并非全部都是。还有撒克逊人，也是这样。还有诺曼人、皮克特人……还有除我们之外的其他部族。有些多神教徒对待诸神的方式也和我们有所不同。"她回忆起自己第一次看到某个与丹族人混居的定居点举办的仲夏庆典。"但只要古道得到尊重，这都不是坏事。只要像我们这样的人能够平静地生活就行。"

伯尔迪还是继续盯着她。妮芙希望她能学会尽快开口答话，因为她很清楚，反应不够机敏的人在这世上会活得更加艰难。

"你必须学会尽快开口搭话。"她说道，再次打断了沉默，"你会遇到期待答案的人，他们不会喜欢你的沉默。"

伯尔迪没有说话，她认真思考了很久，但最终，到太阳落山的时候，她才开口。

"我不知道我能不能像你一样勇敢，妮芙。但我会努力的。我想看看我们村子之外的地方，我想能像你现在这样为我们的族人服务。我知道还没有人继承你的位置，我希望我能在你卸任的时候接替你。"

妮芙眯起眼睛看着她。"如果你想像我一样为阿瓦隆效力，那不管她们让你去哪儿，你无论如何都得去。"

"我知道，我相信我会学会的。"

妮芙并不确定她是否该相信这个骨瘦如柴、身体欠佳的女孩能做到这一点。但她愿意让她试试。

这就足够了。


她们继续深入麦西亚，离开了寒冷潮湿的高地，抛下泥炭沼泽和雨水的气息，然后发现自己来到了野生动物出没的森林——这里有狼、狐狸，甚至还有一两只熊。

这期间，妮芙意识到她们经过了丹族人的定居点，她实在无法抑制对他们的怨恨。他们给她的族人带来了太多的伤害，太多的暴力。她知道在这些村庄停留对她来说并不安全，因为如果这些丹族人中有人劫掠过她的村子，他们有可能会认出她。他们会知道她曾经和他们战斗过，曾经凿沉过他们的船，让他们被迫滞留在岸上，在逃命时遭到屠杀。她无法原谅他们。在战场上和她战斗过的人实在太多，重要的是不能让那些昔日的敌人看到她。在前往鹰巢的途中，她不希望引起任何不必要的关注。

妮芙在茂密的树林里发现了一片草地,看起来好像有人在这里扎过营,但已经是很久之前的事了,之前的旅者早已各奔东西。草地够大够开阔,在这里生火也不会对森林造成危险。

"我想你已经学得够多了,今晚就让你做一点侦察的工作。"妮芙对伯尔迪说,指示她去生火,给她们做晚饭。这个机会让伯尔迪面露喜色,她迫不及待地走进树林,检查附近有没有捕食人与动物的掠食者。

等她从视线里消失后,妮芙还是把目光投向了草地周围,她发现了一些不太对劲的东西。空地边缘有些刚磨出的灰烬。这不是什么不祥的东西,但这意味着最近有人在这里睡过觉,比她原本预计的时间近得多。但她记得,很少有人喜欢在树林里长时间休息。人们可能会说是因为树林里有狼,但她知道这是因为树林本身。她能感觉到它们对人类的敌意。

伯尔迪回来了,她穿过妮芙身后的树林,声音响得像头熊。

"你得学会放轻脚步,姑娘。"妮芙说,女孩在努力避免引起注意,但她这样粗心大意实在让人沮丧。总有一天会出问题的。

伯尔迪看着她,满脸羞愧。显然,这不是她希望从导师那里听到的语气。

"周围似乎没有危险。"她说,伯尔迪没有对自己的表现做任何承诺。

"很好。我们今晚在这里休息,明早离开这片树林。"

"这里好吓人。"伯尔迪说,她不自觉地抱起了胳膊。

"森林对我们擅自闯入很生气。这片树林不是给人住的。"妮芙环顾四周高大的松树,纠正她的说法,"我来值第一班……"她开口提议,但伯尔迪激动地摇了摇头。

"女士,你每晚都值第一班。让我来吧。你也需要休息。"

的确,值第一班的人也要值第三班,这意味着在次日漫长的骑行到来之前要少睡一会儿。

"很好。"妮芙不情愿地说,然后她翻身躺在用旅行毛皮打的地铺上,用兜帽遮住眼睛,把自己裹好。她知道有些时候她必须信任伯尔迪,表现她的信心也是让伯尔迪找到自信的一种方式。她没费什么力气就睡着了,留下伯尔迪在她睡觉的时候值夜。

妮芙醒来的时候,阳光明媚。然而,她并没有被伯尔迪温柔的双手唤醒,她应该在破晓前叫醒她,继续她们的旅程。她醒来时看到天空中满是飞翔的鸟儿,头顶飘着略带蓝色的云朵。这是个美丽的早晨,也许有些晚了,但伯尔迪却不见踪影。

妮芙直起身子。那女孩不会抛弃她的。她环顾四周,发现两匹马都还拴在树上,百无聊赖地张望着草地,然后继续大口啃食面前的青草。妮芙扔掉身上的毛皮,一跃而起。

伯尔迪虽然没有受过训练,也不适应在外旅行,但她不会把一个睡梦中的女人独自丢在树林里,任她自生自灭。妮芙知道她不是这样的人。妮芙教过她不能这么做。

能解释眼下情况的可能性只有一种,妮芙的徒弟被人抓走了。妮芙不喜欢其中的寓意:首先,有人悄悄溜进了她的营地,却没有惊醒她;其次,伯尔迪没有想到要喊她;其三,他们没有带走马匹。

这一切意味着敌人并不聪明,她徒弟的处境也很不妙。

妮芙拿起剑,拔出鞘,开始寻找蛛丝马迹,她随即发现了离开营地,前往树林的脚印。首先是伯尔迪的脚印,然后她的脚印消失了,又出现了另外两组脚印。这姑娘肯定是出去巡逻的时候太累了,没留意周围的情况,也可能是伯尔迪听见森林里有动静,跑去调查,却发现敌人数量太多,她一个人应付不了。

妮芙努力保持身体重心平衡,即使她脚步再快,也要尽可能迈出最安静的步伐。她聆听着森林的声音。在她身后,有鸟儿在歌唱,远处还能听到一些野兽的叫声,但在她前方,除了神秘的寂静,什么都听不见。她转过身,朝着那些焦躁的动物们叫唤的方向,开始在森林里搜索。

她溜到树后,在阴影中穿梭跳跃,循着动物的叫声寻找其他人的踪迹。很快,她听见森林里传来男人的声音。妮芙蹲下身子躲起来,蹑手蹑脚地向前移动。

"真的,我们什么都没有,只有两匹马和一点食物。但是我们刚从北方来。我们甚至没有钱。"远处伯尔迪的声音听起来又尖又细,嗓音里夹杂着某种恐惧,妮芙知道恐惧会把伯尔迪送回家。她担心地咬着嘴唇。

这甚至不需要妮芙来做决定。伯尔迪一旦获救就会立即要求回家。妮芙清楚这一点,因为她以前见过其他学徒就以这样的方式失败。这并不可耻。有些人只是还没准备好依靠自己的智慧和剑闯荡世界。看来伯尔迪很可能就是其中之一。

妮芙躲在一丛灌木里,匍匐靠近,她避开撕扯衣服的荆棘,以免惊动躲在另一片灌木里的一窝兔子。

"我只想回家。"伯尔迪哭叫道。

妮芙悄悄走近,这才看清有三个衣不蔽体、食不果腹的男人正围着这个可怜的女孩。他们身上污秽不堪,不像是住在村子里过太平日子的人,倒像是会四处寻找弱势的旅行者,然后毫不留情地抢走他们仅有的一点财产的人。

其中一个人拿着一把锈迹斑斑的刀抵住伯尔迪的喉咙，另一个人耸立在她面前，第三个人负责望风。他的目光扫过妮芙藏身的位置，她只能一动不动。她希望自己能提醒伯尔迪，她身上还有把匕首，她还有办法反击，但这姑娘吓得眼白都翻出来了，下嘴唇也怕得打哆嗦，显然，在她真的受伤，或者妮芙决定干预之前，让这女孩恢复理智是指望不上了。

"告诉我你们的营地在哪儿。"拿着刀个子最高的男人咆哮道，"你撞见了我们，所以你也应该告诉我们你从哪里来。"

"不。听着，你们不会想去那里的——她很危险。让我走吧。就让我回家吧。我保证。我会把身上所有的东西都给你……只要你放开我的手。"

三人逼近伯尔迪，眼神中充满了暴力。如果她的徒弟给不了他们想要的，她知道他们一定会尝试用武力去夺取。妮芙可不想成为这样的导师。她不想让这女孩经历不必要的恐惧。该行动了。

妮芙拔出剑，站在众人边缘。她悄无声息地从灌木丛中站起来，怒视着拘禁她徒弟的人。

"她说得没错，你们不会想跟我交手的。放开那女孩，我可以让你们活着离开。"

妮芙对这女孩并没有太多的热情——毕竟，伯尔迪并没有经过训练，也没有做好准备，妮芙很难把她塑造成自己心目中的女巫战士。这姑娘笨手笨脚、疏忽大意，对周围的环境视而不见。但是，妮芙还是禁不住感到一阵恐惧。如果她没能把握好这一刻，伯尔迪就会死。她心里明白。伯尔迪不应当为此丧命，她只是做了一个相当勇敢的决定，还没有做好准备就离开了村子。也许伯尔迪的某些过失也应该归咎于自己——她本该指导她、训练她，并且培养她。所以，即使妮芙充其量只是个不情愿的导师,她也不愿意让这女孩在她的监护下死去。

"我知道怎么用这武器。"妮芙威胁道,她走近了一步,"我知道怎么让你们痛苦。我知道怎么送你们去见乌鸦女士。你们不会想要这些的,所以离开这女孩,只要她安然无恙,你们也可以毫发无损地离开。"

伯尔迪脸上毫无血色。她已经吓坏了,但看见妮芙完整的一面,作为一个女人,却知晓如何用言辞让这些男人后悔他们的选择,这似乎比袭击她的人更让她害怕。

通常,妮芙会直接杀了他们,但她看得出来,伯尔迪承受不了这样近距离的死亡体验,鲜血淋身会毁了这女孩,就像这次遭遇一样糟糕。真出了这种事,她就再也回不去了——再也回不了村子了。

树林里,鸟儿在鸣叫,狐狸在嘶吼,男人们瞪大眼睛,权衡着自己的选择。等他们看清她持剑的姿势,长剑的重量,挂在背上的弓,还有旁边箭筒里数不清的箭,沉默也拉长了。

"这片森林不欢迎我们任何人待在这里。"她说,事实也的确如此,她能感觉到树木在不满地看着他们,"如果我们在这里逗留太久,会有坏事降临在我们所有人身上。"

哪怕在说话的时候,她的目光也在对手身上游移。妮芙个头比他们小,而且他们人数更多。这些男人看到了数量的优势,在技巧上却处于劣势。妮芙清楚接下来会发生什么并不取决于她自己。她知道自己握剑的方式很有威慑力,但如果他们不够聪明,意识不到她的武力有多强,那么无论她怎么做,都会以灾难收场。

先动手的是那个一口烂牙的高个子男人。他把斧子举过头顶,用力劈下,有力的臂膀知道自己在做什么——尽管实在没什么技巧。妮芙躲到一边,闪过了这一击——她觉得自己的剑也吃不住这一下。

伯尔迪吓得尖叫起来。妮芙对她发出嘘声,无声地暗示她尽快离开。

个子第二高的男人没有头发,头皮在阳光下闪闪发亮,他也上前攻击,留下最后一人看住伯尔迪。

"拿起你的刀,姑娘!"妮芙大喊道,但她没有时间与女孩交流,提醒她刀在哪儿。大喊一声已经足够了。

说完,她猛冲出去,向外挥剑,整个人绕到光头男子身侧,他挥剑打向她的头部,而她的剑已经砍进了他身体右侧。他的剑还没来得及碰到她的身体,妮芙向前一扑,撞进他怀里,再用肩膀一推,把光头男子顶翻在地,被剑砍伤的男人发出惨叫。

个子最小的男人仍然用匕首抵着伯尔迪的喉咙——不过他和她的徒弟一样,似乎并没有血性投入战斗。他盯着妮芙,看她敢不敢再靠近一点,脸上露出一丝奸笑。

她迅速转身,举起剑勉强挡住了第一个袭击者当头砸下的斧子。她感觉这一击贯穿了她的全身,疼痛如闪电般冲过她的脊柱,让她痛叫出声。但神奇的是,她的剑受到冲击后只是颤抖了一下。

她没有屈服于疼痛,而是趁他的斧头准备再次挥砍的时机,挥剑直接砍向他的腹部,把他伤得不轻,斧子也从他手里掉到了地上。她转身看着最后那个男人,他的匕首还抵在伯尔迪喉咙上。

他显然对这样的互动毫无准备。他们的目光刚一接触,匕首就从他手里掉了下来,她举起手里沾满鲜血的剑。

他跑进森林,发出的声音足以吸引方圆几英里内所有的掠食者,如果它们没有先闻到他同胞的血腥味的话。

伯尔迪似乎没有意识到她已经自由了。她一动不动地站在被拘押的地方,盯着妮芙,显然她的思维已经与现实脱节了。不过,等她终于反应过来,伯尔迪冲向妮芙,双臂紧紧地抱住了她。

她们站在森林中央,伯尔迪搂着妮芙以求安慰,妮芙审视四周,提防这些男人突然杀个回马枪，让她们陷入防御与攻击两难的脆弱境地。最后，她收回目光，直视她徒弟的眼睛。

没等伯尔迪说话，妮芙先开口了。"我能给你最好的选择，姑娘，就是让你回家。你还没准备好上路旅行，没准备好面对强盗，面对其他阻挡我去路的人。你最好的选择是离开，记住你还没准备好去看更广阔的世界。回家告诉他们，你跟我走了一半，是我让你回去的。随你怎么决定，但我向你发誓，总有一天你会准备好的。"

伯尔迪看起来好像要哭了，但还是把情绪咽了回去，她深吸一口气，让自己冷静下来。"我想我不适合暴力，女士。"说出这句话对女孩并不轻松，她显然认为这是失败。

但妮芙不这么看——她认为这是一种自知之明——女孩已经明白她不适合这种生活。

"安全回家吧，伯尔迪。告诉我们的族人，如果可以的话，我会从阿瓦隆派一个新的女巫战士给他们。如果不行，等我的任务完成后，我会亲自回来。"

当然，她没法保证自己一定会回去。但她可以保证，她的家乡不会长期没有保卫者。至少这一点她能做到。如果有必要，她会写信向女士本人提出要求。

早上，伯尔迪独自启程，妮芙祈求女神保佑这个女孩——她希望她能回到平静的生活中去，那才是她命中注定的生活。对妮芙来说理所应当的生活并不适合她，那样的生活会带来战斗，而妮芙发现危险让她着迷，而非害怕。

她骑上自己的马，走出这片在她看来与人类毫无瓜葛的森林，前往伦敦。

# 第三章

妮芙从没见过像伦敦这样的地方。她的世界非常小——哪怕是在迷雾之女学习训练的地方也不大，当然，那里足足聚集了数百名女子，但也只是在一个薄雾笼罩的湖中心的小岛上。远离……这样的地方。

这是个臭气熏天、肮脏邋遢的地方，城里的路面被太多双脚踩踏过。人们大声喧哗，说着她听不懂的语言，穿着她不认识的衣服。妮芙也不确定自己是否真的愿意待在这里，更不用说去鹰巢结识些新朋友，再和他们一起共事。但她还是找回了自信，按照信中的指示，穿过一条商铺林立的街道、一座繁忙的集市、一串连绵的房屋，最后沿着另一条小巷来到一片大多空荡荡的建筑群。她把美森拴在这里，距离信中让她去的地方不远。她希望自己没找错位置，不然她就要在这座可怕的城市里弄丢她最好也是唯一的一匹马了——这地方让人感觉很容易迷路。看上去有些建筑里堆满了商人的货物，或者用来存放船只，但这里并不是个活跃的街区，总有种荒凉的感觉。她穿过几条街道，没看到一个孤魂野鬼，最后她来到一扇门前，门上画着一个鹰头的侧影。

她推开门，心里七上八下。也许这是个陷阱。也许他们想把那个妮妙引到这里杀死。也许是为了把她弄到这里对她严刑拷打。她心中满是疑虑。她应该待在家乡，留在她母亲长眠的地方。她应该找个可以托付终身的男人生儿育女。但相反，她来到了这里。

她能听见上方有人在低声说话。她蹑手蹑脚地爬上楼梯，手轻轻地摸着腰间的剑柄头。她默默地祈祷，祈求女神保佑。祈求所有愿意聆听的神灵保护她的安全，她登上楼梯，去见把她召唤到这个秘密地点的陌生人。

进门后，她看到两个人挤在角落里的一张小桌子旁，不远处有一堵军备墙，上面挂满了剑和其他战斗工具。墙上有一组弓，每张弓的力量都比上一张更强，旁边还挂着专门用来射穿盔甲和靴子的箭。所有这些武器都不是为狩猎动物设计的，它们每一件都是为杀人而造的。

这一幕让她停下了脚步，心里更加忐忑。这些人绝不是善茬。

正在谈话的一男一女也注意到了她。两人脸上写满了审视，他们不仅想知道她究竟是谁，还在想该用什么语言和语气来称呼她。

"我收到了你们的信。"妮芙终于开口道，她希望自己开了个好头，"我遵照指示来到这里，来看看我是否符合你们的要求。"

男人留着胡子。他穿着一件带兜帽的浅色束腰外衣，身上系了一套挂着武器的皮质背带。他看上去与她以前见过的任何人都很不一样，黑色的头发，深棕色的眼睛，还有一只倾斜的鼻子。他对面是一位年轻女子，一头乌黑的长发扎成了辫子。她穿着一套看起来像是来自罗马的衣服，但面料显然是布列塔尼的——这是一个逗留过久的罗马女人。

"至少她剑握得不错。"那女人对她的同伴嘀咕道。她声音里的轻蔑,妮芙听得一清二楚。这位女士对她的到来并不像那位男士那么兴奋。"也许你的策略奏效了,海什木。"

那个男人——海什木——站了起来。"你收到了我们的信。"他听起来很兴奋,"没错。我们在找你。你是妮妙,对吗?"

来了,她必须谨慎小心。这个名字非常接近,她可以冒充妮妙,但她必须尽可能把自己当成他们要找的那个人。

"其实我叫妮芙。"她尽量说得轻描淡写,希望他们把这当作一个常见的错误。

"我不熟悉喀里多尼亚人的名字。"男人承认了错误,"抱歉。"

妮芙知道她没法说清是谁让她来的、她来自哪里,只能说她是喀里多尼亚人。即使这样也有风险。不是每个人都喜欢皮克特人,或者其他来自她家乡地区的族群;也并非所有南方人都清楚其中的区别。这一点对她有利。当然,她必须假装成另一个女人……一个她完全一无所知的女人。

"我是阿盖尔的妮芙。"她重复了一遍,回想着女士嘱咐她要透露的事和要隐瞒的事。她不能再说更多了,这让她很苦恼。她为自己的身份和出身而自豪。但她必须搞清楚,为什么这位妮妙会被邀请前来受训。

"我是海什木。我最近从君士坦丁堡来,但近期大部分时间都待在雷文斯索普。你知道这个地方吗?"

妮芙摇了摇头。她从未离开过群岛。她听说过君士坦丁堡这样的地方,但了解不多,不足以参与深入讨论。

"我能问一下为什么要我来这儿吗?"她开口道,希望能得到更多的信息。没有细节,她几乎无法与这个男人交谈。

"我们邀请你来,是因为你的祖先也曾是我们团体的一员。我们以各位祖先的方式训练大家,让他们能够继承前人的事业。基于我们对你的了解,我们相信你能很好地完成这项工作。"他仔细地看着她,似乎希望她能对他的话有所反应。

妮芙喜欢他的声音。他的口音很悦耳,不像她从某些来自异国他乡的人那里听到的其他口音。但她对海什木揭露的内情并没有什么特别的反应,因为他说的并不是她真正的祖先。

黑发女人依旧坐在桌边。"我是玛塞拉。罗马人。我是伦敦据点的首领。你最终必须让我满意。"玛塞拉的声音很刺耳。妮芙觉得这大概是她的性格使然,并不是她真正的声音。

她瞥了一眼窗外的河——那是泰晤士河,她心想——然后磕磕巴巴地讲起了自己的故事。给她一只兔子让她去追踪,或者随时派她去杀劫掠者,这都不难。但她没有受过间谍技巧的训练。在了解这些无形者是否知晓阿瓦隆之前,她不认为提到她们是明智的——即便他们知道,也难免众说纷纭。有些人觉得迷雾之女是个麻烦,因为她们让女性脱离了作为妻子和母亲的正当角色。基督徒认为她们是女巫。说句公道话……她们的确是,但教会对女巫很有意见。她不知道海什木和玛塞拉是不是基督徒,或者多神教徒,还是什么其他她从没听说过的教徒。最好含糊其辞。但同时也要实话实说。

"村里的妇女训练我草药医术,但因为维京人的袭击,我主要是学会了用剑。我研究四季,遵循古道,因为我受的教育认为这对土地有好处。"

"有趣。你基本上是自学成才。"玛塞拉回过头来继续喝酒,"海什木的小实验全看他自己,他要接触外人我管不着,我得承认,我一直很好奇他是不是真的能挖出点什么。但你要知道:如果你留下来,你要向我报告,而不是向他。"

"自学成才并不一定不受欢迎,玛塞拉。"海什木答道,他眯起眼睛,没有理会玛塞拉的暗示,后者的言外之意就是他还不够优秀,还轮不到他来告诉从这个组织里出来的人该做什么、该去哪里。

"我受过良好的训练,足够保护我自己和我的族人。"妮芙说,她感觉自己的脸颊发红,想要为自己辩解。她不是自学成才的女剑士。阿瓦隆训练了她,也造就了她。但她必须忍受玛塞拉的看法,才能隐藏自己真正的意图,瞒天过海,"罗马人、丹族人……我们的某些皮克特邻居……没有足够的食物分给所有人,也没有足够的温暖捱过冬天。有时候在隆冬时节,我们会为了争夺一切大打出手。"妮芙的确需要为她自己和族人的生存而战。当然,撇开她是怎么做到的不提也很合理。

"谁跟罗马人没点过节呢?"海什木哼了一声,拿起酒壶喝了一口。玛塞拉退缩了几分。妮芙琢磨着,看来他们并不完全合得来,了解这一点对她有利。

"你参加过战斗吗?"玛塞拉问道。

她当然参加过。毕竟她带着一把剑。而且她住在喀里多尼亚。来自这里的人要混出头就不可能没有战斗经验。过去这几年所有人都过得很艰难。"参加过很多次。"妮芙答道,她知道玛塞拉会很难相处,而且旅途劳顿让她感觉过于疲惫,没法在她面前保持警惕,"我骑马走了很远的路——我一直睡在森林里,实在没办法放松。如果你们能给我找点芦苇让我休息,再给我一点食物,我很乐意在早上回答你更多的问题。"长途旅行让她筋疲力尽,在这种情况下,她不可能做出最好的决定,尤其是玛塞拉正以一种通常用来观察毒蛇的态度盯着她。

"阁楼上有张床,我们有足够的食物可以分享。"海什木说,没等玛塞拉开口就打断了她的话。妮芙感觉这个女人对谁能睡在这里比海什木严格得多。妮芙给了他一个疲惫而感激的微笑。玛塞拉似乎很不高兴，妮芙不知道这两位陌生人之间的不和会不会给她的任务带来麻烦。她了解到这个组织内部已经存在紧张关系，这件事值得注意。

妮芙吃饱喝足，然后被指引着爬上一个陡峭狭窄的梯子，来到一间阁楼。芦苇床很干净，窗外就是河，她可以听到人们划桨经过。不远处传来酒馆里飘荡的音乐声，比她离开的村子喧闹得多。

她想家了。她想念大海的宁静，想念族人们的平和安宁。这里的语言严厉刺耳，不如她的语言美丽。

但等她开始重复自己要讲述的故事，一路南下的疲惫也渐渐压倒了她。她是一名树篱女巫——因此她知道如何使用草药、怎么给孩子接生，怎样编织咒语。她师从一位剑术大师——这位大师四处游历，所以她根本不知道他叫什么名字。她还经历过足够多的突袭队伍，故而知晓她有完全的自信驾驭手中的刀剑。很快，她会尽可能收集所有关于这些无形者的信息，了解他们来到这片土地传播使命的真正目的。无论那是什么。

确认自己已经有所进展，她渐渐沉入梦乡，女神也会为她的顺从微笑。

## 第四章

早晨,妮芙在伦敦陌生的街道上闲逛,身边无人看管。她醒得比玛塞拉和海什木都早,只想花点时间熟悉这座城市。这是个陌生的地方,但她心里清楚,为了完成交托给她的任务,她必须尽快适应这种混乱。她沉浸在繁忙的街道上,呼吸所有可怕的气味。泰晤士河距离据点只有一小段路,这里与世界上其他地方紧密相连,妮芙也想看看她能在那里发现些什么。

每次经过一大群人身边,她都会绷紧身体,她不习惯在一个地方看到这么多人。尤其是她从未见过这么多男人——他们声音低沉、粗犷,说着她从未听过的各种语言。她在村外就没怎么和男性相处过。她不信任他们。海什木似乎还不错——至少他不像潜伏在伦敦街头的某些人那么热情。

听到这么多新的语言,看到这么多的人,感受这么多新的气味,这一切让她不知所措。不过,和所有优秀的战士一样,她知道自己必须了解周围的环境。战场如此，这座城市也是一样。所以，她没有按原先的想法回到舒适的芦苇床上，而是强迫自己继续探索。

她在码头上徘徊，仔细聆听下船人说话的声音。他们身着皮草，扎着辫子，插着羽毛，长船上画着各种面孔。她保持着距离，已经认出他们是维京战士。她没兴趣和他们这样的人做什么友好交流——这些人来自另一个国家，他们打算在群岛上定居，只是为了给自己牟利。

最后，她离开码头，来到泰晤士河空气清爽的岸边，漫步走过为家中取水的妇女，还有在水里献祭的男女。一个比妮芙大不了一两岁的年轻女人从水中举起一把剑，她闭着眼睛，虔诚地祈求女神给予帮助——她拜的肯定是莫里甘，妮芙心想，她也闭上眼睛，一起加入祈祷。

她继续在城市中穿梭，发现民众之外有许多残破的废墟。等妮芙离开人群、远离人类身上的气味，离开满是陌生人们的码头、远离那些不怀好意地来到她家乡海岸上的维京人，她顿时感觉又松了一口气。

在这次任务中假扮成其他人真的很难，但现在她已经看到了伦敦有多大——到处都是想从这个国度攫取利益的陌生人——她知道，即使很难，她还是要去做。这里有太多的危险，有太多种方法能让人措手不及。如果人们知晓她的身份——知道她为谁效力——那么她将不得不与众多敌人展开斗争。迷雾之女是传奇，但并非所有神话都是善意的。女巫战士在这里并不安全，她沿着泰晤士河漫步，也想明白了其中的缘由。

但如果她想骗过所有人，不让任何人看清她的真面目，那就意味着她必须专注于她的任务。她在河岸上坐下，合上眼睛，但又没有完全闭上，因为她并非盲目轻率之人。她把手伸进冰冷的水里，捞起一块磨光磨平的石头。她笑了。现在她有点家的感觉了。这种踏实的心态有助于保持理智，恰似她想要保护的那片土地。

冥想结束，她睁开眼睛，便看见渡鸦在她头顶盘旋，一只狐狸在不远处盯着她。诸神听到了她的请求，也看到了她的祈祷。她知道自己将得到神灵庇佑，哪怕她要承担这个危险的任务，渗透那个陌生的组织。黄昏来临之际，她从河岸上起身，返回据点，海什木和玛塞拉还在那里等她。

玛塞拉坐在据点前的台阶上，双臂交叉，一脸不信任的表情。伦敦的喧嚣依旧让妮芙心神不安，但她还是努力放松肩膀，走向这个难缠的女人。她曾经和这样的女人共事过，毕竟这种人在阿瓦隆到处都是。年老的女祭司们要求每个仪式都得按照过去五百年来的方式进行。但玛塞拉对妮芙表露的敌意是新的，她不喜欢这种敌意。

"我凭什么相信你？"妮芙走到第一层台阶时，玛塞拉问道。

这个女人很敏锐。她能看穿别人的想法，妮芙心想。她希望自己的结论是错的，因为如果玛塞拉真能识破别人的秘密，那么妮芙浅显的伪装就已经没用了。妮芙觉得玛塞拉并不太在意周围人的能量。她是个更务实的人，与感受中的世界不太协调，但与她所看到和听到的一切联系紧密。

如果让妮芙猜的话，这应该是玛塞拉为了在她的家乡生存下来——那地方肯定很远，因此不得不学会的生存之道。要抵达这片岛屿，她一定陪同许多不安全的人走了很远的路——很难说玛塞拉认为什么是威胁，又有哪些行动她认为可靠。妮芙猜想，如果她试着和玛塞拉近关系，让她明白她们并没有什么不同，也许就能打消她多疑的念头。

"我是个来自北方的可怜女孩，我来这里，是因为你们需要懂得隐蔽行动和狡猾的好战士。在我的家乡，除了结婚生子，我没别的出路，所以我决定来到这里，响应你们神秘的号召，把我的剑借给任何需要我的事业。我想开辟自己的道路。"妮芙耸了耸肩,希望她的解释已经足够了。

玛塞拉脸上依旧毫无表情,但她的眼睛却在妮芙身上寻找谎言的痕迹。妮芙努力克制自己的本能,不去回避这样的观察,玛塞拉与她对视的时候,她也不敢移开目光。她深深地感受到了玛塞拉的不赞同、不信任和怀疑。

"我不能光凭你的一面之词就相信你。"玛塞拉最后说,"我们也不可能派人去你的村子问问题,但至少我可以测试你自称掌握的本领。到时候,也许你真正的能力就会显露出来。"

当然会有一次测试。除了让她做点什么来证明自己的价值,妮芙还能指望什么呢?她不知道伯尔迪在她的照看下是否就是这种感觉,总是被审视,不断被标记。也许她应该对那个小姑娘好一些。

至于是什么样的测试,她也说不上来,不过她猜自己很快就会知道了。即使在阿瓦隆,也有入门测试。新来的女人们会受到热烈欢迎,但必须证明自己有能力遵从女士和女祭司们的指示。她们还必须证明自己至少能举起一柄剑。她心想,她在阿瓦隆经受的考验肯定与玛塞拉会提的要求完全不同。

"嗯,我们有好几个目标,我想我可以给一点建议。"海什木的声音插了进来,给原本紧张的谈话增添了几分友善的气息。他从鹰巢里走出来,关上了身后的门。他说妮芙的语言时口音很轻柔,但显然不会引起误解。他身上有股锐利的气质,他的头脑让整个人显得闪闪发光。

海什木的头脑才是妮芙真正需要注意的。他会尽可能仔细地审视她的一举一动——而她也不想被人证明能力有所不足。但海什木接近她却没有丝毫敌意。这让妮芙甚为惊讶。她可做不到像他这样平易近人、亲切友好。就这一点,她对待自己的学员也只能说勉勉强强。

"是有几个目标,不过我想她会感兴趣的只有一个。"玛塞拉思量着,为海什木指引正确的方向,"有决心、有理由完成任务的人才是执行任务的最佳人选。如果我没猜错……"玛塞拉又把她锐利的目光对准了妮芙,"作为北方诸神的信徒,他的所作所为肯定会让她不满。"

妮芙心中满是惶恐。尽管她很好奇这个神秘的"他"是谁,但她必须有耐心。她不能直接脱口而出,告诉他们无论什么要求她都会照办——即使她知道这是她的职责——因为表现得太过急切也会让人觉得她不值得信任。她默默地盯着他们,等待着。

"在那之前,我想先带你参观一下。"海什木对妮芙说。他打开门,示意她跟上,他绕过玛塞拉,领着她穿过楼梯井,进入无形者据点。到了楼上,他停下脚步,从敞开的窗户向外望去,窗外是一条漆黑的小巷。

海什木没再说话,他从窗户掉进了黑暗中。他突然消失让妮芙大惊失色。这是测试吗,还是说海什木行事就是这个风格?也许信中提到阴影的原因之一,就是因为他能直接跳进阴影里,不带一丝恐惧或忧虑。

可是,妮芙没有开口提问,而是跟着他从窗户跳了出去,在窗外自由落体。

她像石头一样从空中落下,落在一片尘土里,双脚稳稳地扎进窗下的干草堆里。真是奇怪的选择,但的确是个避人耳目的好着陆点。她侧耳倾听,心里涌起一阵期待。海什木……是在躲着她吗?她脸上不禁泛起一丝微笑——毫无疑问,这是个有趣的测试。这难不倒她。

海什木在巷子里奔跑的声音很轻。他很擅长悄无声息地移动,就像在高地荒原上追踪猎物的大猫。这更激起了她的兴趣。这本事他从哪儿学来的?

她蹿出干草堆，循着他细微的脚步声，冲向前方寻找海什木。她跟着他优雅的步伐穿过一条狭窄的小巷，漫不经心地与路人擦肩而过，假装知道自己要去哪儿，但也只能勉强跟上海什木轻柔的脚步。等她走入人群，加快速度，才看到他戴着兜帽的身影。她加紧跟在他身后，感觉这对他来说显然就是一场游戏。但对她来说，这却是生命线上的第一个结，是她获取所需的阻碍。

海什木爬上她前方一栋建筑的侧墙。妮芙紧随其后，双手牢牢抓住粗糙的石头，努力跟上对方的速度，终于在他到达屋顶时追上了他。即便如此，她也累得气喘吁吁。

"你的速度的确很快。"他说，嘴角露出一丝微笑，"但你聪明吗？"他朝城市点点头，表示他对她有所期待。

她不知道他想要什么，但也许换个角度让他瞧瞧她的本事也不错。毕竟，她也有自己的小花招，足够让他刮目相看。她只是对他笑了笑，便从屋顶一跃而下，扎进了繁忙的街道。

首先，她环顾四周寻找玛塞拉，她总觉得那个女人在跟踪她，可能是想趁她不备袭击她，但这名罗马人却完全无处可寻。然后，妮芙开始集中精力解决手头的问题：她打算就此消失，让海什木来找她。海什木似乎见多识广，很擅长在城市里找人——而妮芙以前从未来过这样的地方。但她觉得这就像是另一种森林。能量是相似的，只是树变成了建筑，这里没有狐狸、野猪、狼，甚至是可怕的熊，只有人、车、马，以及各种她可以加以利用的障碍物。

她把头垂在胸前，祈求女神的指引，赐予她狼、兔、鹰与熊的本能。赶在海什木跟上来之前，她迅速离开了。

她穿过小巷跑到开阔的街道上，心脏怦怦直跳。她混入一群过路的修女，跟着她们直接走进修道院与世无争的围墙。她扯下一条挂在附近钩子上的头巾，披在头上，希望能伪装成一名修女。她放慢心跳和呼吸，装作沉思与祈祷的样子，努力和同行的修女们融为一体。妮芙瞥见海什木站在远处，正盯着她看，但没有认出她来。

有位修女看了她一眼，双手从祈祷的姿势挪开，稍稍指了指她的剑。妮芙睁大了眼睛，她竖起一根手指放在嘴唇上。但年轻的修女只是微笑着点点头，她们一起排队进入教堂，始终保持沉默。

"你是战士吗？"年轻女子用妮芙的母语问道。在这么遥远的南方听到家乡话让妮芙很是惊讶，但她还是不动声色，她们一起走进女修道院大厅。海什木已经从她视线中消失了。

"是的。"她答道，伸手握住这位修女的手。一时间，她们一起站在教堂门口的拱门下方，彼此挨得很近。能在这个基督教的地方找到了一个懂她母语的人着实令妮芙感到惊奇。

"你是他们说的女战士吗？我记得在喀里多尼亚的时候听说过她们。"修女继续说道，"她们总是很友善，即使对不信奉她们信仰的女人也一样。"

妮芙只能稍作思考，但随后她果断地点了点头。她不知道这位修女是被人从她的家乡带走，在教堂的围墙里长大，还是自愿加入这个行列的。无论是哪种情况，如果她需要帮助返回喀里多尼亚，妮芙都不想拒绝这个女人。"是的，我是一名女巫战士。"

"太好了。我需要你的帮助。我记得在危难时刻像你这样的女人对我们一直都很好。"修女的眼睛来回扫视，确定没有人听见她们的谈话，然后拽着妮芙跟随众人走向一间祈祷室。"北边有座女修道院。我们不清楚她们发生了什么，但有报告显示那里的妇女并不安全。教会指责是异教徒，但是……"修女突然截断了话头，似乎很纠结，"……我了解异教徒。因为我就来自一个异教徒的村子，我知道他们遵循着古道。"

妮芙和修女们有序地坐在长凳上,她们的声音低沉又诡秘。

"你为什么放弃了古道?"妮芙问道,她很在意北方的妇女面临的危险,但也迫切地想弄明白为什么这个女人会选择放弃一条对她更仁慈的道路,走上另一条似乎不那么仁慈的路。

修女有些犹豫。很明显,她在斟酌接下来要说的话。"维京人来了以后,村子里实在太危险了。我没有丈夫,也不想待在这样朝不保夕的地方……所以我离开了村子。这里是最安全的地方。这里,还有这些女人,一直都对我很好。"

这样的话,妮芙可以理解。即使是在女神的庇佑下,有些村子也不如其他村庄安全。这位妇女大概没能享受到妮芙的村子提供的那种安全保障。这让她感到沮丧,阿瓦隆原本有机会更好地保护这个女人的村子,将这样聪明的头脑留在她们的庇护之下,而不是让她流落到教会手里。

"你知道那个女修道院在哪儿吗?"妮芙换了个话题问道,但对方只是摇了摇头,把一本书塞到她手里。她看不懂这本书,因为这是用一种她不熟悉的语言写的。她翻开这本厚重的书,把脸转向教堂前面的圣坛。

"我想这和另外一个组织有关。他们自称上古维序者。和他们作对的人总会遭遇不幸。我看到你的时候,我觉得你可能就是神对我祈祷的回答。你看起来像是个能做点什么的女人,因为我觉得其他人都不会考虑这件事对修女们和她们的未来有什么影响。"

妮芙明白了。要是这位修女来自她家乡附近的地方,就不会像许多南方人那样厌恶古道了。她会将妮芙视为保护其他妇女安全的守护者。无论她们拥有怎样的信仰,她都必须照顾所有的妇女,因为她们往往没有别的保护者。

"一定是女神派我来的。"她喃喃自语。

修女笑了。"或许是另一位神。"

修女们开始祈祷，她们轻柔的声音此起彼伏，双手小心翼翼地翻动着书页，妮芙放下书，悄悄离开长凳，从侧门溜了出去。她不想加入这些基督教活动，接触他们的圣水与祈祷让她感觉浑身不自在。

她曾见过基督徒来到北方。他们试图强迫她所有的族人侍奉他们的神灵，她还记得他们是如何从善意的言辞开始，然后转向粗暴的话语，这些话让人感觉信仰他们的神明似乎并非恰当的选择，所以她没有选择追随他们。她选择信奉养育她、教导她的诸神，是他们给了她敏捷的脚步和智慧的头脑。她也不愿意因为受到威胁而改变自己的信仰，威胁对于她的族人总是无处不在。

修女们在她身后一齐低下了头，妮芙溜出一扇敞开的窗户，来到她离开海什木的那栋楼另一侧，一路折返泰晤士河，修女们的圣歌紧紧跟在她身后。她保持着警惕，继续悄声潜行离开教堂，仔细聆听是否有任何追踪她的脚步声。她像年轻时一样行动，当年她在家乡的森林与荒原里躲避狼群，最近则是躲避维京人。她已经成为躲藏在阴影中保护自己和周围人的专家。这正是女士派她来进行这次特别冒险的原因之一。现在，她要向海什木证明这一点。或许，如果她能击败他，他就会明白她能力的价值。毫无疑问，他距离发现她只差一步之遥。

等她抵达泰晤士河，开始寻找能藏身的地方，然后发现河边垂着一棵高大的柳树。她像猫头鹰一样爬到树上，躲在下垂的树枝之中，放眼观察，希望自己已经和柳树融为一体。最后，她发现海什木在离她不远的一座桥上缓步前进，他跟在一群醉汉后面，后者掩盖了他的行踪，这些大声嚷嚷要酒喝的家伙吸引了大多数人的注意。他看上去轻松自在，但也很警觉，正在寻找要抓的人：确切地说，他在寻找妮芙。

有一群孩子在这个时候跑到了柳树下面。妮芙丝毫不敢动弹，她只希望他们不要抬头向上看。让她高兴的是，孩子们在树下安定下来，兴奋的互相叫嚷，讨论他们在城里各处扒窃的战利品。

她知道如果自己离开这个位置，就会被发现。孩子们会抬头看，或者海什木会注意到她。她蹲在轻轻摇曳的树枝上，看着海什木四处寻找她。他搜得很仔细，但没有靠近她的树。他检查了一口井，然后是另一棵树，他还检查了不远处的墓地，但没有检查她坐着的那棵树，她尽可能放慢呼吸，海什木并没有打扰赖在树下的野孩子们。虽然他们对她构成了威胁，但只要孩子们别抬头看看树枝上有什么，那他们同样也可以帮助她隐藏自己。

最后，海什木停止了搜索，在河边等待着。他脸上露出一丝微笑。她的心沉了下去。她看得出来他在等她自己出去，他可能已经知道她究竟藏在哪儿了。感觉过了大约一个小时，她的腿开始抽筋。孩子们把今天偷来的钱分完就离开了，而海什木仍在等待。但她还不想放弃。她想等他离开，回据点里再见他。用这种无与伦比的方式，向他证明自己的能力。

她迫切地想证明自己的价值，就像她早年在阿瓦隆训练时一样。

但就在这时，海什木开始径直朝柳树走去，他刻意地迈着大步，这是在告诉她她已经被发现了。一开始，她考虑过逃跑，像是直接从树上跳下来，再冲到别的地方躲起来。但附近实在没有什么地方能让她得逞，至少，她找不到像样的藏身之处能骗过海什木。他能教给她多少东西呢，她惊讶不已。

相反，她待在原地，感受着大腿和上臂的酸胀和灼痛。她让海什木站在树下，自己保持着平静而缓慢的呼吸。最后他抬起头，棕色的眼睛里满是笑意。

妮芙有点失望地从树上跳下来。她希望他能走开，但事与愿违。

"想一想，你要怎么做才能藏得更好，避开你要躲避的人呢？"他问道，一边示意她跟着他，一边向据点走去，毫无疑问，玛塞拉正在据点里等待她失败的消息。妮芙感到失望，她知道自己还可以做得更好。她不知道伯尔迪在她的教导下是否也有这样的感觉。

"脚步更轻柔一些？"妮芙猜测道，她回想着自己的脚踩在土路上的声音，还有她奔跑时扬起的尘土。泥地的质地当然是硬的，并非少有人行马踏的乡村道路上那种松软的泥土。这种差别意味着她在硬泥地上的脚步声会更响，就像在教堂里的石板地上一样。

"你这一路上确实留下了不少痕迹。"他指着他们头顶上的洗衣绳和城市的屋顶，"尽可能利用其他路径。爬树，像你之前做的那样，或者上屋顶，钻到桥下，藏在船底。利用环境彻底隐藏在视线之外，而不是在众目睽睽之下掩饰你真正的意图。不过修女这招的确不错。"

妮芙觉得这很有意思。她考虑的一直都是如何像狐狸一样安静，或者像蛇一样融入森林之中。但是像树上的鸟儿一样……这些生物在被惊出巢穴之前是不会被发现的，这种想法很有道理。她点了点头。

"谢谢。"她早就学会了对老师永远心存感激，就像对待那位在阿瓦隆竭尽全力指导她学习膏药和剑术的女人。

这一次，她和海什木一起穿越伦敦，她一直在留心寻找可以躲藏的地方，如何与街上相对庞大的人流保持距离，在哪些地方行走既能与他们齐头并进，又不会让她感觉自己太过暴露。这个集市比她以前去过的任何集市都要大得多。商人们出售各种各样她在家乡买不到的东西——奢靡陌生的皮草、彩色的丝带、色彩鲜艳的染色衣服。她见过和这里最接近的市场在牛津郡，但即使是那里也无法和这个市场相比。商人的叫卖声与顾客的讨价还价充斥着她的耳朵。她产生了好奇，心里不再仅仅只有恐惧，现在她已经准备好学习了。

但他们刚进入市场，便又要离开。海什木迅速穿过街道，没有停下来打量任何商品。他冲出一条窄巷，这条路很快就把他们带回了据点。

不止，妮芙心里没好气地想，还有玛塞拉的决断在等她。

海什木在前方领路，先她一步爬上梯子。让他领路并无不妥，因为妮芙觉得玛塞拉对她没有好感。如果让她和玛塞拉单独相处，玛塞拉大概会图省事直接杀了她，妮芙相信她干得出来。

妮芙从梯子上探出头，穿过地板来到主休息区，玛塞拉又是抱着双臂坐在那儿，面对入口，摆着一张反对的脸迎接她。这开始感觉像是某种套路了。妮芙等着有人招呼她再开口说话，她以前用同样的招数来应付年长的女祭司们。根据她的经验，对付这些人最好的办法之一，就是让她们感觉自己的权势并没有那么强大。也可以说，相当于把她们从神坛上扔下去。她有主意了。

"怎么样？"玛塞拉把问题丢给海什木。

"她的本事名副其实。"他朝妮芙的方向点了点头，"我想我们应该告诉她我们是做什么的。"

"在此之前，我有个问题。"妮芙插嘴道，引得海什木和玛塞拉都惊讶地瞪着她。妮芙有些懊恼，但她现在就得把这件事说清楚，她必须把妇女的安全置于首位，这比她的任务更重要。"我今天遇到了一位修女，她向我求助。我很少和基督徒打交道，但她显然来自喀里多尼亚……而且受害者都是女性。"

玛塞拉点点头，示意妮芙继续说。她看上去有些无聊，但眼睛却死死地盯着妮芙,这也让妮芙意识到,玛塞拉只是在假装不感兴趣。

"她提到了一些我从来没听说过的人。"妮芙深吸了一口气,"她管他们叫上古维序者。"

海什木和玛塞拉都吓了一跳,这名字让他们身子往后让了让。玛塞拉瞪大了眼睛,但海什木似乎很生气。看来这个组织并不受欢迎,这正是妮芙需要知道的。他们的反应让她有些惊讶。她原本只是想把这个问题告诉他们,请示他们自己该怎么办,借此展现她的信任,还有她帮助他人的意愿。

"上古维序者和无形者已经斗争了……很久。"海什木开口道,语气像是在分享一个他们熟知的故事,而且相信这样的故事有必要为世人所知。

"有多久?"妮芙好奇地问道。

"当然比你这辈子还久。也比我久。"玛塞拉放松下来,稍稍展开双臂。

"上古维序者就是我们来到这里的原因。"海什木坚持道,"他们的势力遍及世界各地,维序者总是试图掌握控制社会运转的权力。他们想要替所有人做决定,而不仅仅是选择追随他们的人。"

这听起来可不太妙,妮芙不喜欢这样的人。想要控制别人的人往往无法和女巫战士和谐共处,因为女巫战士蒙受特许,为了聚落的安全,她们有权做任何自己认为必要的事。

而且她觉得这听上去很像教会,教会似乎也很渴望权力,他们也一直试图让那些遵循古道的人皈依新的宗教。教会的某些习俗与大地格格不入,这让她感觉十分不妥。

"能再多讲讲吗?"妮芙请求道。

玛塞拉和海什木交换了一下眼神,但玛塞拉点了点头,似乎在表示同意。海什木开始讲述上古维序者的故事，这让妮芙感到不知所措，满心敬畏。她完全不知道还有这样的组织，他们不仅在群岛上扩张，还蔓延到整个世界。

"你是要我帮助你们对抗他们吗？"等海什木讲完了维序者的情况，在仔细琢磨了他们提供的细节之后，妮芙问道，"这就是你寄那封信的原因吗？"

这似乎完全符合女士的要求，但她越来越感觉无形者并非她们真正的敌人。迷雾之女也不喜欢在岛上争权夺利的人。她们曾经阻止过那些贪图控制的人，也会再次阻止他们。比如莫德雷德和他的圆桌后裔们。她还记得，这些人对莫德雷德企图接管阿瓦隆的事一清二楚，这听起来和上古维序者运作的方式很相似。她很熟悉这样的人，也不太喜欢他们。也许这些无形者比女士先前所想的更像迷雾之女。

"是的，这就是我寄信的原因。我们要引进新的人才，有血统的人，来对抗他们。我们也需要更多地了解这里的人，有哪些人会愿意同我们结盟，哪些人会勾结上古维序者。为了达成他们的事业，维序者会打破任何不利于他们的权力结构。"海什木走到办公桌前，拿出一张羊皮纸，上面写满了名字、头衔和地点。

"我们怀疑这些人是维序者成员。"他说着，把文件拿给她看。玛塞拉看起来准备拦截，把文件拿走，但海什木的动作太快了，既然妮芙已经看到这些信息，玛塞拉也无法再反对。"这些人都位高权重。他们有的在教会，有些是国王，有些是地位显赫的商人。所有这些人都能给我们带来足够的麻烦，只要他们发现我们在这里。所以我们需要像你这样的人。"

"或者，确切地说，就是你，因为没有其他人响应号召。"玛塞拉说，"可是你能独自工作吗？现在你知道我们是什么人了，你准备好接受真正的工作来证明自己了吗?"

这正是女士要求她做的事。渗透。虽然他们的目标看起来并不可怕,但她确信自己遗漏了什么。如果不是对他们真正的愿景有所顾虑,女士也不会把她安插到这个组织。

但或许女士也未曾听说过上古维序者。无论如何,妮芙都需要更多的情报。她需要进一步了解这场较量有多激烈。

所以,为什么她会感到害怕呢,是因为有可能要替无形者做一些未知的事吗?

"首先,我必须问,你是基督徒吗?"海什木问道,而妮芙还没准备好给出一个更巧妙的答案。她打了个哆嗦,摇摇头,把疑似上古维序者成员的名单推到一边。反正她对这些人都没什么兴趣。

"如果她是的话就更好了,但这实在不太可能。"玛塞拉摇了摇头答道。妮芙皱起眉头,不明白玛塞拉的意思。

"不管怎样。在牛津郡有个牧师。"海什木指着名单上的一个名字,"我们知道他和上古维序者有联系,而且他一直在散布关于我们无形者的错误信息。他还拆除了你们族人那些神圣的石堆。"海什木继续说道:"如果他还能提供什么有用的情报,我会说把他带到这里来,但照现在这个情况……"

"杀了他。"玛塞拉最后说道。

听到这样明目张胆的命令,妮芙感到十分震惊,但她并没有表现出来,而是把十指交叉放在斗篷里。她以前也曾被要求杀人,但那是在战场上,她自己的生命也危在旦夕。但在无人可以阻止她,她的生命也没受到威胁的时候,她不会故意杀人。可这正是他们在信中要求的。他们需要能隐蔽杀人的人。

"你能做到吗,还是说你没有这个胆子?"玛塞拉说,她没有看错妮芙的表情，"现在你知道维序者代表什么了，你能按我们的要求去做吗？"

"他……我的意思是，拆毁石冢是邪恶的。是不敬的行为。但我不会因此杀人。当然，他应该被放逐，但不是谋杀。"

"妮芙，我们正在和上古维序者开战。如果他们知道你在帮助我们，他们会毫不犹豫地杀死你，一秒都不会耽搁。他会毫不手软地摧毁你信仰的一切痕迹。你必须接受他的死是保护你的人民和我们自己的必要条件。如果只要一句话就能让上古维序者学会沉默，你以为我们不会这么做吗？"海什木问道。

海什木的表情在请求妮芙理解。虽然她能从他的语气里听出来，海什木其实愿意接受其他的办法，但玛塞拉杀气腾腾，她不会接受替代路线。这让她感到不安。毕竟，如果她敢透露自己是迷雾之女的人，他们可能会对她更加怀疑。如果无形者随时准备杀死任何不属于他们的人，那他们可能也不会愿意同其他组织的人合作。

"你觉得你准备好了吗？我们需要你去做些对无形者很重要的事。"海什木问道。

妮芙并不想答应，但她知道，要继续执行她的任务，这是唯一的答案。为了阿瓦隆，她必须赢得无形者的信任。

"是的。我该去哪儿？"

"比我们现在更靠近西海岸，要经过牛津郡。"玛塞拉吩咐道，"那个牧师做了很多对我们不利的事。他散布谣言和谎言，披着宗教的外衣，用铁腕统治这片地区。你可以自己去调查真相，然后在他继续推进自己的使命之前杀了他。"

妮芙有些惊讶。玛塞拉似乎对她有所信任，就像她在下雪前相信一头熊一样——但无论是她还是海什木似乎都不准备和她一起踏上这段旅程。

"没人监督我吗？"她警惕地问。

"玛塞拉现在不能离开伦敦。有个男人在找她。他为维序者效力，在他……不再活跃之前，她在外现身会让我们所有人陷入危险之中。"海什木说，他没有解释自己缺席的原因。

玛塞拉的眉头皱得更深了。"海什木也没有空。就你的本事，这会是一次绝佳的考验。"她说道，上下打量着妮芙，"让我们看看你真正的能耐。"

总的来说，独自旅行对妮芙是件好事。她可以先去处理目标，尽可能收集情报，然后在回程的路上向阿瓦隆的女士汇报。牛津郡距离突岩并不远，这有助于妮芙了解女士对她下一步行动的期望。她可以报告上古维序者和无形者的情况，获取新的命令。

是的。无形者允许她拥有一些自主权是好事。但她不相信他们不会派间谍去收集情报。她也不认为玛塞拉和海什木是独自行动的，尽管她还不知道与他们结盟的是谁。

"这个人叫什么名字？"妮芙问道。既然她有信心按照他们的要求去做，那她就需要收集所有能掌握的情报。玛塞拉和海什木知道的肯定比他们告诉她的要多。

"德奥瑞克神父。他在科特附近的一个小村子任职。你必须小心，因为他对我们有足够的了解，他会特别留意任何不属于他会众的人——而且他憎恨凯尔特人胜过维京人，所以他可能会把你当成凯尔特人，自然就会产生怀疑。你的穿着打扮都像个凯尔特人。我想你可以改变这一点。不是改变你的样子，是换一件不那么显眼的斗篷。"玛塞拉的指示干脆利落，目光犀利。妮芙感觉她不仅仅是在接受指示，玛塞拉也在观察她的反应。她冷冷地盯着玛塞拉，轻轻点了点头，就像她在阿瓦隆学习时那样。

"从这里出发,骑马大概需要两天。我应该会在周末回来。"妮芙说,她不想耽搁太久,"但如果我延误了时间,我会给你们捎个信。"

没有伯尔迪和其他方法傍身,她也不知道要怎么把消息传回伦敦,但她会找到办法的。她可以试试贿赂一个任性的孩子,如果海什木没有来检查她的工作,她甚至可以尝试绕路。前提是海什木没有在暗中跟踪她。她现在明白他的本领有多强了。

出行在外,她必须谨慎小心。她必须从他讲述的经验里吸取教训,这样,即使她穿过迷雾,也不会泄露自己的秘密。

## 第五章

妮芙从睡梦中醒来,她已经准备好面对代表无形者的第一次旅程。

她没指望玛塞拉或者海什木能起来给她送行——毕竟太阳才刚刚升起。粉色与橙色的条痕划破黑暗的天空。她从梯子上跳下来,惊讶地发现海什木正在据点的公共区等她。他为她准备了一个装满食物的鞍囊,她下楼的时候,他正在往皮囊里灌酒。

"我可以自己准备的。"她说,希望自己表达的语气不是忘恩负义,而是她有能力照顾自己。

"既然我不能和你一起去,至少我可以给你提供一些补给。"海什木瞧着有些遗憾。

"你为什么被困在这里?"妮芙追问道。

海什木叹了口气,显然很不舒服。阳光从窗外划过他的脸庞,在他嘴角和双眼周围显现出压力与忧虑留下的淡淡痕迹。

"不只是玛塞拉。"他说,"我受了伤……现在还在疗养。如果可以的话，我每个月长途旅行最好不要超过一次，虽然德奥瑞克神父是个麻烦，但并不是什么严重的大问题，我们可以暂时放下不管，或者等待时机，直到情况变得再也无法忽视。但现在我们有你了。"

现在妮芙明白了。她看得出来，事实上，这就是海什木发出召唤的原因之一。因为玛塞拉正被她过去招惹的男人追杀，而海什木又不能经常出差，他们需要愿意为无形者战斗和效力的人手。招募妮芙是支持他们事业的一种手段，这并非只是一个偶然的巧合或者对阿瓦隆地下世界的秘密试探。这解释了他们写那封信的原因。海什木和玛塞拉没有办法找到更合适的人选。他们只能来者不拒，尽可能招募人手。

"我有个问题想问你，妮芙。趁现在玛塞拉还在睡觉。"海什木压低了声音，"希望这不会让你感到冒犯。我听说有一群女人。叫什么雾中淑女之类的。她们似乎在这些岛上有很大的权力……还杀了很多人。"

妮芙很庆幸她现在背对着海什木，没让他看到她此刻的表情。在这里，她必须谨慎小心。毕竟，承认她知道这些事风险太大了。

"如果你在路上听到任何与她们有关的消息，一定要告诉我们。我们对她们一无所知，只知道她们存在，而且似乎掌握了很多不清不楚的权力。我们想了解更多。她们会是我们的盟友吗，还是敌人？"海什木说。

妮芙克制住内心的冲动，她很想告诉海什木放心，她们其实是潜在的朋友。让他们达成合作并不难。但是，在她对无形者与他们的目的有更多了解之前，她也无法保证这种联盟关系。而且她需要先向女士汇报此事，然后才能考虑揭露自己的身份，或者代表阿瓦隆做出承诺。

"我会的。"她说，"谢谢你准备的鞍囊。"

妮芙走下据点台阶，穿过附近空荡荡的街道来到马厩，美森正在这里愉快地嚼着干草休息。她给它套上马鞍，上路出发。

黎明时分的伦敦的确安静了许多。空气中仍然弥漫着污物与泰晤士河的臭味，这让她意识到自己有多么思念乡村。很快，她就会回到她渴望的开阔地带。说到底，伦敦虽然很大，但离群岛上的荒野从来都不远。

她喜欢那份寂静，喜欢马的嘶鸣，喜欢马蹄踏在泥土上轻柔的嗒嗒声，乡间的土路总被往昔的马匹奔走践踏。她骑马经过茅草屋顶的小村庄和农场，居民们刚开始新的一天，然后又骑马经过石冢与立石。越过这些地方，狼群的目光在她身上徘徊，妮芙祈求诸神保佑她不被狼群所伤，祈祷它们找到其他适合填饱肚子的猎物，而非妮芙的骨头与肉。

经过将近一天的骑行，她来到了一个十字路口，路口坐落在被侵占的森林中间。她以前来过这里很多次，在她受训期间被派去执行任务时，在阿瓦隆与她的家乡之间往返就要经过这里。她上一次来到这儿，还是在她向女神献祭之后回家的路上。

右边的岔路通往阿瓦隆，她会沿着蜿蜒的小路与森林来到湖边。在那里，小岛的自然魔法与安全感令她陶醉。不过，在她为无形者完成在科特的事务之前，她不能骑马前往阿瓦隆。这让她感到心痛。她想念覆盖小岛的绿色苔藓，学习使用刀剑战斗的年轻女子们摔倒时，连绵起伏的苔藓就像缓冲的垫子。

她转向左边的岔路，骑马进入一片未知的森林。树林变得愈加昏暗、茂密，透过枝头的阳光也越来越少。这形成了一条隧道，她骑着马穿过隧道，直到光线在隧道尽头形成一个亮点，那里通往牛津郡明亮开阔的田野。

等到农场看起来更加紧密，她心知自己已经接近了科特村。她看到的不是挤在树林里的村舍，住着那些选择独立生活而非生活在社区里的人，而是人们在一起努力建设一片居住空间。不过，这里并不像她习惯的聚落社区。和她自己的村子不同，这个更大的社区是围绕一座教堂建造的，她的村子则是以一片公共区域为中心，用于点燃篝火和共享食物。

但这个社区在某些方面也和她的聚落很像。孩子们成群结队地奔跑，追赶一群同样在疯跑的鸡。他们的母亲很可能散布在整个村子里，忙着照顾动物、小婴儿，尽力为家人备餐做饭。她没有看到那么多男人——他们很可能都在田里收割庄稼，除了战士与教士——还有她要找的那个男人，他就在她骑马经过的那座简陋的小教堂里工作。

听到妇女们做家务时的闲言碎语，她当即明白这里的语言很不一样，她需要多听少说。如果她能尽量少问问题，就不会显得太过可疑。

和她村里的妇女不同，这里的女人都戴头巾，似乎没有人穿裤子。她需要改变一下装束才能混进去，当然也不能留下任何首尾表明她是迷雾之女。

妮芙要找个地方把马藏起来，改换身份。她离开村子主干区域，绕过教堂墓地和墓葬区，开始寻找一个没人会去的安全地方。有间小屋乍一看像是被遗弃了，或许是个不错的地方，但有证据表明那里的居民只是在地里干活。她继续向前，离村子越来越远，这个距离她已经不太愿意步行了，最终在远处发现了一个畜棚。畜棚看上去年久失修，里面没有牲畜，也没有人看管。与畜棚相连的小棚屋已经半毁，她猜测是被烧毁的，也可能是被入侵者毁掉的。也许喀里多尼亚并不是唯一与维京人有过节的地方。

她走进畜棚，看了一眼天花板上的猫头鹰巢。妮芙换下皮衣和马裤，穿上一件连衣裙，按村里公认的样式遮住她赤褐色的头发。但这些小的改变还不够,她心想。尽管无奈,她也只能把弓和箭筒放在房梁上一个隐蔽的地方。据她观察,这里的女人身上不带武器。虽然她可以在斗篷下藏一把剑,但远程武器标志着她是个外来者,这种情况是她无法承受的。

穿戴整齐之后,她来到村中漫步。女人们在追逐孩子,男人们在田间劳作,孩子们四处捣乱。妮芙感觉这里和她的家乡很相似,只要她还记得用麦西亚的语言思考,就不会觉得自己格格不入。她不禁露出温柔的笑意。

她朝教堂走去,在跨进门槛前,她默默地向女神祈祷,祈求神灵保佑。要说牧师最有可能出现的地方,那一定是在礼拜堂里。

进去之后,她发现里面是个很长的房间,到处摆满了蜡烛,房间另一端的墙壁上挂着一个巨大的十字架,周围都是长凳。少数几个男女在座位上聚集成群,他们低头祈祷,嘴角无声翕动。妮芙悄悄坐上一张没人的粗制长凳,等待仪式开始。她希望自己不会太显眼——不过等更多的工人、母亲和孩子进来之后,她也放松了下来。

待在这座教堂里,坐在这张长凳上,她感觉很不自在。她敬奉神明的地方在户外的森林里与草地上,不在这些紧闭的木门后面。不仅仅是她的信仰让她感觉不适——当然,陌生人走进教堂的大门都会受到欢迎,因为基督徒总是在寻找新成员加入他们的信仰。但如果他们发现她是信奉古道的习艺者……妮芙不寒而栗。冰冷的恐惧在她的血管里流淌。

如果他们识破了她的身份,而她又拒绝承认信仰他们的神,他们要么会强迫她改信,要么会把她关起来,直到她改变主意。如果她运气好的话,他们会把她赶出镇子,但她不认为这里是那种温和的地方。这里的每一个人似乎都信奉基督之道。

很快，德奥瑞克神父走了进来，开始主持他的基督教会众期待已久的祈祷仪式。妮芙用挑剔的眼光打量着他，假装在吟诵圣歌与祷文。德奥瑞克是个棕色头发的中年男子，发量稀疏，随后他选择以教会经文所用的语言背诵所有内容，并期望不会说这种语言的人保持虔诚的沉默，直到需要背诵的部分。但这也可能是因为他说话听起来不像是麦西亚人。从他被迫说这种语言的方式来看，他似乎经常停下来回忆单词。他对自己的会众没有一丝热情，甚至当他叫他们上前来喝公共杯中的酒时也没有。

妮芙把头歪向一边，心里将他对待他人的方式与她在阿瓦隆的经历作了比较，当时作为训练的一环，她主持了夏季仪式，后来又作为常驻女巫战士主持过许多乡村仪式。她的第一印象是德奥瑞克是个冷酷的人，而不是善良的人。仪式结束时，他也不给其他人时间倾诉他们的烦恼，而是笨拙地穿过厚重的窗帘，回到他自己休息的地方。

但这就意味着他应该被杀吗？

仪式结束后，教区居民们鱼贯而出，去做下午的工作，妮芙走出小镇，来到乡间，寻找海什木所说的石冢被毁的证据。如果这里真有石冢，那肯定也是多神教徒留下的。毕竟，根据观察和经验可知，有些追随基督的人不会给她的族人留下任何生存繁衍的空间，只要他们选择继续住在基督徒的村子里。

随着探索逐渐深入，她发现房屋越来越稀疏，这表明有些家庭不愿意生活在教堂或集市广场的阴影里。很快，她在一些住宅上发现了古道的标记。其中有一家特意在前门台阶上放了一碗新鲜的奶油，旁边还额外摆了一大块面包。有人在寻求仙子的青睐。她想和这个人谈谈。

妮芙走近屋子，她摘下头巾，露出发辫。到目前为止，她几乎没有见到任何与石冢被毁有关的证据，她怀疑德奥瑞克将这些石头拿去建了别的东西,这种亵渎让妮芙的心往下沉。又或许石冢比她预期的位置更远。对于石冢被毁,以及此事与牧师的联系,她希望能找到另一种解释。也许这家人能给她提供一些线索。

"你好。"她喊道,眼睛盯着昏暗的小屋,"我看到你的门柱上有女神的祝福,而不是基督的祝福,而且你与仙子为伴。我希望能和你谈谈。"

屋里传出一个尖厉的声音。"证明你是我们的一员,我就跟你谈,否则我会像对待上门的狼一样,给你开膛破肚。"

那声音听起来很疲惫,仿佛已经见过听过太多残酷的事。这声音的主人生活在并不欢迎他们的地方,妮芙心想。虽然她从未在这样的地方生活过,但参加教堂礼拜已经让她体会到了不属于这里的感觉。

作为回应,妮芙卷起右臂的袖子,露出上臂上用深蓝色墨水纹制的月相周期刺青。这是女神的象征,也是阿瓦隆的标志,识货的人一眼就能看出她的身份。到目前为止,这件事她还一直瞒着海什木和玛塞拉。

"女祭司,求您慈悲。"那声音说,"这里的社区对我们这些女士追随者不太友好,比不上我以前住过的其他地方。"

屋内的阴影中出现了一位女子。她脖子上戴着一条新月项链,她的红头发在头顶上编成一条复杂的辫子。她有一双明亮的蓝眼睛,腰间别着一把匕首,扎眼得很。她穿着一件蓝色的直筒连衣裙,和岛上的女祭司们穿的衣服并无二致,不过她并没有向妮芙展示自己的文身。

"无须慈悲,我是乔装至此。我为德奥瑞克神父而来。"妮芙和善地微笑着说,"我叫妮芙。"

"威斯韦斯。"女子介绍道,她把妮芙领进屋,指着一张椅子请她坐下。两人面对面坐了下来。在这间小屋里,妮芙感受到安全,这里没有外界潜藏的危险,也没有德奥瑞克神父带来的威胁。

"他才来了大约三个月。上一任牧师不是个坏人。当然，他是基督的追随者，但他并没有要求我们这些追随其他道路的人改变信仰。他没把我们当成毒药，但德奥瑞克说他打算毁掉我们镇上的多神教核心。他想让这里成为一个以基督教为中心的社区，而他所知的唯一办法就是把原有的居民赶走。在他看来，人们只有权力的幻觉，这让世人渴望追随和服务于某些领导者。这就是他确保人们各司其职的方式——追随一个神和他。"

妮芙沮丧地叹了口气。她听说过这样的牧师，他们在城镇之间走访巡视，只允许人们遵从他们认为正确和真实的规则，却不允许居民遵从自己的良心。

"我听说他在拆除石冢。"她说，又掰了掰手，希望能听到她需要的消息。

"是的。就在几天前，他拆了我丈夫的石冢。"女子看起来有些颤抖，"靠着几位同样追随女神的本地妇女帮助，我亲手建了那个石冢。他是我一生的伴侣……他去世让我很难过。知道他的灵魂就在离我不远的地方，让我欣慰。我可以在需要的时候去看他，可现在……"女子强忍着泪水，在陌生人面前哭泣让她感到羞愧。

妮芙气得浑身发冷。就像她对海什木和玛塞拉所说的那样，不敬死者是所有可能的选择之中最糟糕的，但这并不意味着她有权因为这样的罪过杀死德奥瑞克。在阿瓦隆，所有人都知道，用打扰死者骸骨的恶行激怒莫里甘，就必定会以不幸的死亡告终——这是女神强定的命运。然而，作为阿瓦隆的女巫战士，妮芙有责任解决这个问题。现在，帮助这个女人已经成为她的义务。这不单单是无形者的事。这件事比她预想中掺杂了更多的私人因素，她已经意识到这会对她造成多么深刻的影响。

"很好。这样我的路就明确了。"妮芙说,她意识到无形者要这位神父离开这个世界是有道理的,"谢谢你的坦诚,姐妹。我会纠正这个错误。"

威斯韦斯微笑着站了起来。"如果您有时间,我想与您共进晚餐。"她转身走向炉灶,开始添柴烧火,准备做饭,"我不常有人做伴,有您陪伴是我的荣幸。"

妮芙点头同意。在相当长的一段时间里,这将是她与知晓她女巫战士真实本性的人共同享用的唯一一顿饭。食物很简单,但烹饪得很好,小屋里干爽又安全。

天完全黑下来之后,妮芙拉紧斗篷,走入荒原上滚滚翻腾的迷雾之中。她要去调查那个石冢,看看德奥瑞克神父究竟对威斯韦斯丈夫的安息之地做了什么。

## 第六章

　　凭借威斯韦斯提供的指引，妮芙很轻松就找到了石冢。这里所有的石头都被拆除，并且用火烧过，目的是净化土壤中的能量。是那个牧师干的——她确信威斯韦斯没有撒谎——因为他们留下了一个十字架立在地上，旁边是坟墓被毁的男人的骸骨。妮芙感觉到空间对这种破坏十分愤怒，如果她集中精神，还能感觉到威斯韦斯丈夫的灵魂。这种亵渎是一个冷淡漠然之人所为，他不尊重与他信仰不同之人的习俗。看到这些，她对一切都有了新的、可怕的认识。

　　妮芙必须集中精神，但她非常愤怒，她无法想象是什么驱使一个人做出这种事——亵渎一座精心修筑，只为将死者送往来世的坟墓。她不明白为什么牧师如此笃信他的神会对死者更好，尤其是在这些死者根本就不认识他的情况下。这是坏人与小人做的事，不是统领忠实人民的义士会做的事。说实话，她不相信任何有一丝一毫信仰的人能干出这种事。

妮芙把十字架从地上拔出来,然后跪在地上,双手伸向一块又一块石头,她重建了石冢——没有密封,没有固定,完全是一片狼藉,但足以掩埋男人被打扰的骸骨,让他归于安息。她怒火中烧,但现在她的愤怒中又夹杂着痛苦。她只能想象,如果她母亲的石冢遭到这样的亵渎,她会是什么样的感受。至少她能做的就是重建它,为它祈福,这样威斯韦斯也能得到几分解脱。

重建石冢的时候,她打心底里明白,德奥瑞克神父不是来宣扬他自己的信仰的,他只想用暴力抹除前人留下的习俗。不能让他继续做这种事了。她后悔自己对海什木和玛塞拉说了那些话——这的确该判死刑。

等她完成石冢,太阳早已落山,月亮已经升起,照亮了她返回科特镇与废弃畜棚的路。远处嚎叫的狼群伴她同行,紧跟着月下的阴影。这一路上,她都在筹划神父的死亡。她该怎么做?她要怎么夺走他的生命?她知道他肯定会有独处的时候,但用什么办法做到这一点最好呢?

要搞明白这一点,她需要观察。她不能就这么简单地拿起剑刺死他。不……她需要像海什木那样思考,学习他猫一样轻盈的步法。他会怎么刺杀德奥瑞克神父?

第二天一早,妮芙戴上头巾,穿着长裙,坐在教堂墓地里,置身于神父的信众们神圣的亡者中间。只要假装来此向死者表达敬意,就能在教堂的院墙里想待多久待多久,可以随时留意他的生活习惯。

德奥瑞克神父每天早上、下午和晚上都要主持礼拜。他不理会社区里贫穷信徒的请求,只允许衣冠楚楚的来客进入他在仪式间歇消磨时光的小屋。圣坛侍者和其他帮忙打理教堂生活的人来来往往,妮芙也注意到,要想在不被发现的情况下接近德奥瑞克神父做点什么,实在很难。她不知道该怎么抓住他的破绽，除非趁他晚上独自在房间里睡觉的时候下手。但要等到全村人都睡下之后很久，他才会上床睡觉。她只能躲起来，等到时机成熟再闯进去。

不久，太阳落到了地平线以下，月亮升了起来。晚祷结束后，村里的人就上床睡觉了，等妮芙看到最后一个在镇上的小酒馆里喝得酩酊大醉的人都上床之后，她意识到时候到了。她心里泛起犹豫。墓地的寂静让她感到几分寒意。她以前杀过人。但她从未有计划地蓄意杀人。她只在遭遇袭击时杀过人，那些心怀不轨的陌生人来到她的村子，为了私利谋杀、破坏人们的生活。

她赶紧闭上眼睛，强迫自己沉思眼前的选择，她意识到，选择夺走德奥瑞克神父的生命，就像选择出于自卫而杀死一个丹族人。这个人正在伤害他所在地每一位古道的追随者。是他选择创造一个不安全的世界。只有杀了他才能保证他们的安全，阻止错误信息的传播。人们应当有自己的生活，而不是受困于上位者的劳役。她从骨子里知道，他不是那种只要她好言相劝就能改弦易辙的人。

等到月上中天，一个年轻人从德奥瑞克的房子里走了出来，手里拿的像是神父晚餐后的残羹剩饭。等男孩背对着她的时候，她趁机爬上了枝干悬在神父房子上方的那棵树。在树枝上坐好之后，她继续观察来往的人。她还记得海什木的耐心和他的教诲，要观察四周寻找其他选择，而不是走眼前最直截了当的路。

男孩走进教堂里消失了。然后，教堂里的灯火也熄灭了，教堂院落里只剩下牧师一个人还醒着。

除了妮芙。她双脚像猫一样着地，溜进屋子，穿过房门，此刻时机正好，牧师正在等待男孩下一次递送的酒水。

"小子，我跟你说了，再给我拿一壶麦酒来。"牧师在屋里咆哮道，他背对着门，坐在一张书桌前，弯着腰在做某种抄写工作。

妮芙没有说话。她知道如果自己不小心漏了底，她就完了。他会反击的。

"小子，我跟你说过一千次了，叫你说话你就张嘴。"德奥瑞克神父低吼道，"你要是再不回答，那你麻烦大了，前所未有的大。那帮异教徒盯着我不放，我没心情跟你猜哑谜。"

*异教徒*。妮芙咬紧牙关。她知道他用这个词指的是她的族人。她蹑手蹑脚地靠近，一直躲在阴影里，从前厅走到他住的小房间边缘。即便如此，那人还是没有转身。

牧师不慌不忙，一边发着牢骚，一边在书桌上写完了一句话，然后他终于扭过头来看了她一眼。他在黑暗中眯起眼睛，然后又瞪得溜圆，他当着妮芙的面大笑起来。

"你根本不是那个傻小子。你是她们的人，对吗？又是个不听话的女巫。不过，既然你躲在暗处鬼鬼祟祟，也许你还有别的身份。"

他身上散发出一阵阵敌意。但不仅如此。他眼中闪烁着残忍的喜悦。她对他来说就是个笑话。还从没有人像这样对待她，这让她目瞪口呆。

"你以为你和你们那个小邪教能活下来？"他说着，从椅子上站起来，张开双手朝她走了一步，"你觉得我的人赢不了？我们的力量正在世界上每一座城市里扎根。无论你往哪儿瞧，我们都有数百个人听候调遣。我们当然不怕你，只会玩剑和草药的小姑娘。"

妮芙心里涌动着各种各样的情绪：被人说三道四的愤怒，发现他这样的人远比她想象中多得多的恐惧。她还发现自己已经准备好开口争辩了。

"你可能以为你们能战胜我们，但你错了。我们比你们想象的强大得多。"这句话是真的；她心里清楚，如果他的人来攻打阿瓦隆，他们肯定赢不了。人们曾试过压制迷雾之女，他们失败了。

"你能阻止我？你握剑的手正在发抖。你这么害怕，根本杀不了我。真不知道他们为什么派个孩子来干刺客的活儿。"

他的嘲弄扰乱了她的心绪，进一步点燃了她的怒火，直到怒不可遏。她用右脚踢出去，正中他的腹部。他惊讶地叫了一声，眼睛瞪得老大。德奥瑞克向后摔倒，头撞在身后的桌子上，桌上散落着纸张、书本、羽毛笔和墨水。他的手扫到一个墨水瓶，墨水瓶向后飞了出去，在墙上撞得粉碎，留下一摊飞溅的黑色墨迹，墨水滴落，就像她见过颜色最深的血。

妮芙手握成拳，狠狠地砸在他脑袋上，打得他脑壳嗡嗡作响。汗水浸湿了他的头发，显得油腻腻的。牧师原本充满笑意的眼神也露出些许恐惧，这让妮芙感到兴奋。

"现在呢，没那么肯定能打败我了吧？"她咆哮着，再次用拳头敲打他头部侧面，"你为什么要毁掉那些石冢？"

他挨了第二拳，痛得喘不过气来。"因为它们是异教的遗迹。所以这才是真正的原因吗？"尽管脸上的痛苦显而易见，但他的声音依然清晰。他毫无悔意。

"那是我们的坟丘。我们从不打扰你们的死者。你怎么敢打扰我们的。"

德奥瑞克从她手中跌落，他试图重新站起来，但他的平衡摇摇晃晃。显然她的确造成了一些伤害。他张开手掌朝她挥去，但她躲开了，妮芙绕过桌子抓住他的后颈。在那一刻，她听见海什木的声音在她脑海中响起，告诉她如果让他再多活一会儿，或许可以从他嘴里得到更多情报。

但她只是一时占了上风。牧师的仆人随时可能进来查看他的情况，或者送来德奥瑞克要的酒。她没有时间再问下去了。

她右手的匕首应该足够了，尤其是在这样狭小的空间里。她用另一只手从背后抓住他，将匕首划过他的喉咙。德奥瑞克在她怀里窒息、痉挛。随着他的身体渐渐瘫软，她能感觉到他的生命正在流逝。妮芙将牧师的尸体扔在地上，险些沾上血迹。

妮芙拿走了桌上所有看起来重要的东西，她跳过了私人笔记和对会众泛泛而谈的演讲。她还留下了写满他宗教信仰的书，但她搜集了牧师的日志，里面写满了与他听命的上级组织有关的笔记。这上面有名字和地点。看来她意外发现了一批秘密情报。她没时间细想这件事，也不知道这意味着什么——只希望它能对无形者有些用处。

她刚抓起桌上最后一份有价值的文件，就听到有人接近小屋的声音。她瞥了一眼那份文件，看到上面熟悉的字眼，她的心脏顿时停在了胸口。这上面提到了断钢剑，神剑流落在外，按德奥瑞克神父笔下吹嘘的说法，要为他的主人们偷回这把剑易如反掌。她没时间理清究竟发生了什么，但她心里不禁充满了一种新的恐惧。

声音越来越近了。很可能是那个负责满足德奥瑞克各类需求的男孩回来了。没时间藏尸体了。甚至连考虑的时间都没有。她以最快的速度跑到房子后面，爬上墙，从窗户翻了出去，凭指尖吊在窗台上。她往下看，发现落差比她预计的要高。她感觉塞文件的地方有些松动，担心文件会从她身边飘走，就此丢失。尤其是那份提到断钢剑的文件，她族人强大的宝剑似乎落入了未知人士手中。

她听见屋内传出开门的声音，男孩发出尖叫，虽然她感觉自己离正在发生的事情仿佛非常遥远。她纵身一跃，匆忙爬上墙壁来到屋顶，然后压低身体，紧贴着茅草。

她必须尽快逃走。她跳到地上，飞奔穿过墓地，心里又一次想起了海什木对她说的话。她以超乎想象的速度爬上教堂，钻进塔楼的阴影里，等待守卫们涌向小屋，她知道自己要等到天亮以后才能离开，要等到牧师的尸体被抬出小屋，等到镇上的人都知道他的死讯。一个身份不明的女人白天在村子里晃悠，比晚上更不容易引起怀疑，因为晚上任何一个好女人都会躺在自己的床上。

渡鸦开始涌向塔楼，它们聚拢在四周，因此没人能看到她的藏身之处。

"谢谢您，莫里甘。"她低声念叨，因为夜还很冷，她还得等待合适的时机离开。但她无法在塔楼里入睡，便开始翻阅从德奥瑞克神父桌上偷来的文件。她得知的情况令人震惊。正如海什木所言，德奥瑞克确实是一个秘密组织的成员。她不知道阿瓦隆怎么会对这些人，还有他们在阿瓦隆自身所在的岛上盘根错节的关系网一无所知，但即使她们知道，也没有告诉妮芙。也许这就是女士派她来的原因，她也要尽量打探这个组织的情报。

等到太阳终于升起，她爬下教堂的后墙，把头巾戴好，混在哀悼的人群里，伺机返回她藏裤子和马匹的畜棚。

"倒在自己的血泊里……"她经过一位妇女身边，听到她对另一位妇女低声说，"像祭品一样被割喉。"

恐惧填满了妮芙的心，但她不能停下脚步，即使耳语声如影随形。

"就像某种异教习俗。也许是仪式杀人？"另一位妇女说。

妮芙忍住了纠正这位农妇的冲动，她想告诉她古道不是这样的，随后她又开始思索阿瓦隆会怎样看待她的行动。在此时引起别人的注意绝不明智。她知道神父的死会激起村里的反异教徒情绪，她担心自己不慎让威斯韦斯的生活变得更加危险了。

解决牧师只用了两天时间,而她给自己安排了整整一周来收拾局面。也许她可以把威斯韦斯带回阿瓦隆,护送她到安全的地方。毕竟,这也是她的另一项使命——保护这座岛上的非基督教男女。

这么做肯定没错,尤其是在牧师被杀之后,这些村民还在嘀咕异教祭祀的时候。

妮芙加紧脚步,赶回废弃的畜棚。如果村民们真的那么愤怒,她会去离村子更远的地方再换装。神父的葬礼会转移村民的注意。即便如此,最好也不要再浪费时间,但她必须确保自己的安全。

美森对着她嘶鸣,看到她的时候还甩了甩头。

"怎么了,我的爱?"她问道,她把缰绳放下来,让它的鼻子刚好碰到她的鼻子。

马匹又嘶鸣了一声,热气呼在她脸上,像干草一样又湿又霉。它的眼睛向后翻,这是害怕的表现,于是她后退了一步,希望他不要扬蹄立踭。

"放松,亲爱的,没有什么会伤害你。"她说,然后更仔细地聆听,她不知道女神是不是在通过美森对她说话。这匹马很担心,但担心的不是她。毫无疑问,她知道自己该做什么。

她跳上马背,踢了它一下,美森疾驰而出,冲出科特,向威斯韦斯家的方向跑去。针对异教徒的窃窃私语,再结合威斯韦斯丈夫的坟墓被毁的事实,妮芙几乎可以肯定,她的盟友遇到了麻烦。即使现在没有,她很快也会大难临头。

我太轻率了,妮芙心想,她骑马经过农场、田野与森林的入口。我没考虑过他死后谁会受到伤害。我只想到要保护文化。

等她爬上小屋旁的山丘,已经可以看到浓烟滚滚。一个女人的家在熊熊燃烧,她曾见过这样的景象,这使她想起了其他在她面前被纵火的家庭——这些都不应该发生。

妮芙催促美森加快速度，等到足够接近燃烧的房子，她把她的马拴在一根栅栏柱上，这里足以保证他的安全，也不用担心火焰。她走近冒烟的房子，焦脆的茅草碎片落在她脚边。这里没有打斗的痕迹，只有一条断开的新月项链落在燃烧的小屋入口附近。

妮芙感到愤怒与悲伤，为她自己，为选择杀害无辜妇女的村民，也为引导这些人和这个小镇做出这样决定的信仰。她很愤怒，因为她竟然允许无形者说服她去杀死一个男人，又危害了一个来自她自己族群的女人。一时间，她担心自己已经迷失了方向。她试图遵循阿瓦隆的指示，却在无意中伤害了她发誓要保护的人。

她知道下一步该去找迷雾之女复命，去告诉她们她所知的一切，然后请求她们允许她回家。毕竟，这个任务已经让她感到力有未逮，难以自解。她并不是间谍。显然，她让愤怒左右了她的决定。

但首先，她要祈祷。

她跪在满是灰烬的泥土上，灼热的炭火温暖了她的皮肤，即使早晨的发现让她浑身发冷，双手紧握成拳。承认这个女人的死亡带来了愤怒，她任由怒火涌上心头，威斯韦斯的名字在她对邻人的恐惧之中消失，她祈求莫里甘将这个女人的灵魂安然带往来世。

当她确信逝去女人的灵魂已经得到照料，她转过身，默默地骑上马背，手指缠绕着鬃毛，让雄马转向那片湖岸，转向她称为精神家园的地方。

## 第七章

格拉斯顿伯里突岩高高耸立在迷雾湖上,湖水中的阿瓦隆氤氲朦胧,神秘莫测。突岩的最顶端笼罩在白雾之中,妮芙知晓大祭司们就在那里,她们正在向诸神献祭和祈祷。

她真希望自己能直接赶到那里,将自身献予神明,请求指引。但她知道祭祀有正式的流程,她必须遵循祭礼。她不会像学员们那样跑到女士脚下乞求祝福。她从没这么做过。绕过曲折的湖岸,在为游人准备的码头看不见的地方,挂着一面靛蓝与白色相间的旗帜,旗帜上绘有一枚印记,一只鹰栖息在剑柄上,一只手抓住剑的末端。一只充满力量的女性之手。

妮芙牵着她的马走进湖滨的马厩,然后光着脚走到湖边。她蹚水到齐小腿深处,等待着。

她闭上眼睛,试图忽略冰冷的湖水,忽略蚀骨的寒意。她安慰自己,因为她知道,等到小船抵达,她会在旅程的另一边感到温暖。等她浑身湿漉漉、冷凄凄地走下小船,也就到家了。这个想法让她松了一口气。

就在她几乎要放弃的时候,雾中出现了一艘没有桨的木划艇。虽然外行人可能会被这景象吓一跳,她却毫不犹豫地爬上了船,被渡往阿瓦隆。这一切她都很熟悉。

迷雾笼罩着一切。白雾把小船裹在怀中,将她带到了对岸。当雾终于散去,她便看到了阿瓦隆。翠绿的苔藓与白石建筑迎面而来。

她要做的第一步是更衣。

妮芙走到离岸边最近的石屋前,脱下衣服,把它们捆作一团,抱在她的臂弯里。当她跨过石屋的门槛,便闻到不远处浴池边草药焚烧的气味。她把衣服扔进门边的篮子里,丢下靴子,继续往里走。她浸入草药浴池,双脚像被针扎了一样疼。等池水浸到脖子,她的双手也不再感觉像灌了铁一样沉了,她解开辫子,让头发和她一起沉入水中。

但这并不是为了享乐。这是出于尊重。将外界的污垢带上阿瓦隆的湖岸会被视为不敬之举。洗干净后,她重新编好头发,小心翼翼地把头上的辫子扎成一顶发冠。她换上中层女祭司的鼠尾草绿裙和腰带,把剑挂回腰间,走出浴室和更衣站,来到主庭院。

她在苔藓上扭动脚趾,脸上微微一笑。她还记得自己在这里受训时不得不光着脚的感觉有多奇怪,但鞋子是"文明"世界的标志,这里没有属于它们的位置。

身着白袍的入门生成群结队地聚集在规模较小的附属建筑周围,她们有些人带着剑,有些人双手空空。不佩剑的人都披散着头发,但如果她们的训练不仅涉及宗教生活,还包括战士生活的话,就会把头发盘起来。战士要保护那些需要保护的人。

她走过一群群来此学习的妇女——这里只有女性,除非真的发生了某些特殊情况,否则不会有男性被邀请来到阿瓦隆。侍奉众神的男人们待在更遥远的地方,在海边他们自己的神圣洞窟里。妮芙继续前行,她能感觉到其他女人的目光落在她背上。

她走过她们身边,朝铺满白石的神圣之路走去。她凭记忆沿着这条路逐步登上突岩,妮芙闭上眼睛,一只脚踩在另一只脚前面,她知道自己一定会找到正确的路,因为她已经走过太多次了,作为学生,也作为守护者。

当她终于到达山顶,她双膝跪地,在此等待。露水浸透了她的衣服,她膝盖紧贴着地面,但也并不难受。她在这里很安全,在等待的过程中,她也在休息、思考、祈求指引。很快,一只手触碰了她的肩膀。

"女士。"妮芙开口道,她的嗓音依旧平稳,"请原谅我的打扰,也请您原谅我违抗命令,将任务置之不理,但我现在急需指引。我犯了错,可是注定完成这项使命的人,不应该犯这样的错。"

"跟我来。"女士说,"我们来聊聊看该怎么办。"女士的嗓音清澈如水,她的口音有点像皮克特人。既然已经得到认可,妮芙也站起来端详着女士。自打她宣读誓言正式加入迷雾之女,就被允许同阿瓦隆的领袖进行眼神接触。女士的红发也扎成辫子,她穿着一件深蓝色的直筒连衣裙,腰间系着一条皮带,上面挂了一把剑鞘。这真是个奇怪的选择。

女士领着妮芙继续前进,来到她们举行仪式的圣圈。妮芙跟在后面,她很好奇她们为什么要走这么长一段路登上突岩。

女士在这里做什么呢?当下并没有临近的圣日,也没有为新任大祭司筹备的受膏仪式。她们可能是在筹划一场特殊的仪式,但在场的人肯定不止她们两个。

"恐怕我打断得不是时候……"妮芙开口道,她开始觉得来到这里是个错误。这似乎是女士沉思的时刻,妮芙显然打扰了她。

"不,事实上,我相信是你的直觉让你来到这里,直觉会帮助你搞清楚究竟发生了什么,帮助你掌握更多细节。"女士说,她带着她们穿过一组立石。现在,妮芙明白了她们来这里的原因,也明白了为什么女士的腰间挂着一把空鞘。

在立石中央有一张祭桌,上面摆满了圣物。首先是一个杯子,柄脚的装饰看起来像是一棵古树缠绕的树干,以树枝将杯子固定住。上面镶满了宝石。然后是一个没有盛放任何食物的盘子,在迷雾透出的稀疏光线中闪耀着金色的光芒。盘子中央刻着一个圆圈,里面有一颗星星。还有一支矛,它的长度比女士还高,上面缠绕着绿色的藤蔓和紫色的花朵。这些是阿瓦隆的圣物。只缺一件。

断钢剑。

妮芙的心往下沉,她问道:"女士……这些圣物……我们到底要在这里做什么?"

"我想更直观地提醒你,你的任务事关重大。你不仅仅是在调查一个新出现的组织,也是在保护我们最神圣的遗物。你从无形者那里听过关于此类神器的事吗?"女士挑眉问道,没有回答妮芙的问题。

"我这辈子从没见过祭桌摆成这样。"妮芙说,她把目光从圣物上移开,低下了头。"不……我没听过。"她结结巴巴地说,略有迟疑地回答了女士最后的问题,"无形者还不太信任我。"

"这需要时间。"女士顿了一下,她的目光也在祭桌上流连,"已经很久没人见过这套布置了。在我有生之年没有,甚至我前任的女士有生之年也没有。不过这里还少了一件。你可能还记得,你们的课上讲过,亚瑟从石头上拔出了断钢剑,于是我们把剑交给了他。他是一位真正的王。"

妮芙的确记得,但她也知道,当女士用这种语气讲故事的时候,最好不要打断她。她的声音令人着迷。

"在他得到新顾问之前,亚瑟一直是阿瓦隆的好战士。至少,我听到的故事是这样。我不知道他们是谁,但他们最终背叛了他。那次背叛导致了他的死亡。在那之后,断钢剑就不见了,直到后来我们发现它被藏在巨石阵下面,但即使是我们最勇敢的女巫战士也无法得到它。"女士说,她的声音和表情悲愤交加,"我一直在想,是不是基督徒找上了他,让他不要再使用来自我们土地的魔法物品,还是说他们也想用那把强大的剑达到自己的目的。但无论如何……这把剑再也没有回来,一直失落至今。"

妮芙看得出来,未能归还断钢剑让女士心情沉重。相应地,从神父办公室里偷来的那封信也让她压力倍增,但出于尊重,她没有打断女士的话。

"至少当时我们是这么以为的。宝库里的断钢剑已经被人取走。根据其他女巫战士的报告,宝库是一个诺斯人打开的。"

妮芙抑制不住心中的怒火。她知道在女士面前大喊大叫很不合适,无论她多么确信女士也会同意她的意见。她找到的那份文件开始变得更有意义了。妮芙深吸了一口气,稳定了一下情绪,然后问出了下一个问题。

"诺斯人?我们的圣物不应该落在他们手里。"她说,嗓音也因为震惊而变得柔和。

"你的工作更加复杂了,妮芙,你现在不仅要调查无形者,报告你发现的情报,你还要负责找到断钢剑,把它带回来还给我们。我们相信这个丹族人可能与无形者有联系,或者无形者能通过他们自己的资源帮你找到这个丹族人。但我们必须先确认他们是否值得信任。复原圣桌,阿瓦隆的任何职务随你挑选。"

这无疑是一份恩赐。阿瓦隆对它的子民有所约束：它并不允许人们选择自己的道路。有些人适合隐修生活，有些人适合女巫战士的道路，还有一些人适合仪式实践。但是女士、女神和世界的能量会引导这些选择。

妮芙盯着圣桌。神剑的遗失令人痛苦，不仅仅是对女士，神剑对她来说是私人的抱负，而是对所有信奉他们习俗的人。每一个遵循古道的人都有权敬奉圣桌，可他们的一件圣物却在一个丹族人手中挥舞，这伤害了她族群里每一个人的信仰。它扭曲了他们的传说与传统，他们信仰的基石。

"我会找到它的。"妮芙说，语气中满是承诺，"我已经有线索了。"

"我想听你详细报告这次冒险的经历。"女士说，"让我们静默片刻，直到我们离开这个神圣的地方，回到姐妹们身边。"

她们又端详了一会儿圣桌，然后女士领着妮芙走了一条她从未见过的路，她们离开突岩后山，沿着一条未知的小路前进。阿瓦隆上有许多道路来来去去，纵横交错，有些甚至在人们使用过后似乎就消失了。皮肤上的刺痛告诉她，这条由蘑菇和萤火虫引路的苔藓小径正是其中之一。

最后，她们来到湖边，这里为女士和她的随从摆放了桌椅。周围空无一人，只有舞动的昆虫看着她们坐在木椅上。

妮芙觉得有些奇怪。她几乎是刚宣完誓就离开了阿瓦隆，被送回阿盖尔接替她母亲的位置。在她受训的整整四年里，阿盖尔一直没有女巫战士，再让他们继续等待肯定是不对的。如果她的任务要持续很长一段时间，就需要确定她的继任者，这也是她有这种感觉的原因之一。不仅如此，现在女士对待妮芙的方式也不一样了。就像是对待一个平等的人。她从未被允许同女士坐在一起，总是被要求站着或跪着。

她知道阿瓦隆的目标是培养能保护整个麦西亚、喀里多尼亚和爱尔兰的女巫战士。这也是她的目标，现在她已经明白了让每一位入门生尽其所能地努力学习有多么重要。

"你对无形者的调查进展如何，妮芙？"女士问道，给她们每人倒了一杯酒。

"这是一次有趣的冒险。"

"你打入他们内部了吗？那些不请自来，登上我们海岸的无形之人？"

"是的，女士。我做到了。他们就在伦敦。他们的名字是海什木和玛塞拉。我还不太确定他们的目标，但我知道他们不像其他入侵者那样为教会服务。"

"诺斯人也不为教会服务。"女士的声音很清脆。

"没错。我很清楚这一点。"妮芙回想起她的村子上次遭遇的袭击。那些死尸。燃烧的小屋。毁坏的庄稼和惊恐的孩子们。她知道诺斯人和基督徒一样坏。

"那么，你为什么回到这里，为什么不直接去找你的猎物？"女士问道，她呷了一口高脚杯里的酒，注视着妮芙，一脸期待更多详情的样子。

妮芙咽了一下口水，匆匆喝了一大口面前的酒。她想过女士可能会对她回到岛上不满，看来她猜对了。她过早地撤下了她的任务，也许她手头的情报也太少了些。

"说实话，这次任务比我想象中要困难得多。"妮芙说，她决定要尽可能诚实，"为了证明我的忠诚，我按照无形者的吩咐出发执行任务——去杀一个给他们制造麻烦的牧师，这个人也在给我们的族人制造麻烦……我在那里遇到了一个女人——一个年长的女人，她曾经是我们的一员。镇上的人把牧师的死归咎于她。是我害死了她。"

"你把他的尸体藏在哪儿了?"女士问道。

"藏?他已经死了。流了那么多血。我什么也做不了,只能丢下他的尸体,因为他的仆人来了,我不能被发现。"

"你就没想过把尸体藏起来,保护当地的女巫?避免最有可能被认定为凶手的人遇到危险吗?"

妮芙感到羞愧。她习惯了与人光明正大地搏斗,也习惯了这样的念头:即将死去的人都盼着死亡——而发现他们尸体的人也完全清楚他们因何而死。她一直在与入侵者战斗,从未自己担当过入侵者。她还没适应她的新现实,适应她作为无形者的新角色。她低头看着自己的杯子,深红色的酒就像她让牧师流出的血。

"我不知道我能否胜任,女士。我不知道我是否拥有足够的才智完成这个任务。"

"预言中这将是你的命运,走上这条路的人就是你。我无法阻止你的命运来找你,阿盖尔的妮芙。我只能帮你找到这条路,当你误入歧途时让你重归正轨。"

"还有一件事。"妮芙说,她从腰间的皮袋里抽出她找到的文件,"这些文件在牧师的书桌上到处都是。它们似乎与无形者对抗的上古维序者有关。"

女士接过皱巴巴的文件,开始翻阅,仔细消化妮芙带给她的所有情报。

"上古维序者就是和亚瑟并肩作战的人。"女士一边解释,一边继续阅读,"我知道他们仍然存在,但我不知道……也许无形者并非我们真正需要担心的人,他们才是。"

"看来无形者确实有理由对他们采取行动。"

"尽管如此，我们仍不知道谁拥有断钢剑，也不知道这个持有断钢剑的丹族人向谁效忠。可能是上古维序者，可能是无形者，也可能都不是。那个丹族人也可能是圆桌后裔找来的佣兵，为那帮因血缘或信仰成为骑士后代的人效力。盗走它似乎是个人人都能玩的游戏，但无论谁拥有它，你都要夺走那把剑。它只属于我们，不属于其他任何人。"

"所以，您想让我回去。"这并不是个问题，也不是什么让妮芙疑惑的事，她只是在陈述一个自己确信的事实，"即使我没能保护好那个受我们关照的女人？"

"是的。你或许是犯了错，妮芙，但你也并非一无是处。继续向海什木和玛塞拉学习。告诉无形者牧师已经死了，继续调查他们的目的。不管剑在谁手中，无论是你的新盟友，还是老对手，都要把断钢剑带回来。"

"您认为剑在他们手里吗？"她问，"或者至少是他们在幕后指使了丹族人从巨石阵拿走断钢剑？"

"我不知道。有可能是他们。但也有可能是圆桌后裔。得等你打听到情报之后，我们才能确定。没有人同我们接触，因为我们仍是秘密，而且我怀疑根本不会有人承认自己从巨石阵偷走了它。但如果你探得足够仔细，就有可能找到它。但是妮芙，你要小心。根据这封信，除了我们之外，似乎还有其他人也在找这把剑。你的敌人可能远比你预想得更多。"

妮芙不用问也知道，她与女士的会面即将结束。她能感觉到自己的注意力正在减弱，因为她要开始处理女神接下来要她做的事了。妮芙从椅子上站起来，跪在桌边的草地上，露水渗进她的裙子。

"在我离开前，能得到您的祝福吗？"妮芙问道，等她回到无形者那里，回到海什木和玛塞拉身边的时候，希望这能给她带来些许安宁，他们的目光太过锐利，让人无处可逃。

女士没有说话，她把双手放在妮芙头上。妮芙闭上眼睛，感受着女士给予她的能量。然后，女士把文件递还给她，一言不发地站起身，只留下妮芙还跪在水边的小树丛里。

妮芙仔细考虑着她的选择。当然，她也可以无视女士、无视阿瓦隆、无视女神，无视她的召唤，就此回家。她可以凭自己的自由意志做出决定，判断这样的生活并不适合她。她可以走入迷雾，再不回来。

或者，她也可以踏上命运为她铺就的道路。她可以选择听从女士的指示行动。她可以返回伦敦去面对那些让她感到恐惧的人，他们让她重新思考自己行事的方法，从错误中吸取教训，成为比现在更好的战士。她可以做出这样的选择。而且她会做出这个选择。

妮芙站起身来，沿着小路前进——小路又带她回到了岸边，她的靴子和马裤就在那里等她，衣物刚刚清洗干净，等着她重新穿上，再次进入现世。她穿好衣服，走回船上，小船将带她回到马厩，她会骑上美森返回伦敦。

因为妮芙知道，尽管她也为自己担心，但她更担心像那个女人这样的人，她们无法保卫自己抵御像德奥瑞克这样的人，像诺斯人，像任何冲她的族人而来的人。因为她无能为力，只能相信她来到这世上，就是为了保护她们。

## 第八章

妮芙回到伦敦时，太阳早已落山，整座城市都陷入沉睡。她猜想海什木和玛塞拉也和其他人一样，在做着他们自己的梦。

因此，妮芙选择从小巷的后墙翻进据点，再钻窗户返回她在楼顶的铺位。房间里一片漆黑，她躺在芦苇床上，听着雨点打在她栖身的屋顶上啪嗒作响，盖在身上的毯子和毛皮温暖舒适，令人心存感激。

但雨声并非唯一在黑暗中回荡的声音，这让妮芙有些惊讶。据点的主厅里并不安静，她听见低沉的说话声。出乎她的预料，玛塞拉和海什木并没去睡觉，他们都还醒着，正在招待第三个人，这个人的声音对妮芙来说很陌生，不过听口音可以断定她是个丹族人。对于同丹族人和睦相处这种事，妮芙实在没什么兴趣，更别提这个丹族人可能还会帮助其他丹族人在她的岛上定居。但或许这也是个意料之外的机会——毕竟，那个拿走断钢剑的家伙就是丹族人。

可她很想睡觉。连日来的骑行奔波、与女士的讨论、解决牧师的问题……再加上威斯韦斯之死带来的悲痛……她渴望回到床上休息，而不是在潮湿的地面上偷听。但她还是没有去睡觉。尽管她需要恢复精力，但她不知道这个陌生人会在海什木和玛塞拉身边待多久，她的出现也是个亟待解决的谜。如果这个访客走了怎么办？如果妮芙不应该知道她曾经来过呢？也许正是出于这个原因，女神才指引她回到据点。

她趴在粗糙的木地板上挪动身体，让自己更靠近地板上的洞，洞口的另一端就是下方的主厅。从这个位置，她努力分辨着楼下的声音，谈话声飘上梯子隐隐传到她的铺位。虽然她是这个据点的客人，但她不在的时候，肯定有其他访客使用过这个铺位。透过洞口往下看，她发现壁炉边挤着三个人。穿着皮衣的玛塞拉不自在地朝另一个人瞥了一眼，那人的斗篷和头发上都插着羽毛。圣骨佩饰在她胸前嘎嘎作响。海什木坐在她的另一边，歪着头，专心地听着。

妮芙不认识这个新来的人，但她看起来像是来自远方的诺斯人。不同寻常之处在于，她不仅像诺斯人，而且还像是诺斯人中的神秘修行者，可以透过帷幔观察世人共享的彼世之人。妮芙咧嘴窃笑。啊，是的，当然有不同的信仰体系。其他人信奉的神话也由来已久。他们有索尔和芙蕾雅，她也有凯丽德温和科尔努诺斯。

"她很快就要去爱尔兰……"诺斯女人说，她在回答海什木的问题，但妮芙没听清他问的是什么，"她会先去喀里多尼亚……但我不确定具体时间。她还有些事情要处理。"

她是谁，这个诺斯女人的首领吗？妮芙暗自猜测。

"我很好奇，你上一封信里说你们有位访客……"神秘修行者继续说道。

"哦，是的。妮芙。我还没做决断。海什木似乎已经准备好等她一回来就邀请她加入我们——如果她能活下来的话。"玛塞拉还是一如既往地冷嘲热讽。玛塞拉不会为妮芙安全归来喝彩,她一点也不觉得意外。倒不如说,玛塞拉大概希望她已经死了。

"玛塞拉比我更多疑。"海什木说。他听起来很疲惫。

"对于打算从事秘密工作的人来说,我觉得你应该更谨慎一点。"玛塞拉反驳道,"这不像你,海什木。在你来这儿之前,我就听说你生性多疑,总是循规蹈矩,按部就班。为什么突然对这个妮芙宽大处理?"

海什木深吸了一口气。"我真是没法想象,你对那个女人的厌恶竟然能盖过你对情报的渴望。"显然这句话他已经说了一遍又一遍,"我们需要找到比我们更了解这片土地的战士。"

"也就是说,你在利用她获取情报?"那个神秘修行者女人问道。

"不完全是。我真心相信她是个优秀的战士,她对这些岛屿和幕后参与者的了解,比如迷雾之女,都是无价的。她有一颗善良的心和敏锐的直觉,经受的训练已经让她超越了大多数人。撇开玛塞拉对喀里多尼亚人这个族群的厌恶不谈,拥有像妮芙这样的人是很有用的。如果她能信任我们,她或许会愿意对我们敞开心扉,我们就能了解这个地方古老的运作方式。"

"他们都不可信。"玛塞拉懒洋洋地说,"你会明白的。"

玛塞拉讨厌的并不是我,妮芙心想。而是我们整个民族。

"我和她这样的人打过交道。他们奸猾狡诈,只关心他们自己,或者像他们一样的人。"玛塞拉继续说道。

妮芙无法改变自己的出身来讨好玛塞拉。她也不可能改变玛塞拉的族人曾是占领军一员的事实。当然,他们并没有顺从罗马人。真是愚蠢。玛塞拉才需要克服她对妮芙和喀里多尼亚人族群的厌恶。毕竟,妮芙可以在对她不适的环境中生活。她以前经历过这种事。阿瓦隆也并非人人和睦,即使她们都为女神服务。

谈话声忽高忽低，但随后话锋一转，三人不再将妮芙作为话题。妮芙考虑过让他们知晓她已经回来了，但又觉得如果她在他们讨论过她之后就匆匆现身——尤其是在玛塞拉如此明确地希望她死掉的情况下，这实在于事无补。

等海什木开始讲述他在君士坦丁堡冒险的老故事，妮芙也感觉时机已经足够安全，她爬下梯子进入主厅，还特意钩住了她的斗篷，让自己看上去像是刚刚回来的样子，而不是花了一个多小时听他们谈话。

"你回来了。"玛塞拉说，她的声音里充满了失望，这也证实了妮芙的猜测，她宁愿妮芙就此一去不回。

"的确。"妮芙说，然后转向这位不知名的神秘修行者，"我下次再跟你们讲我的旅行吧，看来你们有客人了。"

"没关系，你可以畅所欲言。瓦尔卡是我们的人。"海什木说，"她是我居住的聚落——雷文斯索普的先知。"

到目前为止，妮芙都猜对了，她朝瓦尔卡点了点头。她想知道其余的情况是对是错。她不喜欢把诺斯女人和我们的人混为一谈的暗示，但克制住了发怒的本能。毕竟，她必须表现出能与这些人共事的样子，即使她不喜欢他们的同伴。也许她和玛塞拉一样，也需要接受她对丹族人的仇恨。

玛塞拉朝海什木挥手，试图让他闭嘴，但他假装没看见她的手势，继续介绍。

"瓦尔卡是我们据点的顾问之一。有空的时候，她还会带来与我们组织有关的其他人员的消息。"海什木说。

"我还没见过诺斯传统的先知呢。"这是妮芙能想到最友好的话了。她得表现得体一点。她甚至很难直视这个女人的眼睛，更难的是，她清楚如果她们之间发生了什么可怕的事，玛塞拉肯定是这世上最不愿意护着她的人。

现在妮芙离她更近了,她仔细打量着瓦尔卡。瓦尔卡的穿着并不像个战士,而且她的能量——她在房间里的存在感——也准确地告诉妮芙这个女人是什么样的顾问。她让妮芙想起了她的女祭司同伴们。她意气风发,目光炯炯有神,仿佛比肉眼更能洞察人心。

"你知道我是什么样的人。"瓦尔卡说,这并非一个问题。瓦尔卡认出她是个聪明的女人,妮芙也不知道自己是否应该感到高兴。在她灵魂深处,妮芙知道她和瓦尔卡既有可能成为挚友,也有可能成为死敌。现在还不清楚她们会走上哪条路,但就目前而言,她内在的不信任感压倒了这种可能。仅仅是想到与一个丹族人相处融洽,她就觉得难以想象。

"瓦尔卡作为治疗师和顾问给了我们很多帮助。"海什木说,他注视着这两个女人,似乎对她们之间的关系不太满意,"瓦尔卡很想见你,她想更好地了解你们民族的习俗。"

"不光是我。我们聚落的首领,黑鸦氏族的艾沃尔,也想在她旅行回来之后见见你。"瓦尔卡说。

听了这话,玛塞拉和海什木都向瓦尔卡投去嗔声的眼神。瓦尔卡也用同样锐利而迅捷的眼神回应了他们。

"你说过我可以在她面前畅所欲言。"瓦尔卡说,她严厉地瞪了两位无形者一眼,就像妮芙见过母亲们扫视她们不听话的孩子一样。这完全是女祭司才会有的举动。

"也不用这么随意。"玛塞拉恶声恶气地说。

瓦尔卡转向妮芙,全神贯注地看着她。妮芙感受到了瓦尔卡的疑问,和她的意图。她知道自己必须小心对待这个女人,不仅仅因为她是个诺斯女人,因此是她的敌人,还因为她和妮芙一样都是能量的使用者。这让瓦尔卡变得很危险。

"很高兴见到你。"妮芙说。谎言堵在她喉咙里。她很想知道,在瓦尔卡从她的故土来到妮芙的家乡这一路上,她都目睹了怎样血腥的场景。

瓦尔卡始终保持沉默。她的目光在妮芙脸上来回扫视,观察她的每一个毛孔和五官。这让她感觉很不舒服。妮芙过去也经受过这样的注视,大多来自其他女巫战士,她们试图从她的表情里确定某些秘密的想法或意图。沉默让妮芙愈加忐忑不安,这种情况持续的时间远远超出了她的预期。

"你的任务进展如何?"海什木问道,他的嗓音亲切而欢快,与沉默形成了鲜明对比。

妮芙思索着如何回答这个问题,她把目光从瓦尔卡身上移开。"事情本可以做得更好,但牧师已经死了,他的追随者缺乏领袖,没人引导他们制造更多的麻烦。"

"出了什么问题?"玛塞拉问道,轻松地接过这个话题。她得意扬扬,为妮芙承认困难感到欣喜。

"我……"妮芙考虑过编造一个谎言,但在瓦尔卡犀利的目光下很难做到。她没时间想出一个比真实情况更好的故事,"我趁他在公共场所独处的时候杀了他。尸体很轻易就被发现了,所以当地人把怒火发泄到一个无辜的女人身上,可她并没有杀人。我很抱歉她遇到这样的事,是我害她惹上了麻烦,下次我会做得更好。"

"藏匿尸体和隐藏自己一样重要。"海什木说,脸上流露出关切之色,"也许我们需要练习。"

这听起来既血腥又无礼,但妮芙知道这是正确的,要想在无形者中生存下去,藏匿尸体是她必须做的工作之一。她闷闷不乐地点了点头。

瓦尔卡的目光变成了好奇,而非关切。

"但是,你完成了我们交托的任务,尽管它让你良心不安?"玛塞拉问道,"即使你没有掌握刺杀的全套本领?"

妮芙说不出话来,只是点了点头,她心虚地撇开目光,无地自容。

玛塞拉叹了口气。"很好。她可以成为入门生,海什木。如果你还认为她值得。"玛塞拉的声音里带着怀疑,她眯起眼睛,带着轻微的不屑,就如同她希望自己没有说过这些话一样。但瓦尔卡似乎很高兴。

"为什么?我失败了。"妮芙说。她原本预料玛塞拉会生她的气,最终因为她刺杀牧师时犯的错把她赶出去。

"你找到了问题出在哪儿。"玛塞拉说,"大多数人在危险的情况下都会犯错。优秀的密探是懂得如何通过学习把工作做得更好的人,而不是那些为自己做错的事辩护的人。"

妮芙认真思索了一番。在阿瓦隆,她见过许多年轻的学徒在第一年就失败了,因为她们不能从错误中吸取教训,所以她觉得这个想法的确有些道理。老实说,她很惊讶玛塞拉竟然稍稍克服了一点自己对妮芙的敌意。

"因为你并没有对我们撒谎,没有尝试隐瞒你犯的错,所以我们相信你会报告真相。"海什木替玛塞拉继续解释道,他站起来,特意走到妮芙身边。他把一只手搭在她肩膀上。"我欢迎你加入无形者组织。有你和我们并肩作战,我们一定会有出色的表现。"

"作为一个学徒。"玛塞拉迅速插话道,"接受刺客训练,而不是正式入会。除非你想让她参加臂铠仪式。"最后一句话是对海什木说的。

"我告诉过你,即使我们把什么人提升到刺客级别,只要我还在这里掌权,我们就不会这么做。"

玛塞拉朝海什木挥了挥左手，妮芙第一次注意到她这只手没有无名指。妮芙足够聪明，她知道有些群体会给他们的追随者施加身体上的负担，以此来彰显他们的信仰。阿瓦隆需要文身，妮芙把刺青文在了她的前臂上端。但不会像玛塞拉展示的这样，成为无形者就要失去一根手指。这让她有些反胃，一时间，她很想知道如果他们完全接受了她会怎样。她会不惜在身体上留下这样的标记吗？

"当学徒挺好的……"妮芙抢在海什木反对之前说道，并对他报以微笑，以示感谢。显然他和玛塞拉已经就这次半心半意的入会吵过好一阵了，她很高兴自己已经赢得无形者一定程度的信任。

玛塞拉把手缩了回去。

"学徒有什么入门仪式吗？"妮芙小心翼翼地问，她不知道自己是否必须立下其他血誓，那会让她对族人、对阿瓦隆、对她所侍奉的女神立下的誓言失效。

"不，你已经完成了第一个任务，而且安全返回。但现在，我们将继续更全面地向你传授我们组织的技艺，也会为你提供练习这些本领所需的工具。"

海什木从斗篷的褶皱里掏出一只金属臂铠，套在她左手上。他等着她理解这件装备，不用言语，只是用充满耐心的能量和目光看着她。

"这是无形者使用的武器。我希望你有时间就练习一下怎么使用。这不是你的——还不是——但它是我们最喜欢用的武器。但是要小心。玛塞拉丢了一根手指是有原因的。"

她感受着金属的重量压在她的左手和前臂上，然后她找到了——在臂铠里有个机关，她用力一按，就弹出了一根尖刺，一柄意味着死亡的利刃。

"海什木。"玛塞拉的声音绷得很紧，"我们不能把这些交给还没完全——"

"她可以先学习怎么用,我们改天再谈正式成员的问题。"海什木有些怨毒地说,然后他转向妮芙,专注地看着她。"这样你也能尽快完成必须做的事。愿阴影永远护你周全。"

妮芙感受到了他话语的分量,就像一份世代传承的责任。这把武器既是礼物,也是无形者对她的承诺。他们信任她。

"谢谢你的礼物。"妮芙说,她仔细研究着金属臂铠,一种奇怪的情绪涌上心头,"我猜是戴在衣服下面,这样就看不见了吧?"

海什木笑了笑,脸色几乎有些悲伤,他点了点头。妮芙调整了一下臂铠的位置,把它藏在衣袖下面,外观上几乎看不见。她很庆幸这副臂铠的长度有限,不然她手臂上迷雾之女的入会文身就要暴露了。

"就像一条蜷蛇。"她低声自言自语,心里想象着蛇的能量与耐心,想着它们等待时机攻击猎物的方式。只有在绝对必要的时候,它们才会攻击离自己最近的目标。

"这样,你就是无形者的学徒了。等大家都休息好之后,我们再跟你介绍更详细的情况。"海什木看了一眼玛塞拉和瓦尔卡。

"现在太晚了,也可以说太早了。"玛塞拉说着打了个哈欠,然后站起来离开了。

海什木又拍了拍妮芙的肩膀。"戴着臂铠一定要小心。我一直是个谨慎的人,但我在这里的经历告诉我,有时候先信任别人也很有必要。"

"你在步巴辛姆的后尘。"瓦尔卡愤怒地说,"做一件你曾经非常不认可的事。"

"过去的我会笑的。"海什木说,"给出一件这样的臂铠……我成什么人了?"他离开房间时,语气里流露出轻柔的自嘲。

现在,只剩下瓦尔卡和妮芙了。

与这个诺斯女人独处,妮芙不知道该怎么办。效仿玛塞拉之前疲惫的表情,假装打个哈欠,然后逃走?她环顾整个房间,打量着除毛皮和武器之外的少数几件装饰品。装饰如此匮乏让她觉得很奇怪。她家乡的小屋要漂亮得多,墙上挂着妇女们精心制作的挂饰,孩子们填满了空荡荡的房间,还有各种杂乱的生活物品与聚落的喧嚣。她想起人们在炉灶边搭建的小祭坛。这个据点不是无形者的家,只是他们专门用来战斗和筹划的地方。

她回想起阿瓦隆,想起她在突岩顶端与女士的谈话。她来这里是有原因的,不是因为她想要成为像这些人一样的战士,而是因为她曾向女神发过誓,她要保护人民,要尽她所能去了解这些新的入侵者。

"你该去休息了。你的心思已经不在这里了。我们明早再谈。"瓦尔卡说,她示意妮芙应该穿过主厅,爬上梯子回去。

虽然她通常会反驳,但妮芙也意识到她的确需要休息才能做到最好。她点点头,摸了摸戴在前臂上的臂铠,感受着里面隐藏的利刃。

"海什木对你非常信任。"瓦尔卡说,"这是你应得的吗?"

这个问题让妮芙心神不安,她没有回答,而是一声不吭地爬上了梯子。上楼后,她躺在床上盖好毛皮,闭上眼睛,很快就陷入了无梦的睡眠。

## 第九章

妮芙醒来时已晌午。她爬下梯子，瓦尔卡正在门厅里等候。诺斯女先知耐心地坐在火炉前，半闭着眼睛冥想。

妮芙停下脚步。她不想成为打破沉默的人，即使她内心的旧恨和猜疑已经升起。说"早上好"会让她显得对诺斯女人十分友好，尽管她有意结交盟友，调查无形者，但这并不意味着她必须表现得太过友善。相反，妮芙走到餐桌旁，有人——她猜测是海什木——在这里布置了面包和奶酪作为早餐。她取了一些，双眼凝视着窗外的泰晤士河，希望她的沉默能让瓦尔卡相信她是个乏味的人，所以没有理由和她说话。

但几分钟后，她意识到瓦尔卡就是在等她。妮芙吃了一大块面包和奶酪，然后，经过深思熟虑，她在瓦尔卡对面坐下来，强迫自己去和对方交流。这让她感觉浑身发痒。她不想这么做。但如果她想调查无形者，自然也得了解他们的盟友。

"你来自喀里多尼亚。"瓦尔卡开口道,她的开场白并非是在提问。她不是在邀请妮芙发言。瓦尔卡的下一句话隔了一段长长的沉默,妮芙觉得她可能是故意的,要么是为了打妮芙一个措手不及,要么是在验证她给妮芙拼凑的背景故事是否正确。"喀里多尼亚在遥远的北方,我的一些同胞也驾船在那里登陆过。"

妮芙没料到这女人会从这个话题开始。她真希望自己刚才多啃一会儿奶酪和面包。

"我敢肯定你不太喜欢我这样的人。"瓦尔卡说,"你几乎没有直视过我,对吗?"

如此毫不掩饰地面对自己的厌恶,感觉就像被人泼了一盆冷水。"不。我的村子因为丹族人的袭击担惊受怕了两年。我们努力熬了过来,但安全来之不易。"妮芙说,她的语气里止不住地渗出敌意。

"这件事也牵扯到了你,对吗?"瓦尔卡问道,她询问的态度并不刻薄,"你是袭击的幸存者?"

"没错。我一向很擅长使剑,家乡对我来说很重要。我做了所有我能做的去保护大家。"她并没有把一切都归功于她为保护自己的家园所做的努力,但她不得不向瓦尔卡承认这些,这是她人生经历的一环,也给无形者留下了深刻的印象。神秘修行者不会相信她的说辞,她很清楚这一点。

"你似乎比我在你们那里见过的大多数女人受过更好的训练。"瓦尔卡说,玩弄着挂在她脖子上的圣骨配饰。

真是令人震惊。难道瓦尔卡自愿北上去过喀里多尼亚?大多数来到麦西亚的移民都留在了他们登陆的地方,尤其是那些对部族很重要的人,比如他们的先知。

"我想你说得没错。"妮芙慢悠悠地说,"我很幸运,我身边的人有时间和智慧来教导我。和这里的某些其他女人不同……最近,我跟一位修女聊了聊,她对一座女修道院的遭遇很担忧。等无形者的职责允许的时候,我想去调查这件事,但是我的直觉告诉我,这些女人没有保护自己的能力。"

"即使这些修女敬奉另一位神,你也愿意帮助她们?"瓦尔卡一脸狐疑地问。

"当然。"妮芙说,"是的,这也是……我一直在纠结的问题,但为需要帮助的人创造一个安全的避风港从来都是我的首要任务。无论何种信仰。"

"非常高尚的情操。我很欣赏。"瓦尔卡抿了一口面前的热饮,盯着里面的饮料看了很久才继续说道。

"我对这里的女巫习俗很着迷。自从在雷文斯索普安家后,我一直想了解更多关于她们的事。虽然我不打算敬拜你们的神,但了解他们似乎也很重要。"瓦尔卡停顿了一下,舔了舔嘴唇,好像突然拿不定主意该不该继续说下去,"不知你是否可以为我这点个人请求提供一些帮助。也许你对迷雾之女有所了解?"

妮芙挺直了脊梁,她吓得毛骨悚然。她不明白瓦尔卡怎么会知道来自阿瓦隆的女巫,明明她最近才登上这座岛屿的海岸。但如果海什木和瓦尔卡关系密切的话,他可能会向瓦尔卡分享他掌握的情报,尽管他对妮芙背后真正的组织所知甚少。"也许吧。到目前为止,你对她们有什么了解?"妮芙问道,小心翼翼地把问题抛回向她提问的女人。

"我知道她们和我一样使用草药魔法,同她们的神明交流——虽然我不知道她们的神都是谁。我知道她们既练习用剑,也练习用杖……但我不知道为什么。我们的先知并不是战士。"瓦尔卡对这个话题很感兴趣,似乎急于验证或否定她掌握的知识。

妮芙感到警惕。她很想同瓦尔卡开诚布公,但自身的疑虑又让她退缩了。迷雾之女并没有完全隐藏自己,但自从基督教传入以来,这个秘密也不像以前那么公开了。

"当然,我不知道她们在哪儿。她们把自己隐藏在迷雾的假象中,而不是公开露面为所有人提供服务,这似乎并不值得信任。我住在村子边缘,欢迎任何人来寻求我的建议。为什么要藏起来呢?"瓦尔卡问道。

妮芙只能回想起威斯韦斯,她的死是因为妮芙犯了错,她把牧师的尸体留在了太容易被发现的地方,事实上,基督徒似乎下定决心要将多神信仰从她的世界中清除出去,他们也会把迷雾之女一起消灭。她不知道该怎样与瓦尔卡建立联系,如何在不透露太多情报的前提下,解释阿瓦隆的目的和运作方式。

"在你的家乡,基督徒也给你找过麻烦,对吗?"妮芙决定先从这个问题开始,因为这是最安全的。最容易解释一切。

一提到基督徒,瓦尔卡的脸色就沉了下来。

"在我的故乡,他们也不想让我们保留自己的传统。"瓦尔卡说,"他们希望我们接受他们的神、他们的领袖和他们的习俗,抛弃我们自己的。但我不会抛弃索尔和奥丁。长久以来都是他们在指引我,倘若我追随基督徒口中的耶稣,就违背了他们的意愿。"

妮芙也同意这一点,所以她谨慎地点了点头。她希望如果她们能在一些事情上找到共同点,那么这位先知就不会把她盯得太紧。"或许这些迷雾之女也和你一样——即使她们的信仰和信念似乎遭到了来自四面八方的攻击,也拒绝泄露她们的秘密。"

瓦尔卡似乎接受了这个解释。"我看到你的斗篷上缝了一只渡鸦。"

她说,朝妮芙的衣服点了点头,然后喝了一口热饮。

"没错。"妮芙小心地说。

"是代表奥丁吗?"瓦尔卡近乎满怀希望地问道。仿佛只要她们有了共同的信仰,妮芙就会更自在,更值得信任。

不幸的是,在这种情况下,妮芙只能说真话。撒谎就是对她的女神作假,她无法忍受这种事,即使撒这个谎能够保护她。

"不。我不了解你们的奥丁,但我敬奉莫里甘。她是一位战争女神,她的乌鸦会把死者的灵魂送往他们的下个目的地。"妮芙发现自己其实并不确定是否应该坦诚交代她的信仰,但她感觉自己冰冷的外表开始融化,这不利于她做出更好的判断。如果瓦尔卡想知道更多……但妮芙退缩了,她知道自己陷入了一场骗局。她太急于求成,这也是她并非一个好间谍的原因之一。

"你为什么要问这么多关于我的神明和女神的问题?"她突然质问道,"关于我习俗的问题?为什么我的信仰对一个声称拥有不属于你的土地的人来说很重要?你为什么要问这么多关于我信仰的问题?"

炉膛里的火噼啪作响。妮芙的质疑或许不明智,但她控制不住自己。

"我希望了解和询问你,是因为我现在就生活在这里。尽管我仍然相信奥丁和芙蕾雅,但我也希望了解这片土地的信仰。"瓦尔卡轻轻拍了拍她身下那张椅子的扶手,"你们的传说与我们的不同,你们的来生并不是一座宏伟的大殿……我还不明白这片土地是如何回应你们的。我本希望这能被视为尊重,而不是相反……"

对妮芙来说,土地会回应她是个有趣的想法。对她而言,与其说是土地帮助了她,不如说是她选择了与故乡土地的能量建立联系。她知道感受森林或海岸的能量是什么感觉。她知道那些地方生活着什么,也知道那些动物能给她带来什么样的能量。

但她并不确定把这些告诉瓦尔卡是否安全。

"我也想了解这些组织。"瓦尔卡说,她听起来有些恼怒,"如果迷雾之女有那么多女人听候调遣,那她们肯定很强大。"

所以,瓦尔卡不仅仅是对了解自己现在生活的地方感兴趣。不,这是为了了解如何控制,甚至管理或者安抚这里原本的住民。妮芙感觉她的怒火又上来了,但瓦尔卡还在继续解释,她知道自己一定说错了什么。

"艾沃尔告诉我,几个月前她目睹了一场仪式,一个男人被关在柳条人像里活活烧死。你们的族人经常举行像这样的祭祀仪式吗?"

妮芙很想笑,话题的转折让她感觉不自在。"这种做法很少见。我们那里没人会这么做。"她觉得瓦尔卡询问的仪式与她好像并无关系,她认为此类做法可能是出于绝望。妮芙不知道该怎么从这场谈话中脱身。沉默一直持续着,她知道瓦尔卡在等着她说些什么,多少给点回应。

"我们可没有离开自己的家园,在不属于我们的土地上定居,拿走不属于我们的财富。"妮芙终于反驳道,她忍不住指出这些来自对方的不利之处,"而且我认为,会这样做的聚落肯定不符合迷雾之女的秩序。"

妮芙很清楚,女士曾告诫各聚落不要举行祭祀仪式,因为她知道这样做只会进一步激怒基督徒。可是,妮芙却在无意中延续了这种暴力。她的心情沉重无比,脑海中回忆起她看到威斯韦斯的房子着火的情景。

"关于迷雾之女,你还有什么可以跟我说说吗?"瓦尔卡说,"或者谈谈你自己的族人和村子?"

妮芙不想再多说了，尤其是在得知她的族人举行过祭祀仪式之后。虽然瓦尔卡可能有兴趣了解他们的风俗，但妮芙认为她秉持的这种观念也应当受到谴责。在某些方面，瓦尔卡的质询方式和基督徒的质疑一样糟糕，而且她还是多神教的同胞！

但她已经对太多事情保持沉默了。于是，妮芙看着噼啪作响的炉火，又吐露了少许信息，希望能结束这次谈话。"我知道迷雾之女有个隐蔽的老家，她们在那里把女性训练成战士和治疗师。"

"这件事似乎尽人皆知。"瓦尔卡答道，她还在施压。

"是啊，所有人都知道。"妮芙同意道。她希望这个简短的回答能阻止瓦尔卡继续刨根问底。但妮芙早该明白，她面前这位女祭司同伴是不可能被劝阻的。

"你和她们一起训练过吗？你显然精通剑术。你还懂草药和能量吗？"

妮芙摇了摇头。她没法在自己的本领上骗人，更不可能对自己发过的誓言撒谎。不过，明显摇头的动作并非是口头上的谎言。她并未在言辞上否认涉及迷雾之女的真相。

"有意思。那么，你是跟村里的女人学的？"

妮芙喝了一大口搭配早餐的淡啤酒，同时对着她的杯子点了点头。又一个无声的谎言。这女人在套她的话。她必须谨慎，以免无意中泄露了什么。

"就像我说的，我们村里的女人很有本事。"这是实话。

她非常想念村里的妇女们，当阿瓦隆的代表不在的时候，她们会互相治疗。她们会煮草药泡茶、熬膏药，照料生病的孩子——他们灼热的额头烫得像火坑里的热炭。有些妇女会在阿瓦隆待上一个季度，学习医疗或接生的基本技巧，然后回家，她们不会向女神宣誓，继续学习阿瓦隆的全套本领。她本可以承认自己接受过这样的训练，但在一个诺斯女人面前承认自己与迷雾之女有任何联系，总觉得不太安全。就她所知，瓦尔卡已经下定决心要抹去她们，就像那些基督徒一样。

瓦尔卡不需要知道这些，除非她另有企图。

"我不认为我们村子里的女人，或者任何一个与迷雾合作的女人，与你们的真理格格不入。我们的莫里甘与你们的奥丁也并非不能共存。的确，他们是不同的道路，不同的女神与神明。但他们似乎并不完全对立，不像基督徒的神和我们的神。"妮芙说。她在努力寻找出路，妮芙不愿意教育这个女人，但她希望通过比较她们的神，减少对立，能够结束这场谈话。

瓦尔卡哼了一声，她眼角的皱纹都显了出来，妮芙看她的脸色就清楚，瓦尔卡并不相信她的谎言和论点。但这不重要。只要瓦尔卡不怀疑她的身份，就没关系。她仍可以安心为女士执行任务。

在一片沉默中，只有街上偶尔传来的喊叫声和炉火的噼啪声会打破这份寂静，妮芙不知道接下来会发生什么。他们还会派她独自执行无形者的另一项任务吗？瓦尔卡还会尝试从她这里套出更多情报吗？这次失败之后，他们会不会派她返回故乡，以后只要求她在喀里多尼亚执行无形者需要的谋杀？

尽管她前臂上戴着那副臂铠，但她知道自己在科特的任务中做得不够好，她并没有给无形者带来他们想要的结果。但她希望自己的表现足够获得第二次机会，而这一次，她会证明自己值得他们给予完全的信任，她当之无愧。德奥瑞克神父的文件还藏在楼上，与断钢剑有关的线索也安全地藏了起来，只有她能看到。

海什木毫无预兆地从窗户里溜了进来，动作悄无声息，他拿起剩下的奶酪和面包当作早餐，坐在她们身边。

"妮芙,我是回来接你的。"他一边利索地吃着早餐,一边急切地说,"我们有个任务要做,我想亲眼看看你的行动,再派你自己出任务。"

妮芙不禁心跳加速。和海什木一起出任务?一方面,这是个赢得他信任的机会,可以向他证明她值得投资,但另一方面,她必须记得掩饰自己的秘密,注意不要暴露太多。

妮芙用羊毛斗篷把自己裹得更紧了些。她知道这将是一次更加艰难的考验。毕竟,海什木敏锐的眼睛和他警惕的头脑不会错过任何破绽。

"如果你需要我的帮助,我当然会陪你一起去。"妮芙掩饰着声音中的颤抖说道,"不然的话,我会在这里效劳,直到你们让我离开。"

这是个艰难的承诺。她心里渴望回家,渴望去阿瓦隆岛。她哪儿都想去,就是不想和这些杀人的家伙待在一起,他们杀人只是因为觉得自己有权这么做。她尤其想摆脱瓦尔卡,因为她似乎根本不站在她这边。

"我们此行的目的是什么?"她问道。上次的任务很血腥,她知道这次也会导致另一场暗杀和死亡。

"有个多神教的女人被关在伦敦城外的罗马营地里。因为她采用暴力行动反对村子附近的当权者,所以被囚禁在那里。她很可能会被处死——但只要我们及时救她出来,带她离开这里就不会有事。"

一个多神教的女人。一个像她这样的女人。也许无形者并不都是坏人,妮芙努力回想着玛塞拉对她族人的憎恨,那与妮芙对丹族人的憎恨如出一辙。也许她也是盲目的。也许他们是在帮助那些不那么幸运的人,那些没有能力保护自己的人。她说不清,但也许并非所有的杀戮都是为了权力,总有些例外。她很想知道他们是怎么得知这一情况的。

"当然,我很乐意帮助我的族人。"她说,"同时也帮助你。"

"好，你也可以说这并不完全是出于善意——扣押她的人还掌握了一个在伦敦与我们作对的家伙的下落。"

"所以我们两边一起发力。拿到你需要的情报，帮助我想保护的人。你是怎么知道这个女人被囚禁的？"

"我们得知她被捕的消息，是因为我们目标的身份。"玛塞拉说，她走下楼梯，平静地加入了谈话。

"这个目标又是谁？"妮芙大着胆子问道，她把另一只手搭在臂铠上。既然她手上戴着他们的武器，继续追问他们的选择似乎也没什么不妥。

"他叫塞勒斯。这就是为什么我不能去，而海什木必须去，因为他一眼就能认出我。我没法靠近他。他认得我的长相很久了。"玛塞拉看上去很沮丧，仿佛她被剥夺了复仇的机会，"在他死掉之前，我无法在麦西亚自由行动。"

这对妮芙来说未必是件好事，但她会尽全力完成任务。

"我讨厌让你来处理这件事，海什木，我宁愿把煮绷带和守夜的任务交给妮芙，但很遗憾，你们俩要自己处理这件事了。"玛塞拉站在火炉前，盯着火焰，眉头紧锁。

"你一定很怀念外出执行任务的日子吧。"妮芙说，她冒着激怒玛塞拉的危险打听这个女人的过去。

"我当然怀念。你以为我喜欢被困在这里？我根本没法到外面去，用我学会的手段战斗。我的本事撂在这栋楼里全白费了。都怪那个上古维序者的人渣。"玛塞拉厉声回应道。

"你为什么不直接去杀了他？"妮芙进一步逼问道，"杀死他也是我们任务的一环吗？"

"是的，当然。这应该很明显吧。只要他死了，我就可以回去做我最擅长的事。"玛塞拉要求道，"杀了他，但如果你需要动机的话，他是个把女人当成物品的家伙。我早该明白的。我和他一起来到这座岛，靠我自己的智慧逃了出来。"

玛塞拉目光闪烁，她的愤怒妮芙几乎可以感同身受。妮芙不再继续追问罗马人，而是把注意力转向了海什木。她张口想再问一个问题，瓦尔卡却突然插入谈话。

"可是你准备好踏上这样的旅途了吗？"瓦尔卡问海什木。那女人站起来走到他身边，然后似乎在检查他的身体。"自从那件事之后，你的健康状况就大不一样了——"

"我没事。玛塞拉自己也说了，她去不了。那会破坏我们仅有的一点隐匿性。"海什木对瓦尔卡的担忧不以为然。但这阻止不了瓦尔卡。

"不能让妮芙自己去吗？"瓦尔卡问道。

"也许应该让她自己去。"玛塞拉突然声明道，让妮芙对她语气的转变十分困惑，"她一个人去了牛津郡，相比一个简单的囚犯营救任务，那段旅程更长，风险也更高。"

"她不行。"海什木坚定地说，"要塞戒备森严，而且塞勒斯……"说到这里，海什木直视着玛塞拉的眼睛，"……嗯，你知道塞勒斯有多能打。你会派人去跟他单挑吗？没有保护或者后援？"

玛塞拉看起来非常不自在。她很想说会——答案就清清楚楚写在她脸上，她宁愿让妮芙死在这个战士手里。不过，让妮芙欣慰的是，她终究没能狠下心这么做。玛塞拉脸上满是忧虑，似乎她也不确定海什木的健康状况能否坚持到任务完成的那一刻。

"你准备好和我并肩作战了吗？"海什木问道，把问题丢给妮芙。

"如果你让他和你一起去，要是他再次受伤，我会怪你。"瓦尔卡坚定地看着妮芙说道。

"如果他坚持要去，而且再次受伤，那也是他自己的决定，瓦尔卡。不是我的。我想大家都很清楚，只要他还想战斗，总能找到理由。"妮芙说得信心十足。她看得出来，海什木此刻求战心切。毕竟，她曾经也和他一样，因为受伤暂时无法守护她的村子，那时候她每一天都渴望回去为她的族人战斗。和他一起为无形者效力的人如此关心他的健康，她心想，这说明他为人不错。这让她更加了解海什木这个人，他不仅仅是一位战士。

从瓦尔卡沮丧的表情来看，妮芙可以肯定，无论海什木究竟受了什么伤，他受伤之后一定是这个诺斯女人在照顾他，而且在这件事上她显然也是出于呵护之心，担心他的康复会受到影响。玛塞拉看上去也不高兴，但这对她来说似乎没有那么私人。

"我已经休息了好几个月。这段时间我步行的距离，最远也就是从这里走到集市，我回雷文斯索普的时候，也是坐船而不是骑马。"海什木说话的声调都变了，恼怒之情溢于言表，"我不被允许进行我的工作，可我已经厌倦了这些行动限制。这场战斗难不倒我。我可以和妮芙一起去，我也不会有危险。她是个好战士，会留心关照我。"

知晓海什木如此信任她，妮芙不禁感到一股自豪感涌上心头。与她并肩作战的战士们觉得他们在战场上可以依靠她，这对她非常重要——而海什木也明确地表示，他就是这样看待她的。

妮芙看了看玛塞拉的脸，她无法解决自己的问题，已经沮丧地闭上了眼睛，她又看了看海什木，海什木满怀希望地注视着她，知道她就要做出决定。妮芙没有多想，她转身与海什木一起走下台阶，来到马厩。

她知道她必须完成这个任务，为了被俘的多神教妇女，为了她对诸神的誓言，更为了无形者，她很感激能与一个相信她能力的人同行。

## 第十章

　　海什木和妮芙沿着泰晤士河骑马北行，河水流出港口区，那里到处都是码头、丹族人和驶向大海的长船，船上装饰着可怕的龙与狼的船首像。他们经过港口和主城区最繁华的地方，看见茂密的树丛一直延伸到河边，规模较小的村舍与农场坐落在远离道路的地方。他们一路上十分安静。海什木选择不发表意见，而妮芙不知道跟他说什么比较安全——虽然她觉得和他在一起比待在瓦尔卡或玛塞拉身边安全多了。瓦尔卡对周围人的能量看得太透彻，玛塞拉则疑心太重。

　　但海什木似乎真的相信妮芙是带着善意来找无形者的——她不认为这是因为海什木过于天真。她回忆起之前碰巧听到的对话，关于他曾经有多么谨慎，又是如何意识到自己必须在第一时间抓住建立信任的机会。所以他选择信任妮芙。

　　她的心脏怦怦直跳，突然感到十分不安，因为她有可能不得不背叛他，将他培养的乐观精神毁于一旦。骑行途中她也在观察海什木，她注意到他的眼睛和耳朵时刻警惕着危险。如果他有任何怀疑，都会立即提醒她。妮芙看得出来，他一定会这么做，瞧他听到动静之后挺直脊背的样子，那不过是一只狐狸蹿出了灌木丛，远处传来雷鸣般的马蹄声，他的眼睛一直在寻找从未出现过的骑手——他们往另一个方向去了。

她心里清楚，他们之所以会一起踏上这条路，完全是因为海什木。如果让瓦尔卡和玛塞拉得逞，她就要独自面对一场没有人能单枪匹马解决的战斗。她很感谢海什木的固执。

毕竟，共同面对一个敌人总要简单许多，尤其是像这个塞勒斯这样反复无常、残酷无情的敌人。阿瓦隆也有自己的敌人，群岛上并非所有人都欢迎阿瓦隆。基督徒想让她们改变信仰，丹族人想夺走她们的土地，但圆桌后裔仍然是阿瓦隆最大的敌人。

这些所谓的著名骑士继承者以猎杀女祭司为乐，企图削弱阿瓦隆对群岛的强大控制。他们对阿瓦隆的怨恨极深，传说是迷雾之女打破了他们的神圣圆桌，还试图毁灭那些备受尊崇的血脉。她记得曾经听过关于他们残忍行径的可怕故事，妮芙提醒自己，他们现在可能就在外面寻找断钢剑，妄图用这把强大的剑来影响群岛。

随着农场和村舍渐渐稀疏，荒野取而代之，他们策马深入适宜狼群与狐狸栖息的山丘，途中被人类驯服的领地越来越少，妮芙发现自己也在马背上放松下来。

"那么，我们到底要去哪儿？"经过几个小时的骑行，她终于问道，期间只有马匹的嘶叫声偶尔会打破两人之间的沉默。

"离这里不远处有个定居点，管理者就是塞勒斯，他曾经是个罗马士兵。玛塞拉北上的时候认识了他，但是，就像她说的，她不太喜欢这个人。她没有解释太多，但她确实说过，他对女性有种残忍的倾向，让她非常不安。"

妮芙打了个哆嗦。她知道有这样的男人,他们把女人的身体视为货币,当作可以交易和借用的东西,而不是有自己的见解、主张和权利的人。她在阿瓦隆听过这样的故事,丹族人来喀里多尼亚的时候,她也遇到过这样的人。她不认为做出这等残忍行径的人有活在这世上的权利,哪怕玛塞拉在麦西亚的自由会让她付出代价。假如玛塞拉能在伦敦自由活动,那妮芙就得担心自己会变成玛塞拉的刀下亡魂了。当然,那肯定是个意外。

恐惧在她心里愈演愈烈。在她的村子,那些被愤怒迷了心窍,对母亲、妻子和女儿动手的男人是不会被容忍的。在她离开前不久,村民们就赶走了一个男人,因为他伤害了家里的女人。几天后,人们发现他被狼群撕成了碎片。那是一场公平的惩罚。

妮芙没有说话,只是踢了踢她的马,让他更急迫地向前冲刺。无论在那个定居点发生了什么,也不管那个被囚禁在那儿的女人遭遇了什么,她都想在情况变得更糟之前阻止它。她不需要暗示或假设,她只需要保证那个女人尽量少遭点罪。

"那个女人——她有你需要的情报吗?"妮芙问道。

"她可能有。但是情报更有可能就藏在定居点里。除了救她,我们还要进行一次彻底的搜查。当然,要是能顺便干掉塞勒斯就更棒了。那会让玛塞拉很开心,让她高兴当然也会让我的日子好过一点。但她命令我们把杀死塞勒斯当作任务的重点,这和我们更重要的目标并不一致。"

在妮芙的记忆里,这已经不是海什木第一次对玛塞拉表示不满了,玛塞拉似乎比他更有攻击性。对于像她这样年轻的人来说,玛塞拉确实显得冷酷无情,而且明显多疑。但跟随罗马军队去他们选择的地方开创基业肯定很不容易，而且她知道罗马女人并没有像她这样追求学业或兴趣的自由。虽然她母亲把女巫战士的责任传给了她，但如果她不适合这个职位，她也会遵从更专业人士的判断。妮芙一直都有选择，但她从没觉得自己有必要行使这些选择。玛塞拉似乎从未拥有过这些。就连瓦尔卡似乎也受到某种限制，她没有那么多的选择，也没有妮芙认为理所当然的决断力。

尽管如此，玛塞拉还是成功摆脱了困境，现在经营起一间刺客小站，她指节瘀青，眼神锐利，连妮芙的决心也无法抵挡。尽管她们之间的敌意很深，妮芙还是忍不住对这个罗马人产生了几分敬意。

远处，一座堡垒主楼从迷雾和森林中升起。这座建筑主要由木头建成，但也有一些用于抵御入侵者的石造结构。

"海什木，我们最好把马藏起来。"她警告道，她猛地一拉缰绳，让马停了下来，"我想他们会在这里巡逻。"

海什木也停了下来，饶有兴趣又惊讶地回头看了她一眼。"你这么想？"

妮芙指着塔楼。"塔楼上没有人值守，至少防备不严，这意味着他们不相信自己观察平原的视线。这里的树木、岩石和雾气太多了。他们会派人徒步巡逻，确保他们不会遇到麻烦。在北方，当我们没法保证自己眼见为实的时候，就会这么做。"

透露这点情报多少让她感觉有些不妥，但她也知道，以诚待人对她很重要，事实也证明她是对的。

海什木点点头溜下马背，把他的战马拴在林子里的一棵树上，他轻轻抚摸它的鼻子让它安心，告诉它，它不会孤单太久。

妮芙也这么做了，然后她溜进沿着道路边缘生长的灌木丛里，开始暗中留意路上有没有带着目的来回走动的人。海什木跟在她身后，脸上写满了好奇。

"你打算主导这次任务?"他问道,他的嗓音很低,甚至很可能被误认作远处的风声,而不是一个人在说话。

"我想我比你更了解这类森林。只要你开口,我可以把我们两人都带进那座堡垒,不会被他们发现。"她反驳道,妮芙回想起入侵者来到她家乡的那段日子,她进出这些不欢迎她的地方运用的种种手段,"而且我觉得你没有我了解雾在这里能为我们做些什么。"

海什木轻声笑了笑,他压低身体贴近地面,拉起斗篷上的兜帽遮住脸,整个人的身影更加模糊难辨。

"等我的信号。"他们接近塔楼时,妮芙说道,她从灌木丛里望向他们与堡垒之间那片等待跨越的平原。

妮芙长舒了一口气,开始努力与她所熟知的世界共鸣。她很熟悉雾的个性——雾是一种冷静沉着的能量,即便它只是一缕缕细微的气象,也有着自己的意志。等到她确定森林与平原上的浓雾如何成形,就开始把注意力转移到环境的其他部分。她聆听着森林里动物们的叫声。远处没有狼嚎声,没有狐狸,也没有熊。她在这片区域没有发现任何可能会引起骚动的生物。这里的树木十分古老,森林保护着她和海什木。

这并不是个愤怒的地方。虽然它可能反对那些坐在堡垒里的入侵者,但妮芙并未感受到土地在与她对抗。这会带给她帮助,因为当土地与你作对时,你掌握的优势就会减少。

她的耳中听到了风声,她的眼睛看见乌云遮蔽了太阳。她一直等到雾气真正降临,这才示意海什木跟着她穿过马路。

尽管所有沿路走来的人都能看到他们,但银色的雾气掩盖了他们的身份。由于他们是步行前进,没人知道他们是不是迷路的巡逻队,刚刚交班返回。如果他们骑着马再往前走,他们很可能会被发现,并且立即被认定为入侵者。等他们穿过马路,她也开始琢磨下一步行动。大雾让人看不清东西,但她还是摸索着走到了另一片树林,她靠在树皮上与一棵又一棵树融为一体,成为林地的一员。

海什木轻松地跟在后面,他观察着妮芙的方法,将这些手段与他自己猫一般优雅的步伐结合起来,有些时候他本可以开口提出另一种方法,但他保持了沉默。就好像他判断她已经足够了……就好像他在信任她。

妮芙心中充满了久违的陪伴感。尽管她来到这里是为了揭露无形者的动机,寻找断钢剑的线索,这种任务只是她女巫战士工作的一环。如果她帮助了无形者——他们本身就是入侵者——她也能学到更多。

说实话,在她的内心深处,妮芙甚至有点喜欢海什木,她真的很想帮助他。他冷静沉着、聪明机智,为人也不残忍。她不认为他成为无形者是因为喜欢暴力,这更像是某种维持世界安全所需的权衡之举。

她看着他靠在自己的树上等待,身体一动不动,只有脑袋偶尔会动一下,追踪树林里的某些动静。

妮芙慢慢地向前走,小心翼翼地放下脚步,避免发出声音。她脚下没有树叶嘎吱作响,没有树枝被压力折断,也没有石头绊住她的脚步。她抬起右手,示意海什木跟上,她已经找到下一段蜿蜒的小道。

他们前方有一支巡逻队。这些人紧密地聚在一起向前移动,距离和雾气模糊了他们的说话声,但她能听出这帮人的身份:他们都是罗马人。巡逻队说的是哈德良长城的语言。海什木和妮芙一起停下脚步,听他们聊天。

"好几天没动静了,真不知道我们为什么非得出来。"走在士兵队伍最前面的巡逻兵说。他没有穿着任何制服,这说明他们并非官方人员,只是早已离开的军队中淘汰的渣滓,这些人决定留下,而不是带着耻辱回家。

"这里又冷又湿。"另一个人抱怨道,"我想回去烤火,不想再巡逻了。这地方除了兔子什么都没有。"

*那你就该留在你的家乡*,她心想,看着这些人在路上游荡,她的怒火愈发强烈。她知道他们现在都心不在焉。

他们只有四个人。

这应该很简单。

妮芙看着海什木,一言不发地朝他们面前这几个容易下手的猎物点了点头。海什木手腕一挥,示意她应该继续前进,趁势而为。有了这个指示,妮芙微笑着摆开架势准备动手。

她一手握箭,取出弓来搭箭上弦,摆出全力应战的架势。迷雾会增加瞄准的难度,但她射中哪个巡逻兵并不重要。她没看海什木站在什么位置,他是向前移动还是选择留在她身后。只听嗖的一声,箭矢飞了出去,射向目标。

第一个人倒下了。她这一箭正中他的胸口。剩下的三人一脸困惑,甚至有些惊愕。他们几乎没时间做出反应,也来不及提高嗓门,海什木就出现在后方一人身后,那人突然像断了弦一样倒在地上。妮芙咧嘴大笑。她又搭上一支箭,海什木也消失在雾中。在他避开之前,她不想松手放箭,但她根本看不到他在哪里。

第三个人倒下。海什木像幽灵一样飞速离开,第四个人开始尖叫求救。

但他再也叫不出声了。

第二支箭先射中了他的喉咙。

道路中间的四具尸体不再动弹。妮芙大步上前与海什木会合,他们一起查看脚下的尸体。妮芙默默地向战斗女神祈祷,希望他们的灵魂能被迅速送往他们想去的任何来世,不是因为她特别喜欢他们,而是因为这样她以后就不会再看到他们的鬼魂了。

他们一言不发地抬起第一具尸体,然后是第二具、第三具和第四具,把他们一起扔进路边的一道沟里。她现在明白隐藏杀戮的重要性了。

每具尸体的重量都让她肌肉酸痛。死人比活人更重,他们拒绝以任何合理的方式分配体重,四肢僵硬,绝不配合。鲜血从她和海什木制造的伤口里往外流。

等最后一人也被藏进他们的临时墓地之后,她扫了一眼他们的装备,很想知道这些人口袋里有没有什么值钱的东西,但最后她还是觉得自己的武器比他们带的这些好得多。她抬眼看向海什木。

"敌人的数量减四。"她说,"我无法想象他们这里戒备森严,以他们那种态度是不可能的。"

"除了喝酒和打架,他们没什么可做的。"海什木同意道,他从地上一人的腰带环上拿起一袋硬币,收了起来。

他们一起朝堡垒望了一眼。是时候想办法闯进去了。入口处没有卫兵。

"我们走?"妮芙问道,她知道除了向前走,别无他法。

"一个完美的陷阱。"海什木轻声说,然后转移到妮芙前方,慢慢地向左侧走去,"除非你不要命了,否则永远不要穿过无人看守的入口。"

妮芙溜到了右边。如果他们从堡垒顶端的城垛两侧同时行动,肯定会更快。她不需要告诉他这个计划,现在他也知道她不需要指示。

她爬上木墙,双手和双脚艰难地紧扣住被雨水冲刷过的木头。固定所有建材的绳索触感潮湿,扎得她手掌刺痛。不久后,她蜷缩在窗台正下方,等着上面有人发出声音,这样她就能确定他们的位置。

果然，在坚持了几分钟后，正当她的肩膀火辣辣地疼，让妮芙开始怀疑自己是不是应该从墙上跳下来另找一条路的时候，她听到头顶上方有人打了个喷嚏。

她赶紧向上爬，用左手抵在墙上保持稳定，右手向上一伸，将那人拽下来甩到身后，从堡垒上扔了下去。

就算他没死，也会有好长一段时间发不出声音。这还只是假设。摔了这么一下，恐怕性命难保。着陆太重对人体没好处。

她继续爬上城垛，朝堡垒内部张望。里面不大，只有一个庭院，几座不同用途的建筑，大概还有一个军械库。这里有指挥官睡觉的地方，有关押人质的地方……但她没看见什么特别可怕或者不同寻常的东西。剩下的守卫似乎都很疲惫、无聊，而且还喝醉了。所有人都端详着雾气，好像他们并不指望有什么东西从里面冒出来似的。

她知道海什木会解决她左边的敌人，所以她转向右边，开始匍匐前进，寻找其他的哨兵，这些人可能正从栏杆上向外窥探，寻找永远也不会出现的敌人。

因为他们的敌人已经在城门里了。经过几分钟的搜索，很明显这次行动相当简单，留下的尸体越少越好。她朝院子里看了一眼，雾气遮住了大部分视线，妮芙跳下城墙，躲在堡垒中央一座建筑后面的灌木丛里。在这个位置，她能听到建筑内有人在唱歌，这是个用餐和庆祝的地方。她环顾四周，找到一个足够大的箱子，把它拉过来抵在门上，这扇门既是入口也是出口。现在他们逃不掉了，跑得再快也逃不掉。

如果有必要，她可以把这里烧成平地。

过了一会儿，海什木找到了她，他手上沾满了血。

她没有多问。

"你知道他们把她关在哪儿吗？"他压低声音问道。

妮芙有些担忧地看着他,竖起一根手指放在唇边,示意他不要说话。

"你背后那栋楼里的人太吵了,我们现在可以说话。"他反驳道,拉着她回到墙边的阴影里。

"没有。"她言简意赅地说,"但我认为我们应该利用堡垒表面上防备不严这一点。"

她扫视四周,考虑着他们的选择。她不熟悉这种地方的生活方式。在阿瓦隆,女士的住所是隐蔽起来的,要沿着一条小道走很远才能抵达,很难找到。但这里所有的建筑都集中在一起,很容易搜索。

"但也许,如果像你说的那样这真的是个陷阱,我们应该很轻松就能找到那个女人。"她对海什木耳语道,"塞勒斯可能在等着有人来救她,但他们还不知道我们在这里。"

妮芙转过身去,透过一栋小楼上破损的窗户向内张望,想看看里面有什么。

什么都没有的。只是一堆长矛和盾牌,上面布满了锈迹和干草。

她身后是厨房和餐厅。剩下的选项不多了。她皱起眉头凝视着迷雾,不知道像塞勒斯这样的男人会把一个女人藏在哪里,还要让她避开其他守卫的打扰。于是,妮芙找到了这里最远、最小的建筑。上面只有一扇门,没有窗户。她知道门肯定是锁上的,但如果她没猜错,那个女人应该就藏在这里——安全、单独、易于防守。她使出浑身力气,用肩膀把门从铰链上砸开,只见对面是一个满身污垢和血迹的女人,被绑在一张椅子上。在她身后,酒吧里的士兵们似乎静了下来。

"这太轻松了。"她大声说道,扑过去迅速给她松绑,"我们得快点。"

这个女人几乎失去了意识,但在她手臂上的污垢和血迹下面,妮芙看到了她族人的月亮文身。她要尽快让这个女人得到自由。

她隐约听到堡垒的最顶层传来守卫惊慌失措的喊叫声。她刚才的动静肯定也惊动了其他人。或者海什木肯定是遇到了值得一战的对手。

她把女人揽进怀里,把她耷拉的脑袋搭在肩上,踉踉跄跄地向前走。

"我找到她了!"她向海什木喊道,后者正在跟一个比他高大一倍的人搏斗。随着叫喊声越来越响,挡住酒吧大门的箱子也在向前移动。海什木的后腿在那个男人的重击下似乎非常痛苦。虽然不清楚他是刚受的伤,还是激烈的战斗导致旧伤复发,但她知道一个事实:如果海什木死在这场战斗里,无形者就不会再信任她了。

她尽可能轻柔地放下囚犯,然后拔出剑,向前一跃,对着那人的后脑勺就是一击。她感到冲击力穿透了她的骨头,命中肩膀的重击让男人丢下了长剑,他转身面对新的袭击者,让海什木得以逃脱。

妮芙跳到一边,恰好躲开了打向她头部的一拳。她挥起手中的利刃,正中巨汉的胸膛,将他击倒在地。

从对方的重击中恢复过来之后,她看着这个男人,然后小心翼翼地扫了一眼周围,观察海什木是否已经躲开了,或者他需不需要帮助。

这是个错误。

片刻之后,她感到对手的拳头击中了她的腹部,全赖她自己在战斗中分心卸下了防备。腹部中拳让她喘不过气来,但妮芙利用这一击的能量向后翻滚,让自己缓过神来,又换了一口气,然后向前冲去,将手中的剑猛地刺向她预料中对方的身体稍后会出现的位置。

她的剑刺入肌肉、肌腱和骨头,带来了一种令人不快的触感。它并没有顺滑地插入他的身体,而是在与剑身努力压制的身体搏斗、扭动。剑是敌对的工具。她奋力将剑刃刺入他的腹部,她赢了——男人痛苦地喘息着,重重地摔在地上,她也跟着倒下。鲜血浸透了他的外衣和其他衣物,疼痛模糊了他的双眼。

"海什木,你能不能带上我们的客人,我们得赶紧行动了。"妮芙说,她把剑从受害者的肚子里拔出来,说话的声音都有些紧张。他血肉模糊地倒在地上,妮芙用他的斗篷把剑擦了擦,才把剑收回鞘里。

"这是塞勒斯吗?"妮芙看了一眼尸体问道。她私底下希望不是,因为如果是的话,那么玛塞拉就能随心所欲地跟着妮芙去做任何她想接的任务了。但她也明白,塞勒斯这样的人不配活着。

"我以为是,但我不确定。"海什木说,"那是一场恶战,但你一到就轻松拿下了他。"

"二对一通常总占上风。"妮芙说,"现在,如果你还需要那份情报,能告诉我在哪儿可以找到吗?时间紧迫。等最后有人喝到吐的时候,大厅里那些士兵就会发现他们出不去了。到那时候我们就麻烦大了。"她咧嘴一笑,就连酒吧里的声音似乎也越来越大了,而且充满了忧虑。

囚犯发出一声微弱模糊的呻吟,试图站起来。她的伤势比妮芙所见所察的还要严重。妮芙伸出一只手,示意她再休息一会儿。

海什木弯下腰,开始检查地上死者的尸体。他的手小心翼翼地抚摸着外衣和盔甲,最后在那人的咽喉处停了下来,放在固定斗篷的扣子上。

"这不是塞勒斯。"他肯定地说,用手指抚摸着扣子,"这不是他的印记。他戴的是鸟扣,而这个是熊。"

妮芙稍稍松了口气,不过她知道这只是短暂的。从长远来看,她可能不得不杀死塞勒斯——毕竟,这样的人不应该继续活着——但在妮芙安全返回家乡之前,她不想给玛塞拉这样的自由。

"情报,海什木。我该去哪里找?"妮芙催促他回答,而不是把注意力放在那个并非他们猎物的死人身上。

"如果不在他身上，就在他的住处。"海什木说，他趴在地上更仔细地搜查那具尸体，"我没法带着这位美丽的女士走太远，我的腿……"他没把话说完，只是点了点头，"你需要搜查他的住处。拿走任何有价值的东西——文件、日志、笔记和信件。你要为玛塞拉找到塞勒斯，如果他挡了你的路，就杀了他。"

妮芙没有再多费口舌。她径直跑向下一栋楼，找到了一间空荡荡的营房。她关上门，环顾四周。庭院周围的其他建筑只有军械库、餐厅和监狱……但士兵会把他的财物放在哪里呢？塞勒斯显然是指挥官。因此，他肯定不会把这些东西留给他的部下。像塞勒斯这样的人总是喜欢独来独往。

她爬上堡垒的内墙，回到城垛上四处奔波，终于找到了塔楼的入口。当然，塞勒斯睡在楼上。他肯定是那种会放任追随者在睡梦中死去的家伙，只要这意味着他自己能活下去。

她找到了梯子，便顺着梯子爬到顶上，进入了一个房间，里面有一张床、几箱财宝和一张书桌在等着她。没有人看守，因为没有人敢不请自来进入他的住所。这里有长绒的毛皮、窗帘和蜜酒。跟下面完全不同。

突然，一声惊恐的尖叫穿透了迷雾。妮芙知道她得抓紧时间了。要么是酒吧里的士兵跑出来了，要么是海什木为了保证他们的安全被迫采取了一些极端的措施。她为海什木受伤感到遗憾，但现在她必须专注于手头的任务：找到塞勒斯，或者至少找到他的私人物品，带走任何可能有用的东西。

很明显他最近在这里睡过。夜壶是满的。蜜酒杯里还有酒渣，蜡烛还在燃烧。他们战斗的时候，塞勒斯一定就在这里。也许他们注定要带走那个女人。她觉得有些不对劲。

妮芙知道塞勒斯可能很中意他的这些好东西，但她不愿意把它们留给他。她抓起一件大皮毛裹在身上取暖，因为战斗带来的肾上腺素慢慢从她体内流失，这让她浑身发抖。然后她开始翻阅房间里散落的文件。在整理房间中央的桌子时，她发现了一封被蜜酒浸湿的信。信是"一位同桌的兄弟"写给塞勒斯的。妮芙感到一股新的寒意涌上心头。

这就是她需要的东西。上古维序者与圆桌后裔合作的证据。

海什木提到的那些在伦敦与无形者作对的人就是后裔？无形者与阿瓦隆有共同的敌人？这封信显然证明塞勒斯在和妮芙作对，就像他在对付玛塞拉一样。她继续寻找，但几乎没有找到其他可读的东西。

看到后裔的名字，妮芙的内心充满了无法控制的恐惧，她在来时的路上就一直在思考这个问题。这已经不仅仅是无形者的问题了。这比仅仅了解他们要重要得多。如果后裔和上古维序者已经结成联盟，还想要得到断钢剑，那情况就比她想象的还要复杂许多。德奥瑞克神父的信在她脑海中萦绕不去。显然，这些组织之间存在着联系。

她把信件塞进衣服的褶皱里，检查了最后几件可能有用的东西，然后发现了一把锋利的短剑，正好可以把它塞进左脚的靴子里，与她右边的那把相配。

她跳下梯子，发现自己面前是熊熊大火和滚滚浓烟。随着士兵们奋力爬出建筑，挣扎着越过曾经关住门的破箱子，尖叫声也越来越响。大火已经蔓延到整座堡垒。她没看到海什木，也没看到他们救出的囚犯，所以她猜想他们一定已经离开了这里。

她顺着来时的路滑下去，走外侧的墙，然后回到小树林里，这似乎是最明智的选择。海什木说过，他的腿现在走不了多远，所以当她在塔楼里办事的时候，那里就是他们距离最近、最不显眼的藏身之处了。杀死塞勒斯只能等下次了。

但她在小树林里没有发现任何人。她嗓子眼儿里泛起苦水。难道她在堡垒的混乱中错过了海什木?他和那个女人一起被抓了吗?她当时观察过,但也许找得还不够仔细。堡垒中的混乱的确非同一般。

于是,她坐下来仔细聆听,希望森林能告诉她是否有人藏在她看不见的地方,也试着相信海什木会出现。

在确定他们没有躲在这里等她回来之前,她是不会跑回火场的。她的耐心也得到了回报。

一道几乎无法察觉的呜咽声传入她的耳朵,这声音不可能是受伤的兔子或狐狸发出的,只可能是人。是一个受到惊吓和伤害的女人。一个被绑了太久的女人。妮芙挤过灌木丛,就看见那个年轻女子和海什木在一起。两人看起来疲惫不堪。

"海什木,我是妮芙。我可以去牵马。"她急切地说,但海什木只是点了点头,他脸上全是汗水,呼吸也很困难。也许海什木是痛得说不出话了。妮芙没有等待指示,而是跑去牵马。时间对他们至关重要,海什木显然需要帮助,他们得尽快逃走,赶回去求助。也许瓦尔卡是对的……海什木还没有准备好。

可是,当她跑进他们留下坐骑的小树林,却发现马儿们并不孤单。一个穿着罗马服饰的小个子男人站在它们身边,轻轻抚摸着海什木的马。

"除了我的皮毛,你还拿走了什么,女士?"他转身面对着她问道。他的礼貌十分刺耳。毕竟,她从没想过自己的敌人会给她一个头衔,甚至对她以礼相待。"你带走了我的囚犯,那我的信呢?"

"我拿走了我需要的一切。"妮芙说,她把手按在剑上,迈步向前,"你是来跟我决斗的,还是来幸灾乐祸的?"

听到这话,塞勒斯笑了。她已经厌倦了男人嘲笑她。她拔出剑。

就像德奥瑞克神父，塞勒斯似乎对死在她手里的可能性不以为意。

"我的耐心不是永久的。做出决定，你到底想干什么。"她知道让塞勒斯活着对她有利，尽管他是个危险人物。如果他是来幸灾乐祸的，就让他自己乐去吧。但她不会再浪费时间，她还要把海什木和那个年轻女人带到安全的地方。

"我来这里，是因为我不再需要她了。"塞勒斯说，妮芙知道他指的是他们救下的那个年轻女人，"她给了我，我们需要的情报。我想，把她送回她的族人身边，会带给她同等的痛苦，就像我抛弃她一样。"

妮芙憎恨他。他知道，无论他对她做了什么，她都不可能以一个受村里尊重的女性身份回家了。再往南，在那些基督教影响力更大的村子里，人们更注重妇女的纯洁和对婚姻的忠诚。如果塞勒斯侵犯了她，妮芙几乎无法改变她的命运。

"但你看来是个不错的替代品，尤其是我们北边的女修道院还需要一个人。除非你能给我们带来太多的麻烦。"塞勒斯的笑容更灿烂了。

妮芙心中灵光一闪，她记得这个词。女修道院。妮芙在伦敦遇到的那位修女曾对这样一个地方表达过担忧，还求她过去看看。也许这件事与无形者任务之间的关系比她最初想象的还要密切。她转动手中的剑，等待时机。

"我会的。我讨厌伤害女人的男人。即使那些女人不是我的族人。"她顺着他的话说，同时刺激他与自己开打，她已经迫不及待了。

他迅速出击，短剑划破空气，速度之快，她只在最老练的战士身上见过。她挡开了这一击。他比堡垒里那个男人更厉害，而且仍然保持着充沛的体力。与此同时，妮芙已经感觉到过度劳累带来的疲惫。她需要速战速决。她的手臂在抗议，长剑在空中划过一道弧线，击向他的脚踝后方，试图让他动弹不得。

他看清了她的意图,赶紧闪到一边。马儿在嘶鸣,美森尥起后蹄猛地一跳。她再次挥剑,直接砍向他的头颅,让塞勒斯别无选择,只能向后跳,被迫靠近马匹。美森打了个响鼻,后退几步躲开迅速向他靠近的塞勒斯。

妮芙再次出击,攻势没有停顿,逼迫塞勒斯再次后退接近美森,后者已经明白了自己的职责。美森后腿直立,前蹄蹬在塞勒斯背上。她的马就是她最好的盟友,塞勒斯向前扑倒在草地上。林中一片寂静。然后,妮芙站在他身旁,从臂铠中弹出袖剑。利刃轻松地滑出臂铠,差点儿划伤她的手指。她停顿片刻,准备杀死他,然后又犹豫了。她脑海中闪过杀死德奥瑞克神父的画面。鲜血。错误。后果。

她希望他出来时没有惊动他的警卫或其他士兵。她弯下腰查看他是否还有呼吸,但无法确定。也许终究是美森杀了他。但她不需要补上最后一击。

妮芙把他的身体拖进森林里,拿走了他身上所有的武器。她带不走他的剑,就尽全力把它扔到了远处。她的下一步是阻止他走得太远,所以她剥掉了他的斗篷,徒手撕下几块碎片,给他制造一点小小的挑战,等他醒来时……如果他还能醒的话。他的头颅慢慢渗出深红色的血。如果他还活着,妮芙也不确定他还能活多久。

她小心翼翼地捆住他的双手和脚踝,确保他难以逃脱。她的绳结打得很紧。最后,她用斗篷上撕下的最后一条布绑住了他的嘴,让他无法呼救。

她已经履行了职责,妮芙收拢马匹,把它们带回海什木与囚犯藏身的林间空地——尽管她现在还不确定这个囚犯是敌是友。塞勒斯把他的堡垒管理得如此糟糕,这似乎有些不对劲。妮芙把海什木坐骑的缰绳递给他,他痛哼一声骑上马背,然后点了点头,鼓励她开始带路。

"我在藏马的地方遇到了塞勒斯。"妮芙一边确保他的安全,保证他不会从马鞍上摔下来,一边谨慎地对他说。"我想这个女人和我第一次来找你的时候听说的那个女修道院有关。"

"你怎么处理他的?"海什木问道,她知道这只是他的第一个问题。

话到嘴边突然说不出口了。她必须做出决定,是告诉海什木塞勒斯已经死了还是依然活着。如果她说他已经死了,这很可能是事实,而玛塞拉就能在麦西亚自由行动——也可以随心所欲地调查妮芙和她的出身。但如果她说谎……如果她说他还活着……头部受伤的塞勒斯躺在冰冷的土地上时间越久,这种可能性就越小,那么玛塞拉仍然会生活在恐惧之中。而妮芙或许也能继续执行阿瓦隆的任务,不用担心玛塞拉会带来额外的威胁悬在她头上。

"他还活着。他跑得太快了。我追不上他。"谎言脱口而出。这给了她时间。她需要时间。玛塞拉足够精明,如果让她肆无忌惮地到处乱跑,她一定会查出妮芙背后的真相。

海什木点点头,但失望之色溢于言表。"不用担心。我们下次再找机会除掉他。"

妮芙骑上马,把直不起身子的年轻女子也拉上马背。他们迅速离开燃烧的堡垒,她找到的情报紧贴着胸膛。他们救出的那个女人在她面前晕了过去。

妮芙回头瞥了一眼,看见浓烟与雾气混合在一起,向方圆几英里内的所有人昭示,来占领这片土地的人遭遇了不测。

"你刚才做得很好。"海什木说,他们已经与火场拉开足够的距离。

"你也是。"她说,"你引发了这场大火。"

"我已经想办法保证多数士兵不会被活活烧死了。说到底,他们差一点就打破了我们放在门前的障碍。"

妮芙笑了。尽管她有些自我怀疑，尽管她忠于阿瓦隆，但妮芙还是感到一丝自豪。她知道自己已经尽了最大的努力同时为双方的领袖服务，也同时达到了所有的目的。她已经成为无形者需要的那个人。

"塞勒斯这样的人不应当掌握权力。"海什木低语道，"他虐待了你怀里的那个女人，他滥用自己的权力伤害他人。他必须被阻止。但是，除非万不得已，我不会……焚烧敌人的房屋。你明白吗？我只对罪有应得的人下手。玛塞拉很少谈到她的经历，但我知道那是她人生中最糟糕的一段时光。即便如此，明知我可以为她纠正这个错误，我的荣誉也岌岌可危。我不会夺走无辜者的生命，哪怕我不得不这么做，也不会轻易动手。我知道我们要求你代表无形者做的这些事情，你并不完全赞同，但请你相信我，我们的暗杀总是有目的的。这个塞勒斯？如果我找到他，我会杀了他。将来，如果你有机会杀了他，你就应该这么做。"

妮芙相信他。这听起来与迷雾之女秉持的道德准则如出一辙。在必要时秘密行事，但要为所有人的最大利益做必须做的事。不仅为有钱有势的人维护自由，也为那些生活艰难的人维护自由。

她突然为自己在塞勒斯的事情上撒谎感到内疚。很有可能，她本可以坦然接受自己的双手沾满他的鲜血，但现在她确信自己需要提防他的报复。也许有一天，她可以告诉海什木真相。

躺在她面前的女人动了一下，她发出一声呻吟。"我想回家。"她低声说，声音里明显带着痛苦。

"你的家在哪儿？"妮芙问道，她一只手松开缰绳，放在女人背上以示安慰。她又呻吟了一声。

"我们先带你去我们的家，亲爱的女士。"妮芙说，"我们会治好你，然后带你回家。你不能就这样去见你的家人。"

海什木看了她一眼,脸上明显有些担心。

妮芙也注视着他,目光坚决。"在她有机会休息之前,我们不能把她留在别的地方,也不能把她交给任何人。她知道一些事情,海什木。她就是你的情报。"

海什木点了点头,他们继续向乡间骑行,一起返回伦敦,那个他们所有人都未曾归属的异乡。

# 第十一章

他们回来的时候，死气沉沉的据点还是漆黑一片。玛塞拉和瓦尔卡不在，这让妮芙感到了一丝轻松。她在想，她们二人是不是在睡觉，或者玛塞拉是否将命运把握在自己的手中，相信塞勒斯的性命已经被夺走，出发去探索伦敦了。

海什木一瘸一拐地走进了据点。这次的骑行和此前的战斗一样，对他来说十分艰难。妮芙知道，如果玛塞拉看到他现在这样的状态，会责怪她的。即使是想象到瓦尔卡失望的眼神，都让妮芙感到紧张，好像她真的要为海什木的受伤负责似的。她再次产生了想要离开无形者的念头，想要在她的家乡或者是阿瓦隆找到安全感。玛塞拉在寻找摆脱她的理由，哪怕海什木正在努力把她拉进他们的行列。

但她孤身一人的话也并不安全。圆桌后裔仍在活跃，而且上古维序者毫无疑问会知道她是一名新的无形者。她的敌人比之前更多了。

她需要海什木、玛塞拉和瓦尔卡，至少要到找回断钢剑为止。她需要他们来保证自己的安全。

"我能为你做点什么吗?"她询问海什木时小心地放下那个不知名的女子,她还在离篝火不远的角落的一堆毛皮中睡着觉。她一直在沉睡,不知道自己已经被带到了一个新的地方。

"我可能只需要休息一会。"海什木回答着,坐在篝火旁边的椅子上。

"我接受过一些治疗的训练。有什么是我能帮到你的吗?"她再次发问,无视了他的拒绝。她以前也见过像海什木一样的病人,他们不希望自己被特殊对待。他们宁愿像猫儿一样,要么流浪至死,要么安静地舔舐自己的伤口。"你要等到瓦尔卡回到这里,发现我们干的事情吗?"

海什木叹了一口气。"也许你说得没错。我的腿上还有伤,但这个伤似乎在影响着我的身体。我感觉可能是肌肉的问题。我的肌肉并不是一直都让我感到难受,但在受伤之后,它们会抽搐,让伤病变得更加严重。"妮芙把手放在了他的腿上,她能感觉到他的肌肉在颤抖,还看到了他的伤口。伤口确实很深,但不足以让他在归途中变得如此虚弱。

"他们是怎么治疗的?"她一边问着,一边轻柔地按摩着痉挛的肌肉,看看自己能否让它们恢复到原本平静的样子。

海什木呻吟了一声,因为疼痛而皱紧了眉头。似乎肌肉抽筋比伤口更让他觉得难受。"休息、上药,还有包扎。我最早的伤已经痊愈了,但即使到了现在,它还在困扰着我。"他说道。

啊。包扎。她可以从这里着手。她曾在战斗之后照顾过很多伤员,这是她拿手的领域。这也会让她在无形者中发挥长处。

"你们的药物和草药都放在哪里?"她问道,"我看看能做点什么。"

海什木指向了厨房一个橱柜的方向。她轻易地发现那个橱柜里都是绷带、草药，和一些已经做好了的膏药。当然了，每天都在战斗的人们都会在显眼的地方准备这些东西。在阿瓦隆里也是如此。

她取出了不同种类的草药，还有和她的拳头一样宽的绷带，接着回到了公共休息区，海什木在等着她，眼睛因为疼痛而微微下垂。

她没有说话，把草药和水混合在一起，放在火上煮沸。在等待的时候，她开始清理伤口，接着耐心地包扎好海什木痉挛的肌肉。她的手很容易就记起绷带包扎的节奏。当膏药准备好了之后，她把药涂在了伤口上。她观察着，并没有太过担心。他的伤口会恢复得很干净。

"你还挺有天赋的。"海什木看着她说道，"你一定受到过很好的训练。"

"是的，我村子里的女人们都很擅长这些。"妮芙打住了他是想要打听消息的直觉，但和他并肩战斗之后，她发现自己对他的喜爱与日俱增。

绷带紧紧地缠绕在伤口上后，她回到篝火旁边，把开水拿下来，为他泡了茶。"把这个喝了。然后去你睡觉的地方休息，我等下用一个酒囊装一些热水。你睡觉的时候把它放在大腿上，让你的肌肉放松下来。"

海什木反感地看着那杯茶。"这能让我睡多久？"他不高兴地问道。

"你想睡多久都可以。你快去休息吧，它很快就起效了。"

"但那个人……"他的视线转向了他们救下来的那个女人。

"我觉得现在她可能也帮不了我们什么。"妮芙轻声地说道。

海什木点了点头，从椅子上站起身，小心地走向他的床。但他在门口停了下来，看着她。

"我不认为玛塞拉和瓦尔卡完全认识到了你是一个好人。"他说道。"但我觉得你是。我希望以后无论发生什么事，你都能在我们的任务里找到属于你的价值,然后留下来。"

妮芙轻轻一笑。"谢谢你。这对我来说意义重大。"

海什木点点头,离开了房间,妮芙接着转头看向她救出来的女人。她咬了咬嘴唇。如果她是迷雾之女的其中一员,她不能冒着让她和海什木说话的风险,透露出更多她不能说出来的事情。她左右为难,不知道要怎么办才好。

她开始烧另一次水,比上一次多了不少。接着,她找到了一个酒囊,把热水都倒进去,等水冷却到合适的温度。她拿着答应给海什木的酒囊去了他的房间,然后在据点里走来走去,把干净的床单和旧衣服都收起来,从现在已经是她的房间里拿了一把梳子。

第三次烧的水用来泡茶了,她把这锅茶水放在了他们救回来的女子面前。这个年轻的女子疲倦地眨着眼,直到完全清醒。她的双眼环视着房间,因为恐惧而失去聚焦。

妮芙慢慢地走过去,在她身旁坐了下来,手里拿着一桶热水。她手上还拿着一堆干净的旧衣服。从很多方面来说,这是妮芙在这几个星期里感到最平静的时候。她很享受成为一名治疗师,照顾海什木和他们一起救回来的人,让她能专注于积极清晰的事情。没有误传、没有误导,没有必要的算计。只有身体和心灵上的治愈。

"如果你允许的话,我会帮你脱掉衣服,清洗你的伤口。"妮芙用冷静沉稳、没有任何商量余地的语气说道。女子点了点头,用胳膊肘撑起身子,很快就把衣服脱掉了。妮芙把沾满了血迹和尘土的衣服扔到一个角落处。这些衣服破破烂烂,已经不能穿了,不过可以当抹布用。

她把收集来的干净碎布放进热水里沾湿,开始擦拭着女子的身体,动作轻柔小心翼翼地擦净她的四肢和脸。

"你是我们的人吗?"那名女子终于用破碎的声音问道。妮芙环视了周围，看到海什木房间的门还是关着的，这里也没有其他人。她选择没有说出来，因为她知道这行为有多危险。她掀起了右边的衣袖，让女子看到她自己的月亮文身。

她松了一口气，放松了下来，对妮芙治疗的抗拒马上就消失了。"我叫艾芭，你治好我之后，我想要回家。"

"我应该可以帮你安排好。"妮芙在清理她背上的伤口时说道。艾芭缩了一下身子，但没有让妮芙停下。"你还有什么事没有告诉我们吗？"

"塞勒斯在绑架女人，把她们都抓到了修道院。我是其中一个目击者，但我逃出来了，想要告诉更多的人那里发生了什么事。我想这是他抓我到堡垒的原因。"她的神情充满了恐惧，但也有着坚定，"那所修道院有问题。那里不仅是想成为修女的人所居住的地方，那里还发生着邪恶的事。我看到一个不是修女的人被拖了进去。他们在审问她。"

妮芙发现这些线索都连到了一起。一个年轻的学徒向她提起的这个修道院，再次出现在另一个内心充满恐惧的女子的话语中。那个地方很不对劲。妮芙下定了决心要做点什么。这样的事情在无形者的管辖范围内，他们可以帮她一把。

"他们带走了那个女人，因为她一直在传送带有迷雾之女印章的信件。他们渴望知道有关阿瓦隆神器的一切，特别是断钢剑的所在之处。"她绝望地看着妮芙，"你知道他们在找断钢剑吗？"

妮芙在听到这把神剑的名字在这个地方公开说出来时，感到浑身发冷。在这里，她一直尽力地假装自己知道的事情特别少。但不管她有多么谨慎地伪装自己，她还是要去一趟这个修道院，看看到底发生了什么事情。

塞勒斯是上古维序者的成员，和一个未知的圆桌后裔有联系。德奥瑞克神父和另外一个圆桌后裔联手合作，表明了他们想要夺走断钢剑。显然，这两个组织达成了一致，认为迷雾之女或者是无形者知晓断钢剑在离开巨石阵后的去向。

唯一的问题是，迷雾之女并不知道。那就剩下无形者了。

她还不能让海什木和这个年轻女子交谈。如果这样做了，一切将会被揭晓。虽然她现在已经开始喜欢上了无形者，但她还是不太明白他们为什么想要拿到断钢剑……还有他们想要把断钢剑藏到哪里。

"我要带你去哪里才能送你回家？"妮芙问道，"你是一名女巫战士吗？"

艾芭摇了摇头。"我只是个治疗师。如果你能把我带到泰晤士河的北岸，我应该能从那里走回家。要不然我的家人会猜想，我是不是被一个陌生人送回来的。我不想让他们有这样的猜想。"

"你是想说，他们不相信你是被别人偷偷拐走的吗？"

艾芭低下了头。妮芙没有必要继续追问下去了。她知道，艾芭凭借自己的力量和意志回到故乡是最安全的。她的经历会变成一个惊险的故事，需要这个故事的人会相信她的。

"等你穿好衣服了，我就带你走。"妮芙说着，不想浪费时间。海什木在休息，但他醒来后，他会想要和艾芭谈谈的。但艾芭已经知道了她的身份，这让事情变得棘手，她不得不早点出发。当艾芭穿上了借来的衣服，妮芙爬上了已经成为她的房间的藏匿处，换上了没有沾染血迹的衣服，找到了瓦尔卡给她的一封信。

看到这陌生的潦草笔迹，她的手有点颤抖。瓦尔卡是故意这样写的。很明显，她用了妮芙的，而不是自己的语言写的这封信。这是一份邀请。

当你开始行动之后，我对你要分享出来的东西十分感兴趣。

妮芙得意地笑了。她在之前的交谈中也没有向瓦尔卡透露很多东西。

你我似乎分歧甚大，但为人处世和观察世界的方式十分相近。我想要进一步了解你，更好地理解你的族人的生存之道。如果你愿意接受我的邀请，请在方便时来找我。虽然我们之间仍然存在着不信任，但我知道我们最终能让这些疑虑消失。

这张纸条让妮芙感到十分纠结。一方面，她并不想和瓦尔卡深交。她不得不保护好自己的能力和知识。如果有什么人会发现她的秘密，那个人一定会是瓦尔卡。她还不想被她发现这些秘密。

但她也意识到了，如果想要解决修道院的事情，瓦尔卡就是自己需要的盟友。新旧生活下的女性被那些追求权势的人伤害。虽然玛塞拉和海什木都反对上古维序者的势力与日俱增，但他们似乎并不会掺和到普通人的事中。但瓦尔卡的话……妮芙想到了，瓦尔卡有自保的能力，即使没有剑和弓。也许这是一次机会。毕竟，她不能信任玛塞拉，而且海什木的旧伤复发，他的身体还不允许他这么快就再次踏上旅程。

没错，也许这些疑虑可以消失了。

她换上一条长裙后，把斗篷披在了自己的肩上，从梯子爬了下来。艾芭准备好了。前方有着那么多妮芙完全不了解的敌人，她知道如果艾芭独自前行的话有多么危险。尽管如此，她还是带上了美森，她们一路骑行到了艾芭说可以一人前行的地方。她们没有再说其他的话。妮芙用了更长的时间，沉默地看着她离开，然后才回据点。

当她走进据点时，海什木和玛塞拉在篝火边等着她。妮芙对这一瞬间感到有点恐惧，但她知道这是她不得不面对的情况。

"她是自己离开的，还是你帮了她？"玛塞拉问道，语气带着直白的指责之意。

"她说想要离开。我问了她关于塞勒斯和他的行踪，但我发现让她留在这里只能得到很少情报，特别是她竭力地想要家人和家乡的安全。"妮芙脱下斗篷，把它挂在了钩子上。她没有坐下来，而是站在无形者的面前，像是在接受审判。

　　海什木转头看着妮芙，眼神很清晰地带着疑问。"你觉得这是你应该要做的事情吗？"他问道，很明显对她不太高兴。

　　妮芙想要像霜降时的花朵一样缩起身子。她为这个决定付出的代价是海什木的一部分信任，她知道自己的保证和仔细的照顾在这个情况面前一文不值。信任可以很快被破坏，妮芙这个小小的谎言终于到了明面。"我以为你把她交给了我。"妮芙回答道。

　　"你说她有我们要的情报。"海什木指了出来。

　　"我现在可以转告给你了。"

　　接下来沉重的沉默告诉了妮芙三件事：

　　海什木把这个事情交给了她，而且他赞同了她；

　　玛塞拉对他的决定感到很不高兴，海什木多少都要为他的选择付出一些代价；

　　妮芙可以揭露一些他们想要知道的事情，同时还保留一部分的秘密，找到机会主导这次谈话的方向。

　　她马上拿出了她在塞勒斯的房间里拿走的信，放在玛塞拉的手上，这是她在海什木把整座堡垒化为灰烬前拿到的。她读过这封信的所有内容，虽然当时她还搞不明白里面写的是什么。

　　"我是确认在塞勒斯的房间里没有遗漏的东西时找到的这个。上面写了他的三个同伙的身份情报，包括正在寻找拥有强大力量神器的人。"妮芙说道，"我希望其中有你们在伦敦的敌人。"

　　"我们需要讨论一下。"玛塞拉读完这封信后说道。然后她用意味深长的眼神瞥了一眼妮芙,示意她可以离开了。

"你们现在还不能我让离开。"妮芙直接看着玛塞拉说道,"你们接受了我,让我成为学徒。而且,我还没有说完。艾芭,就是我们救出来的那个女人,和我们前几个星期听说过的那个修道院有点联系。那里在发生着什么,而且还和上古维序者有关。所以她才会被塞勒斯劫走。"

玛塞拉摇了摇头,但不是出于否定。她知道妮芙说得没错。不管玛塞拉是否愿意让妮芙加入兄弟会,木已成舟。妮芙不仅仅是一个需要证明自己能力的潜在成员,她现在还在和无形者合作。她去执行他们下派的任务,还让他们感到十分满意。她有权利待在这里。所以妮芙坐了下来,看看玛塞拉还敢不敢再次让她离开。

但玛塞拉没有。

"你带回来的那个女人有我们需要的情报,如果你没有躺下来休息的话,你都能问出来了。"玛塞拉用严厉的语气说着,眼神像匕首一样扎向海什木。很明显她想要找一个人担责。

"我信任妮芙。目前为止,她做的决定都很出色,不仅保证了我们的安全,还帮助我们顺利完成任务。如果这名囚犯因为获得自由而配合的话,她可能把情报提供给我们。如果她受惊过度,她不会这样做。但真正的情报就在那封信里。塞勒斯不会寻找其他的神器。他一定是在找断钢剑。"

他们说到断钢剑了。妮芙对这个信息的揭晓之快感到震惊。她的心跳特别大声,她担心玛塞拉和海什木会留意到。但他们正在专心于这次争吵。

"和他的同伙们一起。"玛塞拉不耐烦地说道,轻蔑地拍着那张信纸,"这些圆桌小鬼。最近的几个星期,我一直在派探子去伦敦搜查情报,想要进一步了解他们……有的时候我还冒险亲自去。一直在后巷和酒吧里。因为塞勒斯,我们一直都不能去那些真正重要的地方。"

"把你知道的事情都告诉妮芙吧。"海什木请求道,"我们现在也可以让艾沃尔知道要留心些什么了。这些敌人可能会冲着她去的。"

玛塞拉怒视着他。"这些圆桌后裔已经在监视多神教徒好几个星期了,在上古维序者需要本地人干脏活的时候招募他们。他们的联盟十分致命,还可能会改变这些岛屿的政治和宗教。还有传言说,他们有着什么计划和能力,可以让他们快速控制群岛的发展和人民,能确定的是,利用断钢剑的传说,就可以简单地把异教徒的观念转变到无处不在的上古维序者的铁拳思维。无论是谁,能拿起这把剑就能成为群岛的国王,啊,而且还是一个不会被质疑的国王?好吧,他们决定了要保证这个国王是他们可以操纵的。但这些都是我们一早就已经知道了的情报。"

"玛塞拉,这封信的情报并非一文不值。"海什木争辩道。

"这可不是我想要的。"

"这从来就不是你想要的。"海什木生气地回敬着她,"妮芙出色地保证了我的安全,还在路途上做出了正确的决策。我们不想失去她,如果你继续这样排斥她,表现得好像她既没有本事,又没有得到我们的信任的话,她会离开的。"

"但她确实没有得到我们的信任。"玛塞拉说道,"你也许信任她,但我的信任可不会那么轻易地就给出去,而且一个恰好知道怎么用剑的喀里多尼亚小鬼才不会那么轻易地得到我的信任。"

妮芙觉得自己像是被打了一巴掌。即使她知道玛塞拉有多讨厌她,但她当着自己的面坦白这一点还是让她感到十分震惊。

但这也没关系了。玛塞拉可以恨她到天荒地老,这也并不是什么要紧的事，因为妮芙已经确认了无形者知道断钢剑的存在，而这个艾沃尔就是它所在位置的线索。她不知道自己的伪装还能持续多久。

毕竟，是无形者将这把神剑从巨石阵底取了出来。而且，这一发现让妮芙惊讶地感到怒不可遏。断钢剑是属于阿瓦隆圣桌的一部分。它不属于无形者，或者是他们的领袖，更不属于不信奉他们的神明的丹族人。它不应该被圆桌后裔利用，通过谎言和欺骗在群岛中获得更大的权势。

但她如何能在知晓那座修道院里的女人们在受苦的时候，在夜深时分冲出据点，去寻找这个叫艾沃尔的人呢？她在据点里不能冷静思考。她需要新鲜的空气。

妮芙从座位站了起来。"我觉得我需要到外面散散步。我回来后，我想讨论一下和瓦尔卡一起调查那个叫艾芭的女人提到的修道院。我觉得那个地方也许和我们在调查的东西有一定的关系。也许在那里，关于圆桌后裔的线索可能比我们知道的还要多。"

妮芙没有等他们的回应，就抓起自己的斗篷，向着伦敦的街头走去，她想要把自己埋在人群中，思考和分析那些似乎要将她压得喘不过气的情绪。

但就在她走出门前，她无意中听到了玛塞拉几乎肯定不是故意说给她听的话：

"我也许需要去雷文斯索普一趟，再和瓦尔卡谈谈，看看她对这个妮芙有什么看法。她们共处过一段时间，在她需要回家前，我们没有更多的时间再去形成我们对她的看法了。在长途北上之前，你要恢复得很好才行。我们需要警告艾沃尔她新得的剑的危险，还有向她提供我们的帮助。我不相信送出任何信件是安全的，也不相信任何送信的人。"

"那妮芙得要和我一起出发。"海什木说道。

"那当然了,她不能一个人留在据点里。她一定要在我们的监视范围中。现在她已经知道了我们任务的全部内容,你的工作就是要保证她不会做出伤害到我们的事情。"玛塞拉向他下令,"既然是你决定了要信任她,那你就要为此负责。如果她背叛了我们,那就是你的错。如果她能为我们带来荣耀,那这份荣耀也是属于你的。"

妮芙拉上兜帽,故意走到街上。她有点希望自己没有听到他们刚刚的谈话,内疚在她的心里翻腾着。如果海什木因为她的决策惹到了麻烦,这会让他付出代价的。哪怕是锁定了最终目标的兴奋——为女士完成任务,然后她就可以回家了——都让她感到了一丝苦涩。这个叫艾沃尔的人手持断钢剑,妮芙下定决心要取回它。可是,她可以现在跳上马背,离开据点把断钢剑夺回来吗?还是说她应该要留下来,继续维持她的伪装,陪着海什木一起北上呢?她对他的背叛不可避免,还会毁掉他们之间建立起来的所有喜爱之情。

但她对迷雾之女的忠诚十分强烈。这是她的世界中最重要的事情,如果她要为了把她抚养成人的族人背叛一个刚刚才认识没多久的人,她会这样做的。

毕竟,断钢剑不仅是一个国王曾经持有的剑。它不只是给予亚瑟王的礼物。它是一件拥有强大力量的神器。除了那些曾经拥有断钢剑的人,没有人知道它真正的力量,和它的能力。但妮芙知道它足够重要,让阿瓦隆女士派她不惜一切代价将其取回。女士脸上的神情不是开玩笑的。那是出于真正的恐惧,不知道这件属于她们的最强大的神器去了哪里,也不知道有能力使用它的人会利用这股力量去做好事还是做坏事。

女士本会亲自把断钢剑找回来的,这是她该做的事,但妮芙和其他人一样都知道，女士不能离开阿瓦隆。绿岸和湖水在保护着她，她和国王、女王或皇帝一样，也是一位元首。如果她离开阿瓦隆，会陷入危险的境地，所以女士才会选择派遣一位战士去找到断钢剑。

妮芙知道她的使命就在眼前。对此她下定了决心。

所以她才会在这里。不是为了海什木，不是为了那些小小的差事，也不是为了敌人的情报。她在这里，是因为那些不是来自群岛之滨的人们，染指了属于她的族人的最珍贵神器。他们拥有断钢剑，但他们不该拥有它。

但此刻她陷入了困境：她不知道艾沃尔是谁，也不清楚他们的下落，更无从得知他们打算用断钢剑做什么。

这个人是怎么从巨石阵之下把断钢剑取了出来的？谁给了她工具得以发现断钢剑，而之前想要这样做的人们却无法做到？

最重要的是，妮芙知道她的探索变得更加复杂了。妮芙凝视着头上的云朵。她知道把玛塞拉拉到自己一方、像信任海什木一样信任她是十分重要的。因为直到她获得这个据点里任何人，以及未来合作的人们的信任之前，她绝对不可能接近属于她的族人的圣剑。

妮芙只有一个选择。无论要花多久时间，她都要回到阿瓦隆，告诉女士断钢剑的所在之处。当她汇报完情况之后，她就可以着手调查那个修道院，完成海什木和玛塞拉要她做的任何事情，等海什木康复后，他们就可以一起向北出发。妮芙知道，她不能太过冲动，直接去找这个叫艾沃尔的人。她要等待时机，这也就意味着她要回到据点和痛恨她的女人那里，找到能接近艾沃尔的方法，然后她就能一锤定音地为阿瓦隆夺回这把圣剑。

# 第十二章

当妮芙回到据点时,公共休息区里只有海什木一个人。他看上去很焦虑不安,但妮芙也不能责怪他。毕竟,玛塞拉已经挑明了,她不仅不信任妮芙,她还质疑了海什木的直觉。

妮芙在开口说话前慢慢地走到了他的身旁。"海什木……我知道警告你的朋友艾沃尔十分重要,但我们需要搞清楚那个修道院里到底发生了什么事。"她停顿了一下,知道她接下来的话会让他感到恼火。但她要说的是真相,所以她还是继续说了下去:"我们都很清楚,你不能和我一起去。考虑到玛塞拉跟我们说的一切,我觉得我和瓦尔卡一起去是明智的。"

听到这话,海什木惊讶地抬头看着她。"瓦尔卡吗?"

"是的,两个前往修道院的女人、特别是在乔装打扮之后,表面上看就不会显得奇怪。可是,如果是全副武装的一男一女、特别是其中一人还明显一瘸一拐的话,会更容易引起怀疑。"

海什木转头看向火堆。"没错。瓦尔卡可能会对离开雷文斯索普犹豫不决，但你提出这件事为什么如此重要的观点是正确的。"海什木想得很周到，"我们要骑马向北，警告艾沃尔上古维序者和圆桌后裔已经联手。我们应该要警惕上古维序者的任何盟友。你会及时回来和我一起过去吗？"

"当然。这能让我……改善一下和女先知的关系。上次和她谈话的时候，我不太确定她的意图是什么。瓦尔卡给我送了一封信，想要我和她相处一些时间，我觉得现在是做这件事的绝佳时机。远离玛塞拉和这个地方。"还有你。妮芙遗憾地想到。

海什木点了点头，即使他看上去很不自在，仿佛他要做一些也许很快会让自己后悔的事情一样。妮芙对他也许会帮助自己，而不是再进一步束缚自己抱有一丝希望。

"那你现在就得走了。"他说道，"玛塞拉想要让我们把精力都放在断钢剑和上古维序者那里。我觉得那所修道院的情况如你所说，和那些人有关，即使它的地位可能没有那么位于中心。但修道院很有可能会告诉我们更多关于圆桌后裔的事情。"

"对我来说，努力让那些女人们的境地变得比现在更安全很重要。"妮芙说着，想要强调她们的命运危在旦夕，而不是这样强有力的命令背后的计谋。这是目前为止她对海什木说过最真挚的话，是直接从她的心底说出来的。"如果圆桌后裔在搞鬼，我就有更多的理由执行这次任务了。"

"我明白。"海什木说道，"你还没去过雷文斯索普，是吧？"

"我可以问问要朝哪个方向走吗？"妮芙微微一笑问道。

"从伦敦出发往西北方向走，找一找丹族人定居点的标志。雷文斯索普离剑桥不是很远。瓦尔卡的小屋在一个瀑布附近。人们对那里都很熟悉，所以你应该不会花很多功夫就能找到她。如果你迷路了，可以寻求帮助。如果有人问起，就告诉他们，你有消息要带给黑鸦氏族的瓦尔卡。"

妮芙试着不要发抖。她从来没有主动地骑行到丹族人的聚居点，也从来没有伪装成丹族人的朋友。这不是什么她自愿要做的事情，但现在为了阿瓦隆，她不得不这么做。

她也需要一个去阿瓦隆的完美借口。

"如果我迷路了要怎么办？"她问道。

"那就沿着这条路回来，在你回来的时候，我的腿应该也好得差不多了，我可以和你一起出发。不过我相信你远行的能力。你回来时，玛塞拉会很生气的。"他警告着，"她也想要去雷文斯索普，征求瓦尔卡的意见，但我会告诉她你的目的。"

"无论我做什么她都会生气的。"妮芙说，"玛塞拉下定了决心要针对我，能说服她的其他方法就只有向前看了。"

"祝你旅途平安，我的朋友。"海什木说道，伸出了手，很快地拍了一下她的手。

妮芙深吸一口气，低头告别。接着她头也不回地大步走出据点，希望她在去马厩找到美森的时候不会遇到玛塞拉。她很幸运，她跳上马背，骑着马离开了伦敦，没有任何人阻止她。

她让马儿朝着阿瓦隆的方向跑去。

再次到达湖边，她快速地前行，在到达对岸前也没有停下来换衣服。这不是一次例行的召唤，也不是她要承担起女祭司职责的场合——这次妮芙是作为一个巡逻的战士回来汇报情况。即使如此，她的行为可能会引起旁人的疑惑，但她没有时间了。

女士正跪在树林教堂里。她低着头，双膝与土地紧紧接触，阳光透过树叶穿过树木组成的穹顶,翠绿的光芒笼罩着她。这是一个壮观的地方,即使妮芙现在很急,但她还是用了一些时间仰望着穹顶,深呼吸着,感谢这个她所生活的世界,感谢众神的恩赐,感谢现在她安全了,远离了所有的伤害。

"女士,我带来了断钢剑的消息。"她等待了几分钟,感受着树木的气息后终于说道。

"我们的圣剑有什么消息?"女士问着,没有回头面对她,但为了能更好地听清她的话,抬起了头。女士黑色的长发像瀑布一样披在她的肩膀上。

"我知道它在谁的手上。"即使这样背叛了那些训练和信任她的人们,妮芙还是下定了决心这样说道,"黑鸦氏族的艾沃尔,她来自雷文斯索普。我不确定她是不是无形者的一员,但我很确定他们很信任她,她和他们一起共事。她手上有断钢剑,我很确定。她的同伴计划要到她的所在之处,他们也提到了这把剑。我在和他们一起执行一个任务时找到的一封信暗示了其他人也在寻找断钢剑的下落。"

听到这话,女士站了起来,转过身子直直地看着妮芙。"你知道谁拥有圣剑吗?你还没取回它吗?"

妮芙预料到了她的反应。毕竟,如果她是阿瓦隆女士的话,她也会有同样的行动。这也几乎是她第一次从海什木口中得知断钢剑去向时突然采取的行动。她记起来了,她有理由做出等待的决定,所以她没有因为女士话中的尖锐而感到不安,而是继续着自己的汇报。

"是的,女士。我知道谁拥有断钢剑,但我不知道它在哪儿。或者是说,我不知道持剑人在哪里。听上去她最近好像都在海上,可是……她可能也在行动。现在唯一知道她在哪里的人就是无形者。"

女士似乎平静了下来,但没有冷静多长时间。她开始来回踱步,长裙在草地和湿漉的泥地上拖来拖去,在她来回走动的时候,她的衣服变脏了。

"谁会和我们作对呢?是莫德雷德的圆桌后裔吗,还是其他人?"

"女士,似乎是他们所有人。圆桌后裔,还有一个我之前提起的叫上古维序者的强大新势力……无形者也许不会和我们完全合作,但他们确实在支持一个陌生人,而不是我们持有断钢剑。不过,我的女士,阿瓦隆还没有怎么让无形者知道自己的存在,所以我们还不能确定无形者这个行为的意图是否对我们不利。"

"这是由所有的敌人织成的一张网,而你就是那个用双手撕破这张网的人。"女士小声说着,盯着她看,"你现在有尽可能让自己安全吗?圆桌后裔认得你的脸,不是吗?"

"有很大可能。"妮芙说道,"一些圆桌后裔可能会认得我。他们在几年前和其他女祭司一起试图入侵阿瓦隆时就想要追杀我。他们想要在群岛消灭我们的存在已经有好长时间了,但他们从来都没有这个力量和影响力能成功。我毫不怀疑,他们对来自阿瓦隆,保卫家园的新女巫战士的动向有着密切的记录。"

即使妮芙怀疑圆桌后裔和教会联手,是为了找到更多的女巫战士,但对于圆桌后裔为何如此鄙视迷雾之女,女士——还有整个阿瓦隆——始终对此讳莫如深。

妮芙把这段不愉快的记忆甩走。"我的目的是继续迷惑无形者更长时间,直到他们揭晓断钢剑的位置,或者是带我去那里。同时,我将要和一个诺斯人先知交好。她……好吧,她也许比我想象中更能理解我们的信仰,她也拥有无形者的高度信任。我认为,也许她是我可以利用的盟友,让我更清楚无形者在这其中所扮演的角色,还有搞清楚他们是否要使用断钢剑对阿瓦隆不利。如果我需要请求圣剑回归,也许她是我可以信任的人。"

"请求？"女士的声音显得紧张、蛮横，更多的还是愤怒，"我们不会请求他们把本就属于我们的东西还回来。你要命令他们。如果有必要的话，用武力把它带回来。我们不会礼貌地请他们把我们自己的神器和圣物还给我们，那本来就是我们的。"

妮芙对女士激动的语气感到惊讶，而这让她很是尴尬。她希望自己的行动能阻止一次最终的背叛，让她和海什木继续成为朋友，但很明显，这不是女士命令她要做的事。她明白她们想要拿回断钢剑，但女士激动情绪背后的决心令人叹为观止。妮芙也许已经知道，在理智的层面，圣剑的回归十分重要，但对女士来说，这是情感上的事情。

"为什么莫德雷德的后人甚至试着要和上古维序者结盟呢？"妮芙问道，转移了话题，"他们可是顽固的多神教徒，不经常支持基督教会……或者是不赞同我所了解的上古维序者的言行，他们也不能把阿瓦隆，甚至是断钢剑据为己有。我们一直都由女性领导。我估计，使用断钢剑重新获得权势，只会导致他们必须承认圣剑来自阿瓦隆……而他们似乎只是下定了决心想要消灭我们。为什么他们如此痛恨我们呢？"

女士的脸上出现了一丝担忧。她的嘴和双眼紧皱着。她叹了一口气，紧紧握住双手，说："你也知道，莫德雷德的后人知晓迷雾之女的存在。你不知道的事情——也是我们一直想要保守的秘密——是他们中的一些人，不仅仅是亚瑟王骑士的后代，也是我们族人的后代。他们是阿瓦隆的孩子。这些孩子选择追随力量之道，而不是自然的意愿。"

妮芙感到口舌干燥。

女士继续说道："莫德雷德是亚瑟王统治时期的阿瓦隆女士的儿子。如今圆桌后裔的领袖，血统来自于被永久驱逐出阿瓦隆的女祭司们。我知道，很难让人相信三百年前的事件会影响到今天，但他们的首领已经继承了他祖先的名字，因此，莫德雷德似乎已经回来了，现在他相信断钢剑属于他。他想要被视为合法的国王，因为真正国王的血脉在他的身体流淌。他这样就像是，要让真王回归的预言变成现实。"

谜团的碎片开始拼凑在一起了。圆桌后裔想要让他们的王坐上王位，使用断钢剑，加强了面对大众时的有力证明。有了上古维序者在背后的支持，圆桌后裔会推进上古维序者提出的任何提议。即使这意味着要摧毁迷雾之女……很有可能还有无形者。

"这对我们来说意味着什么？"妮芙问道，不确定答案会是什么。

"目前的话，我不好说。但他们知道了我们的身份，会用尽一切办法不让我们继续持有断钢剑。"

"为什么不一开始就去寻找断钢剑，把它从巨石阵底下的安息之处取出来呢？"妮芙问着，知道这是一个无礼的问题。

"圣剑受到了保护。圆桌后裔当初决定要夺回断钢剑时，我们派出了女巫战士去杀掉那些太过接近真相的人，这让他们把怒火燃向了我们。我们知道圣剑在哪里被封印起来了，但不清楚要如何重新打开墓穴。从那之后我就明白，需要特定的神器才能解除断钢剑的封印，我相信圆桌后裔并不能夺取所有的神器。虽然我不确定谁是第一个拿走断钢剑并把它藏起来的人，但我很肯定，亚瑟死前相信，没有人应该拥有断钢剑的神力。我一直都在猜想，那个拿走圣剑的人想要尊重他的遗愿。"

断钢剑的影响似乎比妮芙想象中的更广泛。多方的势力都在行动，想要把断钢剑控制在自己的手中，而现在，圣剑却不知所踪……

"女士，如果莫德雷德的人，或者是上古维序者，甚至是无形者，都想要让断钢剑远离我们，这又有何意义？它不就是圣桌的其中一件圣器吗？我们不能重新锻造一把其他的剑吗？"

"不行。圣剑是由……我们也不知道由谁锻造，但我们知道它能做到的事情，是任何其他剑都做不到的。我们不知道如何复原锻造断钢剑的魔法，而这种魔法是让它变得如此神圣的部分原因。"女士微笑着，"妮芙，你想要让我们如此轻易地抛弃自己的历史吗？"

妮芙没有理会这个尖锐的问题，即使她的脸变得通红。"但我们一直都说，断钢剑是在阿瓦隆锻造的。这难道不是真的吗？"

女士看上去有点不自在。"我们是在湖中找到断钢剑的。它被湖水冲了上岸，在我之前很久的阿瓦隆女士拾起了断钢剑，它发出了光芒。过了没多久，它就被封印在了石头中，直到它真正的持剑者能来获得它。"

"而那个人就是亚瑟。"妮芙屏住呼吸，说道。

"是的。我们相信，断钢剑会挑选麦西亚的领袖。妮芙，所以我们需要它。我们需要断钢剑的指引来找到下一任阿瓦隆女士。还有再下一任。我们需要用它找到国王和女王。圣剑知道谁能获得它神力的信任，它能通过告诉受过训练的我们线索的方式，彰显它的信任。"

"所以，现在我们的敌人就等着断钢剑出现在他们可以将其夺走的地方。"妮芙总结着，"然后交给相信它能让他们获得权势的人们。"

女士的神情显得很忧郁。"是的。所以这个任务对你而言就变得更危险了。你不再只是与敌人同行，群岛的命运也将决定于你是否能夺回圣剑。"

妮芙想要反驳，想要告诉她无形者不是她们的敌人。如果阿瓦隆没有那么神秘和多疑，他们会是朋友，她们可以把无形者拉到自己的阵营中。她想要把这些话说出来，但女士脸上的神情让她保持了沉默。妮芙本该相信女士对无形者的看法。但一说起玛塞拉，她就不太确定女士说的是不是错的……但海什木呢？他是不一样的。

然而，妮芙知道自己所处的位置。她知道她不该质疑，她也的确坚信没有人应该拥有阿瓦隆的圣剑，海什木也不例外。它属于阿瓦隆女士，比起艾沃尔把它从原有的保护中取走，它在阿瓦隆可能会受到更强有力的保护。

她点了点头，在女士面前鞠了一躬。"我会按您说的行事。"她说道，"我会把断钢剑带回属于它的地方。"

"但愿如此吧。"女士回答道，然后转身背向妮芙，跪在草地上，面向树林的中心。

带着沉重的心情，妮芙回到她的坐骑身边，迅速地向雷文斯索普的方向骑去。她高度警惕着那些可能会对她不利的东西，但没有强盗前来，没有狼从树林里冲出来，也没有宽蛇爬行到路上。

她的下一站是雷文斯索普。

# 第十三章

海什木所言非虚,雷文斯索普不是很难找。她跟着他的指引经过剑桥,看到了河对面的小村庄。她犹豫着要不要直接骑马进去——尽管她逐渐意识到,并非所有丹族人都打算攻击她,但鉴于过去遭受过很多次丹族人的攻击,而他们可能还会再次这样干,她不免心生忐忑。

她还是绕过河流,将美森拴在一处远离城镇中心的安全之地,这匹马儿显然需要休憩。她顺着河岸行走,直到找到一座可供她过河的桥。

从这里,她能看到几条道路通向丹族人的定居点,那些房屋都没有设防。黑鸦氏族在这里一定过得很舒坦。如果有必要,他们能轻易触发安全警报。妮芙猜测,他们不会攻击一个造访他们村庄的旅人,随即她回想起海什木告诉她的话,如果有人问起,就提瓦尔卡的名字。

她从口袋中取出瓦尔卡写给她的信,再次阅读,信纸已经变得皱皱巴巴了。她找到了通往这位先知的小屋的路，听到了附近有瀑布的水声。她从一边的岩石爬了下去，慢慢走到小屋的门前。屋门是开着的，为了让阳光照进室内。

"瓦尔卡？"她呼唤着，小屋里挂着草药和鹿头骨。她或多或少古怪地想起了她母亲的小屋，这段回忆让她不由自主地微笑了起来。她发现坚守旧日信仰已经变得越来越困难了，尽管它来之不易，但依旧坚定。瓦尔卡不是那些反复闯进她村庄的人。她和妮芙一样和草药打交道。她也在照顾着自己的族人。

"有什么我可以帮你吗？"瓦尔卡的声音伴随着叮叮哐哐的声音从小屋的最里面飘了出来。显然，这位女先知在忙着什么事情。

妮芙很惊讶，瓦尔卡竟然没有拿着武器冲出，检视到底是谁在她的家门前。也许这里真的很和平。瓦尔卡真的在她的新家感到了安全——那是妮芙在她一生中都从未感受到的。

妮芙小心翼翼地从前门进入小屋，暗暗记下了瓦尔卡随意摆放的工具和草药。她也留意到了门边没有任何武器，她难以置信地摇了摇头。

她心中涌起一股莫名的嫉妒之情。她从来没想过可以只用草药填满自己的家，更别提没有任何武器了。这是她梦寐以求的特权。虽然妮芙很喜欢她的佩剑和它所给予的力量，但她真正的愿望在于制作草药和治愈他人。

"瓦尔卡，我为突然造访深感歉意，但这件事实在紧急。"妮芙穿过小屋的后面，走进了瓦尔卡的厨房。

如果前面的空间的工具数量令她印象深刻，而这个地方则让她叹为观止。这个厨房的中心是一个大炉子，上面还有一个比妮芙之前在村子里见过的还要大上两倍的大锅，和一些挂起来的小锅。这里有一些被细心展示出来的干草药和香料罐,其中的一些妮芙似乎都叫不出它们的名字。瓦尔卡站在房间中央的桌子旁,面前有一个沉重的石碗,她正在忙着把草药捣成糊糊。

"妮芙,我很惊讶能在这看到你,但我还是很高兴你决定拜访我,而不是简单地给我一封回信。"瓦尔卡的声音十分吸引人,但她的眼神充满了好奇,这让妮芙感到十分紧张。

"我之所以前来,是因我需要你的帮助。"妮芙回答道,她的肚子因为焦虑而不停搅动着。她不知道瓦尔卡会不会帮忙。如果她不愿意,妮芙就得自己一个人到修道院去,陷入危险的境地。除此之外,尽管女士警告过,妮芙还是希望能和瓦尔卡成为朋友,瓦尔卡可能会成为她向海什木揭晓自己是迷雾之女的代理人,帮助她让对话变得更顺畅。她需要瓦尔卡和她同行。

"我的帮助?是需要治疗吗?"

妮芙扑哧一声笑了,摇了摇头。"我不需要,不过我认为当我告诉你真正需要什么时,你会帮我的。我需要你和我一起踏上一段旅程。你还记得当你去伦敦拜访我们时,我提起的那所修道院吗?"

"我还记得……不过为什么……"

"玛塞拉还不能安全地离开据点。"她很轻松地说了这个谎,但接下来要继续的话就更难了,"海什木决定在我们从罗马人的堡垒返回之后休息一阵——无须担心,他只是要从长途跋涉的疲劳中恢复过来——因为无形者令我的任务陷入了僵局,海什木允许我离开据点,去调查那座修道院。他知道这件事情很重要,但他的缺席让我缺少了后援。现在能确认的是,出于邪恶的目的,有女性被带到了那所修道院。我想搞清楚他们的目的。"

瓦尔卡的眼神带着理解。"你需要我成为你的助力,以防你在调查的时候发生意外吗？"

当你帮助我时，我也需要你告诉我，关于你的领袖艾沃尔的一切，妮芙悄悄想道。

"我很担心自己独自前往，但我也确实需要你的治疗能力。如果那些女人身处险境，她们可能会需要这样的帮助。我觉得你会理解的，不然的话我也不会问你。而且我认为，即使这些女人和你的信仰并不相同，但你也不会愿意看到她们被这样虐待。"

"我们什么时候出发？"瓦尔卡问道，她开始把石碗里的药糊装进罐子里保存，向妮芙露出了微笑。

"尽快就行。"妮芙回答着，松了一口气。她说服对方了。她的计划能奏效了。而且，这位丹族人似乎想要和她合作。

"那我去找一匹马。黎明前，我会在镇外的路上等你。"

妮芙返回骑上美森，当她抵达约定的会面地点时，她惊讶地发现瓦尔卡孤身一人前来。在妮芙心底的某个角落，她还以为瓦尔卡会带着护卫、武器以及令人生畏的性情出现。妮芙对自己的成见摇了摇头。她还有很多要学习的地方。

她们骑着马，向着修道院出发——顶多半天的路程——随后折向东方。她们越接近修道院所在的城镇，沿路能找到的多神教标志就越来越少。

"这里女神的标志越来越少了。更多是基督的。"妮芙低声向瓦尔卡解释，同时意识到自己变得十分紧张。

"也没有我们族人活动过的迹象。"瓦尔卡确认道，回答了那个没有被问出的问题。她们想到了同一件事——教会在这里势力很大，任何反对他们的人一定都被下达了最后通牒：要么离开，要么改变信仰。

"我不喜欢这样。"妮芙说道。目睹原本的信仰在麦西亚的这片土地被如此排挤，令妮芙心绪不宁。她能在这片土地和自己的心里感觉得到。

"记着你告诉过我的话。"瓦尔卡说道，"我们的行为是为了那些需要帮助的人们，而无关他们的宗教信仰。"

妮芙和瓦尔卡找到了一个为旅客所搭建的小马厩，把她们的马拴好，让它们吃草料和喝水，然后继续走向修道院。

"这样能更好地融入进去。"妮芙示意瓦尔卡走在她的身旁说道。

当她们接近城镇中心时，妮芙留意到了那座大教堂和十字架，还有那些参加午间仪式的人们。

"我想要先和城镇里的女人们聊聊。"妮芙说道，看着人群渐渐散去，"在我们直接前往修道院前，我想要找到能向我们透露更多情况的人。但我不知道谁……"

瓦尔卡扫视了一眼街道，然后皱起了眉头。"我感到我们被盯上了。"她说道，然后她们就被从背后袭击了。

攻击者个头很小，大概比她们矮了一英尺。妮芙突然出手，抓住了攻击者的后颈，像提起一只小猫一样把那人提了起来。她发现攻击者确实有点儿像一只小猫，一个不到十二岁的孩子在她的手上剧烈地扭来扭去。

"放开我！"那个孩子高声呼喊，对空气挥着拳头。

"你看，你想要的人。"瓦尔卡几乎大笑出来，"奥丁在上。我觉得你伤不到我们的，孩子。"

这个流浪儿对着空气再次挥拳，试图打中妮芙或者是瓦尔卡，但还是失败了。当这个孩子不再和空气对着干时，妮芙把她放了下来。

"好吧。你为什么要在光天化日之下攻击两个陌生的女人呢？"妮芙跪了下来，和这个凶巴巴的小女孩对视着说道。

"因为，陌生人不属于这里！我希望我能抓到那些明显不属于这里的人，然后拿到赏金。"女孩对着妮芙龇牙咧嘴。妮芙不得不收起笑容，认真对待女孩说的话。

但她说的话十分怪异。她的话比一个孩子成为悬赏猎人更加奇怪，虽然这个行当中确实有许多孤儿。

"你的意思是，这里的政府会因为人们把陌生人扭送到他们那里，而给他们赏金吗？即使他们只是路过？"妮芙问道。

"你并非仅仅是路过这里，女士。"女孩眯起了眼睛，回答道，"而且下达命令的不是治安官，而是牧师。他不欢迎陌生人进城。多神教徒会把我们所有人都拉回旧日信仰。他警告过，如果有这样的事情发生，或者是有别的坏事发生了，他们会惩罚我们的。"

如果教会正在试图让陌生人远离，这为他们在这里没做什么好事的猜测增添了几分可信度。

"如果我们给你钱，足够你维持生计并找到住处……"妮芙瞥了一眼她那干瘪的钱包，"好几天的话……"

瓦尔卡咳嗽了几声，妮芙确信她听到了"星期"这个词。

妮芙改变了她的说辞。"好几个星期。你可以告诉我们更多事情吗？"

"如果你们能带我离开这里，我会把你们想知道的一切都告诉你们。"

"我居住的聚居点，从这里骑马半天就能到，那里的人会欣然接纳你。"瓦尔卡毫不犹豫地向她提出建议。

小女孩用怀疑的眼神打量她们，但闪闪的金币与自由的诱惑似乎战胜了她的犹豫。妮芙知道这个孩子在雷文斯索普会得到妥善的照顾。因此，小女孩开始向她们讲述。

"这位新的牧师——好吧,也不是很新,他来了快一年了——开始驱赶所有的多神教徒。如果你没有转变信仰,而你又是女人,他会把你扔进修道院里。如果你是男的,他就把你驱逐出城镇。他想要把我们这里变成信仰基督教的村庄。他说,他的朋友们想要一个能安全见面的地方,所以任何想要偷偷溜进城里的人都是危险的,一定要马上把这些人带到他的面前。"

妮芙能猜到这些"朋友"是什么人。不用怎么想都知道是上古维序者。莫德雷德的圆桌后裔比任何人都想要断钢剑,他们是彻头彻尾的多神教徒。他们不会排斥信奉多神教的女人和男人——除非那些人效忠的是阿瓦隆。

"那所修道院里发生什么事了?我们听到了一些传言。"瓦尔卡说道。

"哦,那件事。我们也不太清楚。修道院在城镇的边缘。那些女人都消失在里面了。有的时候她们也会出来,但这种情况很少很少遇到。有时,她们会被带到这里。我猜她们需要改变信仰。"

女孩对此事似乎不太关心。女人们消失的情况仿佛十分常见,不过对于这个村庄来说,这样的事情似乎确实很平常。住在这样不安全的地方会是什么感觉啊!

妮芙明白她无力完全改变村庄的现状,但她可以搞清楚修道院里到底发生了什么。进去那里最好的方法就是海什木教会她的:让阴影来保护她。

"你可以和这个女孩待在一起吗?"妮芙问道,"我觉得要进入修道院,救助里面的人,潜入进去更合适。我需要你在外面帮助那些受了伤的人。还有,如果我被抓住了,你可以带着女孩离开,把消息告诉海什木。"

瓦尔卡显得有些犹豫，仿佛她可以反对似的，但妮芙拍了她的肩膀。"我不想让她一个人留在这里，泄露我们的存在。"她悄声地说道，"其他人给的钱可能比我们能给她的要更多。"

瓦尔卡赞同地点点头，她们一起沿着小巷走到街上，取回她们的马匹，然后找到修道院。

妮芙感到了女神颤抖的召唤。她的远行已经将她引领至此，这个时刻似乎和寻回断钢剑的任务一样重要。这是女神请求她要修正的其中一件事，她不会让女神失望的。

## 第十四章

妮芙在远处就发现了那座有重兵把守的庞大修道院。全副武装的士兵包围着这栋建筑。高高的石墙周围布满了尖刺,只有少数几个门窗允许人们进出。很多窗户都被木板封住了。

建造这所修道院的人不想让任何人随意进出,妮芙要自己潜入的话就变得十分困难,但她知道,如果她把瓦尔卡和那个女孩带过来的话,她们很可能会引起更多的新麻烦。在继续接近修道院之前,她们下了马,把马匹都藏了起来。

妮芙沿着墙壁边缘匍匐着,想要找到一个缺口爬进去,瓦尔卡和那个女孩保持着距离,不让卫兵发现她们。妮芙希望瓦尔卡能离得更远一些,但现在这个状况,她不太可能和她争辩。妮芙观察到了墙上的一条裂缝,她沮丧地皱着眉头,她的个头太大了,钻不进去。

"你要怎么进去?"那孩子问道。

"似乎你的动作要更像海什木才行。"瓦尔卡微笑着说,握住了女孩的手臂。

"我可以替你进去。"女孩小声地说着,但瓦尔卡让她保持安静。

"我很感激你的热心。"妮芙低声说道,"但信任更难建立。"她接着爬上了一棵树,用动作示意瓦尔卡帮她盯梢。她从树枝上跃起、下落到一块扎满了尖刺的吓人的坚硬石头上。但很快,妮芙就找到了潜入到里面的路。象征着下一轮宗教仪式的钟声响了起来。修道院里也有很多守卫,他们所有人都在警惕地看着里面的修女,以防出现任何不当行为的征兆。这些女人——尽管她们穿得和修女一样,妮芙经过观察,还是意识到了她们不仅仅是修女——她们在修剪花园、维修盔甲,还在院子里煮沸消毒绷带。

这不是一个宗教场所,而是一所监狱。妮芙想着,她对把这些女人带到这里的人感到恶心。她能从她们的神情中看出来,她们不是自愿的。有两个守卫在骚扰着一名干活不够快的妇女。妮芙爬下墙,潜伏在灌木丛中。

她没有带修女的头巾,或者是其他能帮她混进这些女人中的东西过来,所以她只能依赖速度和阴影来完成任务。她等待着,直到其中一个守卫走近她躲藏的灌木丛。这是她从收到这把在自己左手腕的剑刃以来,第一次真正使用它。她伸出手抓住了守卫,快速抖动手腕,把袖剑刺进了他的身体。守卫没怎么发出声音,接着她就把他的尸体扔在了灌木丛里。现在,她明白了为什么这件臂铠是如此强大的武器——为什么玛塞拉一直都不情愿把这个给她。它比宝剑还迅速快捷,妮芙惊奇地看着剑刃滑回隐藏它的剑鞘中。

她快速地扒下了守卫的衣着,换掉了自己的铠甲和斗篷,最重要的是换上了他的头盔。现在,她看上去就像是一个看管修道院内女人的守卫,而不是真正的自己,一个将要带来麻烦的女人。

至少这样一来，他们在很长一段时间内都不会注意到我了，她想到。如果我看上去像是那些女人的看管人，也许他们会被说服，愿意和我谈谈。

她从灌木丛中大步走出，轻而易举地找到了通往主庭院的路。没有人注意到她，包括那些修女。

她设法进入了建筑的内部，前进的每一步都意味着她离逃走的路线越来越远。妮芙从来没有感到如此孤独、如此危险。她在这所本该是崇拜基督，但被用作关押和她一样的女人的建筑里，因为这样一来，这些女人就不会给有权有势的人制造麻烦。

妮芙向左边走去，结果她的怒火燃烧得更旺了。她很庆幸瓦尔卡留在外面等她了，那个女孩也不用目睹这一切。这些牢房……这是最适合的词……都被锁住了。她从被木板钉上的窗户向里面看去，看到了里面的女人们。她们并不是在祈祷，但很多人通过数量稀少的窗户向外看，凝视着院内的庭院。每个牢房——她数了一下有十个，她猜里面的走廊应该有更多——都让她的愤怒加剧了。这一定是上古维序者干的，他们把反对他们的人们都关了起来。她很好奇，圆桌后裔对这个地方是否知情——如果上古维序者在逐渐削弱那些可能支持或相信那套真王说辞的团体的势力，那他们就可以在圆桌后裔以为拥有了可以称霸群岛的一切时，从圆桌后裔的手中篡夺权势。

妮芙觉得自己无能为力。她只是一个女人。她不可能把所有的守卫都干掉，把每一个被关押的女人都解救出来。她要从哪里着手，去除掉这个地方的罪恶呢？她可没有机会再次进来了。

但她可以和无形者合作，把整个组织撕碎。她可以帮助他们毁掉上古维序者干的好事。这样一来，他们就毫不含糊地处于同一战线了。她不能独自一人处理所有事情，但她还是可以做点什么。她必须试试。

妮芙从回到庭院开始。有几个女人正在内院花园中间照料着几块小花坛。

"跟我来。"妮芙低声说道,和似乎是领头的那个女人对视着,同时还充满威胁地站在她面前,像是在检查她的工作。

那个女人怒视着她。"我没有做错任何事。我把你叫我做的事情都做好了!"她身旁的另外一个女人似乎很困惑,几乎要准备大喊出声。

"听我说。"妮芙说道,"我能帮你们逃出去。"

她愤怒的神情变得充满惊讶和希望。妮芙摇了摇头。她不能让她们在这个时候露出喜色。

"你们所有人,像跟着其他守卫一样跟着我。假装被我带去审问。"

妮芙带着其中三人回到墙洞处,在盯梢时不时的间隙让她们偷偷钻出去,确保她们没有被发现。幸运的是,没有笨重的铠甲,头两个女人可以被推出墙外,但第三个就不能钻出去了。妮芙和她痛苦地对视了一瞬,然后她说:"不用担心。我会告诉其他人,帮你把更多的人救出去。"

妮芙点点头。不能帮到所有人让她感到难受。

那个女人指向了庭院对面的一栋建筑继续说着:"牢房的钥匙挂在守卫房里,或者在守卫头领的手上。如果你拿到了钥匙,就能带更多的人逃走,那些守卫也不可能把我们所有人都抓回来。感谢你过来救我们。我们还以为没人会在乎和记得我们呢。"

"伦敦的一个修女把你们的事告诉了我。"妮芙热烈地说道,"你们没有被遗忘。"

瓦尔卡透过墙洞打手势,示意妮芙也跟着一起离开——但妮芙摇了摇头,无视了她。她反而转过身子,想要找到钥匙。虽然她不能阻止这里的管事人掳走更多的女人,但她至少还可以尽自己所能,解救更多的被困者。

瓦尔卡显然不同意她的决定，但现在不方便说话，瓦尔卡只能盯着妮芙的眼睛看，直到她跑回修道院里。她希望没人会发现灌木丛里的尸体，但她做不到在不被发现的情况下把尸体挪到别的地方去。

钥匙不在墙上。她得去找到守卫头领，实施自己的计划。她能及时完成吗？她能在不吸引敌人注意的情况下完成吗？

妮芙不得不相信女神已经给予了她完成计划的能力。她不得不相信海什木零星的教导会指引她。这是她必须为自己的族人做的事情。妮芙继续光明正大地继续自己的计划，继续假扮成一名守卫。

可是，当她走到教堂附近时，却发现了一个更大的问题。

塞勒斯。他站在教堂的入口，头上缠着绷带，在其他人的帮助下慢慢地走动着。他一定是活下来了，被带来这里接受治疗。他能认出她，特别是他们最近才交手过一次。如果她被认出来了，她的境地就变得不安全。他会让所有的守卫拿下她的人头，到了那个时候就没有逃离的路了。

妮芙回到走廊开始思考。如果她不能让所有的女人重获自由，她能做点什么，让她们的处境安全一些呢？

但太迟了，她已经被发现了。塞勒斯停了下来，眯着眼看向她。妮芙知道她的剑被他认了出来，暴露了她的身份。

"抓住那个女的！"塞勒斯大叫道。

妮芙转身想要逃跑，但马上发现自己已经被包围了，独木难支。如果她不能利用自己所有的能力，她可能会被关押在这个她渴望要摧毁的地方。

她经受不起这个代价。比起她自己，那些被迫关在这里的女人们也承受不住这代价。妮芙接近了挡住她去路的一群人，把佩剑从鞘中抽了出来。

这场战斗十分残忍。她都快记不清敌人有多少,或者说,他们手上的武器有多少。她很肯定这场战斗会让她迎来死亡……

直到她听到了其他女人加入了战斗的尖叫声。她们用花园里的工具、树枝和从死去的士兵那里捡到的剑开始还击。但她们还是敌不过那些受过战斗训练的人,她们中的很多人都倒下了。妮芙在战斗时愤怒地大吼着,但她知道她不能牺牲。在一片混乱中,她朝着墙壁跑去,希望那些幸存下来的女人们会跟着她。

有一些女人跟上来了,但没有妮芙希望的那么多。她带领着她们走到墙边,然后自己爬了上去,想要够着那棵树,其他的人试着从墙的缺口钻出去或者是跟着她攀爬。士兵们在后面追着她们。当妮芙从枝丫掉到墙的另外一边时,她筋疲力尽,瓦尔卡一把抓住了她的胳膊,用力地把她拽向马匹那边。

"其他女人哪去了?"妮芙猛地一下骑到美森的背上,把手伸向了一个逃跑出来的女人。她数了下,有三个人朝着不同的方向逃走了,她们跑到树林里躲起来,好让那些士兵追不上她们。她觉得自己至少救了五个人出来,她祈祷她们平安无事。

"她们跑掉了,和其他人一样。"瓦尔卡说着,骑上了她的马,把女孩拢在她的身前,"她们不想等了,特别是我们还保持着一些神秘。修道院里发生了什么?"

妮芙对自己做的事情感到很懊恼。她不得不回去海什木那里,向他报告自己的发现。他们需要找个合适的时间回到这里,把那些困在牢房里的女人们都救出来。有一点她很确定——一定要阻止上古维序者。"我见到塞勒斯了。"她说道,"我们打了起来,而且里面的女人们试着和我一起战斗。"接下来的故事尽在不言中,但瓦尔卡似乎还是明白了。

"你已经尽力了。这样的经历听上去极其不幸。也许我应该要把你武装得像是我们的战士。我们用蘑菇和草药辅助战斗。你之前有和这样的辅助力量并肩战斗过吗?"

"我到现在还没有这个荣幸呢。"妮芙不由自主地轻笑出声,但她也见过战斗中的丹族人有多么勇猛。他们不屈不挠,像是把恐惧驱除在外。"你们是用这些草药看穿帷幔的吗?"

"帷幔?我对这个概念不是很熟悉,但我确实在用蘑菇和草药帮助人们和阿斯加德交流。"

妮芙感觉她们的关系有所进展了——她们建立了横跨文化的桥梁。即使她对诺斯人还不信任,但她愿意和这位丹族人一起创造一个更美好的世界。毕竟,瓦尔卡和她一起过来执行任务,一起承担了这次失败。她们再也不是对立关系了。

## 第十五章

在瓦尔卡和雷文斯索普的两名新居民安全回程后,妮芙就骑马赶回伦敦。这趟骑行漫长而艰难。妮芙还在生自己的气,因为她不仅被塞勒斯发现了,而且还不够谨慎,没能让修道院里的女人们的处境变得更好。她只能抛下那么多人在那里,让她们的生活变得更加艰难。去修道院的决定是错误的,试着去解救更多女人也是。她不应该挑起战斗,而是应该让他们把自己抓起来。

修道院里的女人的处境变得十分危险,只要她还和无形者有一丝关联,她也许可以更进一步保护她们,而不仅仅是保护自己。海什木应该会帮她的。

到这个时候,她艰难地意识到,断钢剑的事情远比这些被关起来的女人们重要。她很清楚自己接到的命令,即使她在情绪上挣扎不已,但她还是在努力地服从这些命令。

回到据点后,她看到玛塞拉站在门口,妮芙的第一反应是,想要说服这个罗马女人信任自己变得更艰难了。

玛塞拉的神情像石头一样坚硬，她的手紧紧地放在腰间佩剑的剑柄上。"我发现你再次回到这里了，喀里多尼亚人。"她声音里有着十分恶毒的敌意。

妮芙知道，在玛塞拉的想法里，妮芙并没有任何理由和瓦尔卡一起踏上旅程，也不应该在拥有海什木的许可下行事。

海什木会继续支持妮芙吗，还是会让她承受玛塞拉的怒火？妮芙也许信任海什木，但她也明白他还是对玛塞拉有着一定程度的忠诚，她可是一个完全被灌输了观念的无形者。

"我去了雷文斯索普，想和瓦尔卡谈，却听说她和一个喀里多尼亚人一起离开了。"玛塞拉怒气冲冲地说道，掏出了她的短剑指着妮芙，像是在强调自己的话。

"我——"妮芙开始说话想要解释一番，但玛塞拉打断了她。

"闭嘴，喀里多尼亚人，现在是我在说话，你听着，给我听好了。如果你再打破规矩、没有和我提前报备你的行动，我会杀了你。我不会犹豫的。至于海什木……"

妮芙现在需要快速说一个合理的谎话。帮助海什木躲过玛塞拉可能在谋划的任何惩罚。妮芙从玛塞拉沾满灰尘的骑行服推断出来，她显然还没有和海什木谈过。她们一定是差不多同时回来的，这一情况对她有利。

"我想要去祈祷，玛塞拉。我向海什木征求了允许，向我的神明请求指引。城市里太吵闹，人太多。我得到森林里去。那你安全吗？塞勒斯还在追捕你，你就该这样明目张胆地外出吗？"

"别给我提塞勒斯。"玛塞拉的眼睛闪烁着，"什么样的神需要你这样献出时间呢？"她发问道，说话的语气也从指责变成了挖苦。

这个时候,妮芙可以夹杂一些真话。她要对玛塞拉说的谎可能是多种多样的,但并不需要包含太多东西。她只是不想让海什木再和玛塞拉吵起来。

"我在祈祷的时候有了一个主意。瓦尔卡说她对和我共处更长时间很感兴趣,所以我就骑马去和她见面了。上次我们执行任务时发现的那个修道院不是很远,比起回来同你过去,我只是请求她和我一起过去,帮助我调查。"

"该死的修道院。"玛塞拉咒骂道,"我们有更重要的事情要留意。"

就在这时,海什木加入了她们,他被吵架的声音吸引,轻快地从楼梯走了下来。妮芙甚至可以从这么远的距离看出来,他的腿已经好很多了。她希望她的药能帮他快点儿康复。

"现在我们就可以处理这些事了。"妮芙说着,继续向前走进据点。玛塞拉用前臂挡住了去路。她停了下来,后退了几步。

"你真的要阻止你的组织的学徒,进入大家共用的庇护之地吗?"妮芙问道。她不想和玛塞拉产生冲突,但她几乎能确认,她们快到这一步了。

"但你为什么要在我们知道了那些事之后,突然就离开了?你还是深夜走的,就好像是你有理由要离开我们似的?"玛塞拉问着,不让妮芙靠近半步,"说实话吧。你是上古维序者的人吗?"

"不是!"妮芙大喊着,"我发现我被我的女神召唤。我要留意,不想要让她等得太久,所以我离开了。我还以为你确信我会回来的。你可以和海什木、瓦尔卡谈谈,就能发现我没有撒谎。我向你保证过。为什么这对你来说还远远不够呢,玛塞拉?"

妮芙知道这是一个危险的问题,她把玛塞拉的不信任光明正大地在对话中提了出来,但如果玛塞拉相信她是上古维序者的一员,她不能让玛塞拉的猜测站住脚跟。

"这样有用吗?"她把臂铠从她的手臂脱了下来,恭敬地交给了海什木,"我放弃一件你们坚信不应该被我使用的东西。我从来都没把它当作是我的所有物,它只是让我学习的工具。"

妮芙感到她们之间的气氛就像是在刀尖上一样。只要一个不小心,结果就是死亡和痛苦。玛塞拉似乎是不想让她顺顺利利进去。只要她说错一个字,玛塞拉就会利用这个机会,把她赶出去。

在她身后,有一个商人拉着他的货车经过,咯咯作响地穿过泥泞的路面,完全不知道她们二人将要爆发一次冲突。

海什木仍然保持着沉默,看了他一眼后,妮芙意识到了他也在等待玛塞拉最终的答案。

然而,无论最后的答案是什么,妮芙还是不能确定海什木能不能做任何努力来解决这个问题。如果玛塞拉真的有那么痛恨她——怀疑她是上古维序者的一员——海什木无法阻止玛塞拉夺走妮芙的性命。

"玛塞拉,为什么你都没有邀请她回来我们的据点里面?每次她回来的时候你都是这样,拒绝为她提供庇护。到了现在,我不得不相信这是出于一些私人的情绪,而不是什么针对无形者的威胁。她为我们完成了任务。她必须还要做什么事情才能满足你吗?"

玛塞拉回头,用厌恶的眼神看着什木。她显然没有一个恰当的回答,因为她保持沉默了很长时间。

"如果你真的不信任我,为什么不和我打一架呢?如果我能打败你,而且不会杀了你,难道你不觉得这样就足够证明,我是因为想要在这里才留下来?"妮芙还没来得及恢复理智之前就说了这句话。战斗试炼在她的家乡十分常见,很多人都用这种方式来解决彼此的纠纷。妮芙也不例外。她知道,如果她们打了起来,她们二人之间一些紧绷的气氛也得以释放。她只能希望玛塞拉最后能答应。

"因为我不明白,她为什么一定要在没有告知我们的情况下离开,还是在晚上,像一个小偷或者是越狱囚犯那样离开。也许她还会把我们的秘密透露给我们的敌人。也有可能是要从内部瓦解我们。"玛塞拉说完最后一句话的咆哮十分清晰。接着,玛塞拉沉默地扯下了自己的斗篷,扔在了海什木面前的地上。她走了出去,逼着妮芙退到了街道中央。

"你想要和我打?好啊,那就打吧。如果我杀不了你,你就留下来。"玛塞拉接受了她的提议,这让她感到很惊讶,但她还是毫不犹豫地应战。她也脱下了斗篷,把自己的马鞍包扔到地上。妮芙不敢闭上眼睛,她觉得玛塞拉会突然发起袭击,她转而呼唤了野猪之灵,帮助她在战斗中全身而退。

"她还没有宣誓呢,玛塞拉。"海什木喊道,"我们让她成为荣誉成员,这样她能完成我们交给她的任务,但她还没有接受过正式的仪式。如果你杀了她,我们就失去一个珍贵的有用之人了。"

玛塞拉没有犹豫,拔剑向前冲向了妮芙,眼里充满了仇恨。"海什木,我可一点儿都不在乎。"

话音刚落,玛塞拉冲了上去。妮芙之前没见过罗马人战斗——准确来说,她只见过丹族人、皮克特人和其他喀里多尼亚人的——但罗马人也从来没有来到她的村子那么远的地方。这种战斗方式对她来说十分新奇,由玛塞拉那粗而短小的剑主导,很适合那种双方保持近距离的战斗。

妮芙向后撤腾出一些距离,避免被玛塞拉捅到,但现在她们十分接近,妮芙能看出来现在的玛塞拉有多么愤怒。她的眼纹清晰可见,而且即使她专注在她们的打斗时,玛塞拉的身体也因为愤怒而抖动着。

妮芙并不想杀了玛塞拉。她不想要特意这么做。但现在她也许不得不为了生存而杀了她。

"玛塞拉，快住手！"海什木再次大喊出声，试图让她们停止战斗。

妮芙的剑和玛塞拉的碰撞在一起，她的手紧紧握住佩剑的剑柄，和对手互相凝视。

"我都没对你做过什么，玛塞拉。我听从了你的建议，请求你能信任我，但你不情愿给我哪怕是一丁点儿的信任，这已经让无形者开始逐渐虚弱。"话音一落，妮芙对着玛塞拉的剑，使出浑身力气猛地一推，在玛塞拉向后退时把自己的重心落在了后面的脚上。

在这个时候，她们的周围已经聚集了一些人。在街道上用力推着货车的商人们现在变成了专注的观众，更多的人在聚集过来。这可不是无形者想要引起的注意。妮芙能感到自己变得越来越焦虑。玛塞拉想要不惜一切代价摆脱她，但代价是暴露他们的藏身之处，实在是太过沉重。如果玛塞拉在担心塞勒斯的事情，她此时肯定已经向城里的居民中泄漏了行踪。

妮芙跳向前，把她的长剑举向离玛塞拉只有一点点距离的地方，而不是和她继续打。玛塞拉猛地冲向一边，然后盯着她。

"这是她提出来的，玛塞拉。她没必要这样。如果她想的话，她可以把你砍成两半。收起你的傲慢，让她报告她的发现吧。根据我的猜测，这是我们都想要听到的。"海什木看起来疲惫地说道。

妮芙看着玛塞拉，感到十分恶心。她不得不和这个在自己完成任务后，就十分乐意杀了自己的女人共事。但和玛塞拉不同的是，她有能力收起自己的厌恶。

"你说得对，海什木。我确实有一些有趣的事情要汇报。"但妮芙并没有收起她的剑。她在等玛塞拉结束她们的争执。

"收起你的剑，玛塞拉，就这样得了。"海什木说道。

她们之间的气氛十分紧绷，看着玛塞拉但不杀了她，是妮芙作过的最艰难的事情。她知道，她不能再睡在据点里了。看过海什木展示出来的潜行本领，她明白玛塞拉也和他一样危险。

最后，玛塞拉还是把剑收回了剑鞘，生气地回到据点，还推了海什木一把。她也没有和他们二人说话。

"我觉得我们还是别跟着她了。"妮芙收起自己的剑后对海什木说道。她环顾四周，看了那些围观他们打斗的人们一眼，试着记得他们的长相。如果塞勒斯收到消息，那么知道谁在这里出现过十分重要。

"对……我觉得跟着她不是一个好主意。"海什木赞同道，"但我们也不能留在街上。我们走走吧。你可以告诉我你知道的事情，然后我们一起做决定。"

"你的腿呢？"

"啊，多亏了你的照料。"

妮芙向他露出了一丝微笑，跟着他，穿过聚集的人群到更远的街道。没有向着港口或者是河边出发，海什木反而是带着她走出城市，直到他们找到一栋废弃的房屋，接着他们爬了上去，坐在平整的屋顶，能看到整个城市的景色。

"告诉我，你和瓦尔卡见面的时候你发现了什么？"

"你不想谈谈要怎么应付玛塞拉吗？"

海什木听到她的话大笑了出来。真挚的笑声在他们周围的建筑中回响着。

"不了。玛塞拉的问题不是你和我能解决的。她要自己解决自己的问题。我不知道玛塞拉是不是对其他女性都是如此强烈不喜，这可能是来自她和塞拉斯在一起度过的时间，他会让女人们互相打斗，也有可能她一直都是这样愤怒……但我们帮不了她。我们也不能让她恢复正常。我们能做的就是希望你勇敢地面对她，让她重新考虑自己的选择。"

妮芙不确定他说的是不是真的，但海什木比她更了解玛塞拉。她甩掉了打斗中肾上腺素的刺激，把思绪带回到最近的冒险中。

"海什木，那所修道院是一座监狱。瓦尔卡在我们遇到了塞勒斯之后帮了我。他还活着。他也认得我的脸……显然，上古维序者在做比我想象中更多的事，他们要在群岛中抹杀多神教的生活方式。"

妮芙咽了口口水，因为她知道自己走在一条不能撤退的危险道路上。

"我认为，如果他们染指了断钢剑，就是那把他们一直在寻找的神剑，他们就能对多神教徒的生活方式造成真正的伤害。这种事情绝对不能发生。我想要尽自己最大的能力，对抗上古维序者。还有帮助你们。和瓦尔卡合作，让我意识到了这件事情对人们的意义更重大。我直到现在……才理解了我对其他人的喜恶。某种程度上说，我和玛塞拉一样，都被仇恨所毒害。但我在尽力克服仇恨。"

海什木在听着她说话时，眼里浮现出暖意。他脸上露出微笑，似乎他一直在期待着妮芙的坦诚。而且，虽然妮芙知道她不可能真正成为无形者的成员，因为她毕生都是一名阿瓦隆的女巫战士，但她也明白，他们的结盟对她来说意味着全世界。

"妮芙，我想要让你成为我们名副其实的成员。我相信你会成为我们真正的帮手，我们也会成为你的助力。如果你在这个世界上没有其他人能依靠，让我们成为能支持你的人吧。我们选择自己的家人，誓言和兄弟会让我们走到了一起。"

妮芙感到不安。她知道自己将要虚假宣誓，但在海什木的善意面前，她觉得自己做不到。

"让我们先把宣誓的事情放一边，海什木。这是艰难的一天。不如我和你说下我的发现吧。上古维序者和北边的那座修道院有牵扯。他们不顾信奉多神教女性的意愿，把她们都关在那里。我在被发现之前，只能解救几个人出来，但也付出了很多人死亡的代价。我很担心被关在里面的其他人。至少现在我们都知道她们在什么地方了。我们也发现，上古维序者在教会的帮助下，施行了针对群岛女性的行动。"她停了一下，她知道自己跨的步子太大，但她的本能告诉她，她做得对，"海什木，我认为上古维序者正在试图根除多神教，因为他们知道，像迷雾之女这样的团体维持权力的能力比较弱。"

提起她的组织有一定的风险，但她感觉告诉他自己相信的真相是没有错的。她知道自己不得不把阿瓦隆女士的一些学识过滤一部分告诉他。

海什木看起来很惊讶。

"圆桌后裔都是多神教徒，海什木。我知道这一点，但我之前还没告诉你。他们的盟友是上古维序者——他们似乎效忠于基督教会，我觉得这不太合理……除非他们答应了圆桌后裔会给予他们力量。断钢剑就是这个力量。像玛塞拉描述的那样，它承载着真正国王的神示。然而，圆桌后裔相信他们拥有亚瑟王真正的血脉——特别是莫德雷德的——以及迷雾之女的血脉。如果有一名圆桌后裔能挥舞着断钢剑，他们就可以在广大的多神教徒中树立强大的威信，并加快推广让他们转信基督教，还有就是，上古维序者会不断地在内部操控圆桌后裔。但我相信上古维序者有着双重目的。他们会背叛圆桌后裔，会把圆桌后裔推出的国王换成他们自己的人。接着，他们会宣称这里的所有人都是他们的子民——无论是多神教徒还是基督教徒——然后还会合法地占领不列颠所有的岛屿。无论断钢剑现在在哪儿,它现在十分危险。一个多神教组织和你们的老对手都想要得到它。"

这些线索碎片开始凑成一块,海什木沉思不语。但妮芙还得再推一把。她知道无形者还认为迷雾之女是他们潜在的敌人……她要改变他们的想法,特别是如果他们想要保护那些海什木认为值得保护的人,他们就得一起合作。

"如果他们真的这样行动了,我强烈怀疑他们会这样做的,那么迷雾之女很有可能会是我们的盟友。她们并不支持圆桌后裔利用这把神剑延续神话。她们在你们对抗上古维序者时,可能会帮到你们。"她说完了。

如果她再说出更多的事情,她就会变得更脆弱了。

"你确定上古维序者和圆桌后裔联手要控制断钢剑的力量,而迷雾之女会反对他们吗?"

妮芙赞同地点了点头。现在就是她需要谨慎的时候了。"海什木,如果你知道断钢剑在哪的话,这对这座岛的人们十分重要。它十分重要,我们不能让它被这两个组织拿到手。他们会利用它做出不明智的事情。"

海什木向外凝望着地平线,评估着他掌握的所有信息,得出自己的结论。

妮芙能看到这几个选择:首先,她可以告诉他自己的真实的身份,还有在迷雾之女中的地位。或者是,她可以发假誓,在回到阿瓦隆的时候再请求诸神的原谅。

出发拜访女士是正确的选择。告诉海什木一些阿瓦隆的秘密也是正确的选择。

但如果海什木要求她发下的誓言否认了她对阿瓦隆的誓言,那会让她心碎。她不能这样做。誓言对她而言十分重要，她的诺言是她在这个世界上唯一拥有的东西。她没有孩子、没有家庭，只有她对着那些找她效劳和提供引导的人许下的承诺。

"还有瓦尔卡，她是怎么说的？"

海什木的话让她吓了一跳。

"瓦尔卡没有告诉我关于艾沃尔的很多事情，但她确实认为我们需要救出那些被关在监狱一样的修道院里的女人。"妮芙说道。瓦尔卡和她一样，在知道那所修道院的真实面目时被吓坏了，想要把它夷为平地。

"好吧，你就要和艾沃尔见面了。"海什木说着，疲惫地站在原地，"我们在日出时分出发。我们回来之后，会讨论你在无形者的未来。到了那个时候，玛塞拉就有机会看看你的行动带来的实际成果——而不是她自己的看法。"

"我要和你一起去吗？"妮芙问道，不敢相信她逃过了这一劫，"在玛塞拉说出了对我的成见之后？"

"我需要有人在长途旅行中注意我的身后。你很了解要怎么做。我们要去喀里多尼亚。"

*而且艾沃尔拥有断钢剑。*妮芙想着，意识到她的冒险很快就要结束了。不久之后，她就能夺回圣剑，把它带到阿瓦隆。她向海什木微笑，但心里却清楚，她永远都不能宣下那个誓言，因为当海什木回来的时候，她就不会在他的身边了。

## 第十六章

自从妮芙离开家乡后,她就没再见过哈德良长城了。她还想过自己可能再也不会活着见到它了。但她现在就在这里,在海什木的身后骑着马向哈德良长城跑去。不像她上次来时那样,她不需要在城墙周围潜行,试着不让自己被发现。不,很讽刺的是,他们还需要这样的潜行本领跨过边境。现在,她勇敢地向哈德良长城驰骋而去,不再害怕那些等着她的守卫。

有很多人选择了守卫哈德良长城——想要把麦西亚人和诺斯人赶出去的皮克特人,还有那些相信哈德良长城是他们的地盘的罗马人。和妮芙、海什木碰上的恰好就是一个罗马人。她感到紧张,不知道找上门的是什么样的麻烦,但那个罗马男人十分憔悴。他的头发灰白,眼边全是黑眼圈,妮芙看到之后就知道他们不用被卷入战斗了。他们把疲惫的马匹留在那里,继续步行前往边界。

帚石南花已经盛开,但海什木的腿伤在北上的长途旅行中变得更加严重了,虽然他一直在假装腿伤对他没什么影响。比起五朔节[①],现在距离仲夏节[②]更近,时间的流逝也让动物们充满活力地出现在他们面前。兔子在高地之间嬉戏,牛群快乐地吃着它们能够得着的每一朵花儿。

妮芙渴望进行一次仲夏观测,点燃篝火,唱起族人的歌谣。但她来到这是要做正经事的,他们到这里是有目的的。她离那个孤零零的喀里多尼亚十分遥远,她的助手也离开了她们的家乡。

这样回到家乡的方式十分平和。妮芙发现自己向往着家乡的滨岸,想要回到更加平静的生活中去,而不是女神为她选择的道路。在这趟前往哈德良长城的骑行路上,海什木是一个不错的同伴,在他们向北出发的休息途中,他在篝火旁教了她无形者的行事方式,还向她讲授了剑是怎么锻造的。他也告诉了她关于雷文斯索普的事情,艾沃尔和她的哥哥一同建设起来的社区,还有他想要在据点建立起来后回去的地方。

他们在高地已经走了一天,妮芙觉得她不得不强制地让海什木休息一会儿。

他的伤比他告诉玛塞拉,或者是妮芙第一次为他治疗的时候更严重了。他的身体在面对武力时,就不能好好运作了。他们看着日落,海什木开始说话了。

"那是在一场战斗中发生的,艾沃尔目睹了这一切。"他承认道,看着她把他的腿缠了起来,治疗再次让他感到难受无比的肌肉抽筋。疼痛像是扩散到了他的整个身子,让他一直保持虚弱的状态。妮芙因为没有把海什木的健康放在第一位而感到羞愧。

---
① 五朔节在每年的5月1日,是苏格兰、爱尔兰等地的传统民间节日,庆祝夏天的到来。
② 仲夏节是欧洲北部地区居民的传统节日,庆祝夏至的到来。

"我挨了一击,受了严重的伤。有人告诉我,我这辈子就这样了,我永远都不能康复。"海什木听上去不太像是对自己的伤势感到生气,更多的是失望。

"你对身体上的变化感到不开心吗?"妮芙问着,再次扎紧了绷带。

"如果你是一名战士,你的身体情况就有变化的危险。当我接受成为一名战士的使命,我就接受了这一点。哪怕这很艰难,我也不得不每天都接受这个现实。"

照顾一个她将要背叛的人感觉很奇怪。但她内心却明白,她已经尽全力了。妮芙转向了做饭的火堆和沸水,用同样的方式灌满一个酒囊,让海什木的肌肉在晚上保持温暖和放松。

"你应该睡一会儿,和我轮流守夜,我习惯了在一天里长时间不休息。"妮芙把酒囊递给了他。她知道自己也需要睡眠,但她也知道她曾花了两天时间为一个母亲接生她的宝宝后,就马上投入战斗。她只需要很少的睡眠,她还可以战斗。

他们继续深入高地的旅程中,妮芙让海什木犯下那些她在山丘跋涉时不会犯下的错误。当然了,她把海什木从他的笨拙动作中救了出来,比如说一脚踩进了沼泽里,但除此之外,她知道,她必须让其他人知道她的存在。她跟着她可能会避开的路走,她进入那些她知道会被皮克特本地居民看到的山谷,她发现自己被别人观察的时候,她会小心地快速露出在肩膀上的渡鸦标识,那些人会知道她是自己人。

最后,他们遇到了一次小规模的战斗。海什木仿佛是一直在寻找着、被战斗的激烈所吸引。妮芙能看到一群丹族人和皮克特人在远处打斗。他们的战斗十分激烈。那些皮克特人——并不是来自那些她认识的族群——在投掷火焰,丹族人娴熟地躲避着他们的攻击,仿佛他们之前就见过这样的招数。带领进攻的是一个穿着铠甲和皮草、有着文身的金发女人。

她挥舞着断钢剑。她战斗起来十分轻松，毫无畏惧地把长剑刺向敌人，还把剑举过头顶，准备着更强力的下一次攻击。妮芙看到眼前的景象，感到目瞪口呆，有那么一瞬间她在想，女士的想法是不是错了——也许断钢剑真的属于艾沃尔。但她很快就甩掉了这个念头。

丹族人的人数不足以击退皮克特人，在妮芙能阻止海什木之前，他跑向前加入了战斗。妮芙大喊着他的名字，但还是拔出了自己的佩剑，跳进了战斗中。她不想杀死任何皮克特人——特别是她在旅行途中露出了自己身上的阿瓦隆渡鸦标志——所以她的攻击只是让敌人不能动弹，但并不致命。

即使如此，她还是情不自禁地被断钢剑吸引。她的目光没有一直在她的对手身上，而是落在了那名出色的战士那里。艾沃尔带着决心和巨大的力量战斗，挥剑砍向那些皮克特人，脸上带着灿烂的笑容。她的脸和喉咙上有着一道很深的伤疤，这让妮芙意识到了，这名战士的伤疤来自一只庞大的动物。

"海什木！"那名丹族人在战斗有喘息的瞬间终于大喊了出来，她的声音带着欣喜，"我看到你来加入战斗了！"

海什木用自己的剑砍倒了一个敌人，向后退了一步，对着艾沃尔露出了同样的笑容。他回答着，但妮芙听不到他说话，因为她要招架住皮克特人的下一轮攻击。

一次躲避、一次猛冲。一次躲避、一次猛冲。妮芙几乎是呆板地杀到了战斗的前线，这样一来她就可以站在断钢剑的力量面前。她能感到它的能量，在召唤着她。她必须拿到断钢剑，无论要付出多大的代价。

然而，在艾沃尔身边战斗很振奋人心。她是一个极具天赋的勇士，如果妮芙愿意的话,她不想站在艾沃尔剑刃的敌对面。妮芙几乎能感到诺斯人的能量在渗透她,被一种力量所推动,保护她不受恐惧的伤害,让死亡不会在今天找上她。

在最后一批皮克特人撤退后,妮芙就弯下身子歇口气,艾沃尔在这个时候走向了海什木,紧紧地拥抱他之后开始说话。

"很高兴能看到你在雷文斯索普之外的地方,海什木。但你的马在哪儿?你不应该走这么远的路啊!"艾沃尔向后退了一步,上下打量着海什木。她的关心似乎很真挚,她转过身,向另一个丹族人打了一个手势,那人马上回应,牵着一匹马回到这里。

"其他人能走路。"艾沃尔说道,"这里离我们的营地不是很远。你从皮克特人的手上救了我们,至少我能这样回报你。"艾沃尔对海什木眨了眨眼睛。

"没人能救得了伟大的狼吻者。"海什木这样说着,艾沃尔仰头大笑起来。

艾沃尔是对的——走回营地的路程十分短,营地里全都是穿着很多皮草、头发串着珠子扎成辫子的丹族人。海什木下了马,妮芙现在就能好好端详着这个拿走了断钢剑的女人。她脸上蓝色的文身和那些伤疤形成了鲜明的对比,她的头发编成了一条长长的辫子。现在妮芙已经不在激烈的战斗中,她十分渴望从她的手中拿走断钢剑,但是艾沃尔把剑收了起来,放在大腿上,每个人都能看得到。

妮芙感到了断钢剑能量的吸引,召唤着她,仿佛它知道她来这里是救走它的。她感觉到了它想要回家。她知道,而且很确定的是,她不能在没有引起打斗的情况下,把断钢剑从艾沃尔手中夺走。而且她还不肯定她是否能赢下这样的战斗。她需要小心、安静、没有引起骚动地把阿瓦隆的圣剑带走。

"艾沃尔，我无法形容我有多么高兴能再次见到你。"海什木在一些丹族战士围在他们的领袖身边时说道。妮芙就跟在海什木的身后，吃力地穿过人群，不想靠得太近，免得断钢剑能量变得让她难以承受，免得她抵制不住把它拿走。

"海什木，告诉我现在伦敦怎么样了？玛塞拉呢？你们的战斗变得糟糕了吗？"艾沃尔的眼睛闪闪发亮，"虽然我发现了你没有带她过来，但你不是独自一人。"

艾沃尔的视线落在了妮芙的脸上。妮芙移开了目光，希望艾沃尔没有看到她脸上明显的矛盾神情。远处，在他们头顶的悬崖上，越过长满绿草和帚石南的山谷，有一只白色的雄鹿在俯视着他们。妮芙的心跳加快了。她和雄鹿对视，感谢科尔努诺斯愿意成为她的行动和耐心的见证者。

"你的名字是什么？"艾沃尔问道，把妮芙叫回现实中。

"妮芙，来自阿盖尔。"妮芙在这个迹象中获得了力量，回答道。

"为什么今天你会在无形者的海什木身边呢？"艾沃尔的语气很快活。更像是在说着海什木的俏皮话，仿佛成为无形者的一员是很有趣的事情。妮芙不能完全确定要怎么回答，停了下来看了海什木一眼，寻求他的帮助。在这个时候，海什木开了口，让妮芙不用自己来回答。

"我送出去了一封信，请求有着无形者需要的能力的人们来到伦敦拜访我。我们需要更多的人，能完成我和你能做的事情，艾沃尔。我们需要这些人来帮助我们对抗上古维序者。"

海什木在她面前能这么流利地说话，这让她感到了一丝惊讶。这是玛塞拉努力让她远离内部圈子的其中一个原因，妮芙想到。因为一旦进入了内部的圈子，他们所有的秘密就像是一股充满情报的湍流。

在这个时候，妮芙问的问题也都能得到他们的解答。不过，或许这就是为什么他们的组织得以壮大，而阿瓦隆在挣扎着生存。太多的秘密都淡化成了神话和传说。

"战斗的匆忙让你变得粗心了，海什木。比起之前，你变得更加自在了。这么随意地说话是明智的吗？"

海什木叹了一口气。"玛塞拉有着同样的疑问，但妮芙已经证明了自己。在我们来的路上她救了我，没有让我沉到沼泽底下。"

"啊，那我要感谢这位女士。你之前质疑了我这么多次但还是认可了我的选择，我又有什么资格去怀疑你呢？"艾沃尔说道。她似乎像妮芙那样很喜欢海什木，作为一个丹族人，她也是一个很热心的人。

"我承认我不像这里的人们一样那么了解这片土地，我很感激我们找到了这样的人来帮助我们。"

听到这话，艾沃尔笑了。"这是真的。这些本地的居民知道了我们不是来毁灭他们，或者是夺走他们的土地、烧掉他们的庄稼时，都帮了我们很多。我们只是想要和他们和平共处。"说到这里，艾沃尔直接看着妮芙，"刚才你应该也看到了我的一些族人们的暴力战斗。我向你保证，我的居住地是我亲自建在被赠予，而不是偷来的土地上。"

妮芙很惊讶有人会这么直接地和自己说话。"雷文斯索普是一个漂亮的地方。"她同意道。

"你去过了？"艾沃尔似乎很吃惊。

"是的，她还和瓦尔卡建立了友谊。"海什木说道。

艾沃尔看着妮芙好一会儿，打量着她，接着回头继续和海什木说话。"我们有很多事情要一起讨论呢，你可以陪我一起走走吗？妮芙，你可以像在家里一样，随意一点儿。你可以去喝点儿麦芽啤酒和吃点儿在火上烤的食物，这是你今天应得的。"

"谢谢。"妮芙说道，没有继续说海什木应该要坐下来休息。在这个时候，如果海什木感觉累了，那么情况就对她有利。她难受地发现，她的背叛来得太快了。

艾沃尔和海什木走远了，他们已经在进行更进一步的谈话，把妮芙一个人留在了全是丹族人的帐篷里，他们都在看着她，不太信任这个新来的凯尔特人。也许海什木也没有她想象中那样受到丹族人的欢迎。

妮芙十分紧张，不知道接下来要做些什么。玛塞拉很疑神疑鬼，还不情不愿的，但这些诺斯人充满了敌意地看着她，仿佛她得证明自己的价值，这样才能满足他们。怎么样才能满足这些丹族人呢？怎么样才能满足任何人？她要怎么说服这些人她是一个没有危险的陌生人，而不是一个需要受到监视的人呢？看来只是在一场战斗中帮助了他们，并不意味着她是他们的自己人。

一个拿着大剑的魁梧男子步履沉重地向她走来。她不能想象他接下来要做什么，但她不想要知道。她还有应对的一招——一个盟友的名字。

"瓦尔卡有和你们一起吗？"妮芙问他。她希望他们能听懂自己的语言，至少他们能听懂瓦尔卡的名字。妮芙不说他们的语言，因为她也没有学习的机会。

"不，瓦尔卡没有跟我们一起到这么北的地方。她留在雷文斯索普，照顾我们的族人。"那个魁梧的男子说道。他放下了剑。"不过，你认识瓦尔卡吗？"

其他的战士的目光转向了她，这次少了些怀疑，多了一丝好奇。

"是的。几个星期前瓦尔卡到访伦敦，我和她在那时认识的。我们也谈了一些她感兴趣的事情。我将她视作朋友。"妮芙使劲地咽了一口唾沫。

诺斯人全都用好奇的目光看着她。妮芙提醒自己,也许她被以前的恐惧支配了。即使她把这些人视作威胁,但这也可能来自她过去的经历……不过她将要做的事情,也不会让他们在未来对她有什么好感。

"瓦尔卡喜欢独处。"一个人不情愿地说道,对她点了点头,"如果你说的是真的,那毫无疑问,瓦尔卡和你的讨论有她的目的。她是一个先知。来。吃点儿喝点儿。"

妮芙微笑着走向前,举起一杯麦芽啤酒,品尝着它的苦涩。山谷似乎全都是丹族人的身影。显然,艾沃尔带着勇猛的战士,来到了妮芙家乡的高地。他们都穿着铠甲,带着各种各样的武器,妮芙也预估到了自己要面对的是什么。她不能像对付玛塞拉那样,向艾沃尔提出格斗的挑战。她不得不利用自己学到的所有本领取得断钢剑,在深夜时分不被发现将它偷走。

她知道女士想要让她不惜一切代价拯救阿瓦隆,这意味着要把断钢剑送回属于它的人们手中。她会在这个为了生存和自治的任务中帮助自己的族人。

她步行穿过营地,寻找海什木和艾沃尔的踪迹。如果她想要留在这里,至少她可以自由地漫步,发现更多无形者和黑鸦氏族想要做什么的情报。

但想要寻找这个目标,比她想象中的更加困难。每一个帐篷看起来都一样,都放满了一样的生存物资、一样的毛皮和一样的干草床。他们还没有装饰好帐篷,所以想要分清楚哪个帐篷属于谁就十分困难。

她的思绪在不停地打转,在迷雾之女的使命和对海什木、无形者的好感中摇摆不定。甚至是到了这里,海什木选择了相信她,选择相信自己的直觉,而不是玛塞拉的。海什木没有监视妮芙,而是愿意让她照顾好自己。这也给了妮芙一个明确的目标,而这个目标可能会粉碎她的自信。

妮芙停了下来，向上盯着高高的峭壁，寻找能给自己提供指引的野生动物，但没有任何生灵现身。她深吸一口气，坚定了决心，知道如果自己要夺回断钢剑、快速回到阿瓦隆的话，她要确保自己有足够多的补给物资。她要偷走的东西不只有断钢剑。她在帐篷中快速地穿梭，小心翼翼地保证她进入帐篷的时候没有人在里面。

她能在每个帐篷里找到生存物资，从打火石到硬质面包都有。她还找到了从未见过的动物做成的皮草、从没听说过的神明的祭坛，接着，她终于来到了一个像是战略帐篷的地方。她从来没有见过地图，毕竟阿瓦隆根本不在乎这样的事物。这让她神魂颠倒。这幅地图就挂在墙上，她能看到自己从故乡出发、到了伦敦等地都走了多远的路。她感到了自己的渺小。地图上有用她不认识的语言写下的记号，但她也能分析出来，他们正在追踪着什么。是在追踪上古维序者的成员吗？还是什么地点呢？虽然她看不懂，但她还是渴望能在这里对这个世界有更多的了解。

在帐篷里，她也发现了上古维序者的信件。她在读这封信时停止了呼吸。

圆桌后裔想要获得被称为断钢剑的宝剑。如果上古维序者能带来本该属于我们的东西，我们保证会效忠于你们。

妮芙想知道艾沃尔是不是把它作为证据收集起来，还是说这条信息是被截获的，从伦敦据点传给了艾沃尔。这已经确定证实了阿瓦隆的敌人把她们的圣剑当成了谈条件的筹码。她重新集中注意力。她需要找到断钢剑，还要设法让艾沃尔远离它。

撤下全是线索和情报的帐篷，只拿走那封暗示两股势力已经结盟的信件给到女士手里,妮芙开始郑重其事地寻找艾沃尔的帐篷。其他的战士和营地里的人们没有注意到她。似乎没人会打扰她。毕竟,她是海什木和瓦尔卡的朋友。

她终于来到了一个有着能装得下剑、盾牌和不同种类铠甲的箱子的帐篷。箱子里似乎还有艾沃尔在旅行路上写的日记、信件和文章,有些则是海什木所写,妮芙知道如果她在这里被发现,她就不能解释原因了。

诺斯人在远处说话的声音让她的心跳怦怦作响,然后她听到了海什木标志性的笑声出现在了帐篷外,她能在任何地方认出他的声音。她马上钻进能让艾沃尔在夜里保持温暖的多层皮毛下,安全地躲藏在里面。她不能冒险从这里走出去,被其他的战士们发现,但帐篷里的空间太过空旷,她没有其他可以躲藏的地方。

她看不见他们是什么时候走进帐篷的,但她保持着轻微的呼吸。帐篷之外,她能听到有乌鸦飞了过来,好奇着现在是不是它们把自己的灵魂带到来生的时刻。

"所以,她说她来自比这里更北的地方。"艾沃尔走进帐篷时说道,她的脚步停在了妮芙躲藏之处的边缘。显然,他们正在谈论着她。

"是的,我还没有来自那么北的联系人,而且她是自愿过来的,告诉我她想要逃走。那边的世界似乎很残酷。"根据海什木说话的回声,他似乎站得离帐篷的门帘更近一些。

"有意思。"艾沃尔若有所思地说道,"海什木,你变了。信任一个刚认识没多久的人?你以前似乎不是这样的。"

"如果你还记得的话,我十分信任你。我用我们的方式训练你,你从来也没有答应过要成为无形者的一员。和玛塞拉共事,想要成为我想成为的人变得更有挑战了。"海什木承认道,"她的愤怒令人烦恼,这不仅让她的领导蒙上阴影，而且和她坦诚相待，或者是正直地行事也变得十分困难。她现在太过鲁莽了，但她却觉得我的选择也同样鲁莽。"

当艾沃尔靠近睡觉的地方，在床上拿起一块小一点的皮草时，妮芙屏住了呼吸。她没有听到有东西掉在地上的声音，艾沃尔应该是把皮草披在了身上用于保暖。

"告诉我更多你发现的证据，上古维序者是怎么把注意力集中到这些圆桌后裔。"艾沃尔说道，"我也截获了一些有关情报，但你在此事比我更深陷其中。"她停顿了一下，"我想要留下来帮你，你知道我会这样做的，但我需要横渡大海到爱尔兰去。我的表亲在召唤我。"

砰的一声在帐篷里回荡着。

"你不用太过担心。"海什木回答道，"无形者已经准备好了。但我确实是带着一个警告来的。我们得找到妮芙，她可以详细解释。"

"我们去找一杯喝的。"艾沃尔说道，"我想要知道所有的事情，但这一天很漫长，你要打起精神来。"

海什木的声音越来越小，随着一声重重的布料掉下来的声音，艾沃尔和海什木似乎已经离开了帐篷。妮芙等待着，数着自己的呼吸声，直到她确认艾沃尔不会回来。

接着她从皮草堆里钻了出来。但眼前的景象让她晕头转向。

## 第十七章

在她的眼前，断钢剑就被放在艾沃尔拿来放自己的文书、日记和几把刀子的桌子上。它就在那里，在简朴的棕色皮革做成的剑鞘中，等着有人将它拾起。即使它没有思想，但它就在那里，知道自己应该被像妮芙这样的人所拥有。

她带着尊敬，慢慢地接近断钢剑。就是它了：圣桌的最后一件神器。这是她被派出去要取回的圣剑，为了保护她的家园、服务她的族人。她把剑举起来的时候，竭力控制着自己不要颤抖。

剑柄上的圆球是金属和银制成的，有时看上去像是铜做的一样，上面还有着一系列由金色交叉组成的圆形状装饰。她伸出手，将它从剑鞘抽了出来，断钢剑像是由各种各样的其他宝剑融合而来，被锻造成一柄强大的圣剑，被合格的持剑人拿起时会发出光芒。妮芙在宝剑没有为她发光时感到了一丝悲伤。但她也知道，自己只是一个传递信息的使者，暂时保管着断钢剑，直到它回到该有的位置上，而不是配得上拥有它的力量的人。

即使如此，这把武器上翻腾的力量十分非凡。举起这把剑像是手里抓着一条很重的蛇。断钢剑的力量在跳动着，看着它感觉十分神奇。这股能量一定是来自它的锻造者，那些想要让它成为适合想要保护子民的君王的重要武器的人。但它同样也是来自这片土地的神明的礼物，保证每一个追随他们的人的安全、受到保护。

妮芙拔出了自己的剑，把断钢剑插进了自己的剑鞘中。断钢剑不太合适，有大约一英寸在剑鞘顶端露了出来。她撕下艾沃尔留在地上的一些布料，用来包住能看见的剑身和圆球，尽力将它伪装成任意一把旧剑。她瞥了一眼她一直带着的剑。这把剑很难辨认属于谁。它不是一把非凡的佩剑，甚至对她来说也意义不大。她是为了任务佩戴上这把剑的，带它到了此时此刻。一个不知名的北地铁匠，在火炉的炽热中锻造了这把剑。现在，它将拥有不一样的用途。她把旧剑放在了艾沃尔随便扔下断钢剑的同样位置，她闭上眼睛为这把剑祈祷，希望它能继续伪装成断钢剑，直到能安全地揭露它的真面目之时。

接着，她小心地离开了艾沃尔的帐篷。

问题是，她不确定接下来要做什么。她手上有断钢剑了。她可以现在就离开。但她和海什木不辞而别，这算是背叛了他们的关系吗？她知道海什木信任她，但如果她让艾沃尔或者海什木发现了她腰间的断钢剑——伪装实在是太过拙劣——她知道她就完了。最好的选择，不，正确的选择，就是离开。在她能逃的时候赶紧逃走，没有人会知道她做了什么，直到她可以回到阿瓦隆和突岩前，她可以躲在山里面。

妮芙遗憾地转过身背向帐篷中央。她内心觉得没有向海什木告别就离开是错的。但她能说什么呢？她知道，这不过是她个人内心的想法，而非给迷雾之女带来荣耀的女祭司。

有那么一会儿，她沉浸在此时此刻，在太阳继续下山的时候，听着篝火被点燃的声音。天空是亮橙色、粉色和紫色的，映着夕阳的颜色。来自另一片土地的祝酒歌在山谷里回响，她毫无疑问地知道，即使她现在身在家乡，但这些歌谣来自离她的家乡十分遥远的地方。

黑暗很快就降临，妮芙深呼吸了一下，让女祭司的身份压过了她的个人欲望，然后动身进入营地。她在帐篷后面匍匐前进，希望能躲过篝火找到她的马，但这样的潜行方式，似乎除了她自己之外的其他人都能看得到。

艾沃尔和海什木漫步穿过暗影，他们二人还在深谈，在走向她的时候像是回避了其他人热闹的庆祝。

这样的时刻十分奇怪，时间感觉变得黏稠漫长。一切都慢了下来，妮芙觉得自己像是走在树汁里一样。她看到他们的时候想要转身离开，但海什木叫住了她。冷汗流过她的背上。

"妮芙，我们正在讨论一些你也许能帮我们理解的情况——你去调查的那个修道院。你可以作证那个地方真的是一所监狱，还是有一些女人是自愿成为修女？如果那个地方和教会有联系的话，我们也许能在离开这里之后，让艾沃尔认识的一个不属于上古维序者和无形者的基督教徒线人帮助我们。"

一丝宽慰蜿蜒进入妮芙的恐惧之中。她很高兴海什木把修道院的事情记在了心上，似乎在考虑怎么能帮助这些生活在危险中的女性。她只是希望他们两人都没有注意到她腰间上的剑——还片刻地想到这把圣剑没有必要做得那么大。

"这个想法很好。我记得的是，那里没有自愿的修女，不过一开始是有一个在伦敦的修女告诉我这座修道院的事情。也许我们需要和她谈谈，先和她建立起关系。当然了，我不能亲自和基督徒接触。他们不会对我这样的人友好。"妮芙说着,换了一下姿势,这样一来,别着断钢剑的一侧身体就能在黑暗中更好地隐藏起来。

"这是什么意思?"艾沃尔问道。

"妮芙是女神的虔诚追随者。"海什木回答道,"很多被关押在修道院的女人都信仰多神教,不过妮芙有着出色的自控,但她恰巧刚好就被管理那个地方的人发现了……"

妮芙竭力试图想到脱离这次谈话的方式,但她发现自己继续跟着海什木的思绪。"我不是和基督徒接触的合适人选。"她的眼神在他们二人之间快速移动。有没有出去的路?她有没有不用打斗就把他们击晕的力量?她不想攻击海什木,但也许这是她唯一的选择。除非这场打斗会吸引那些一直在等待战斗的士兵们的注意力。她承受不起这个代价。她试着让自己狂奔的思绪冷静下来,用逻辑进行思考。在他们的周围,篝火在添加了新的柴火之后燃烧得更猛烈了。

海什木继续说着话,但艾沃尔突然举起手让他停了下来。她眯着眼凝视着妮芙的髋部。"妮芙,这是谁的剑?"艾沃尔问道,她的声音变得十分致命。

妮芙没有回答。她不知道该要说什么。

艾沃尔没有等待她的回答。她转向了海什木,流利地抽出了他腿边的剑。"如果你计划要把它带去上古维序者手中,你会对他们十分失望的。"她咆哮着,"我觉得你会发现你对他们来说是可以抛弃的。"她毫不犹豫地跃向了妮芙。

妮芙吃力地向后退,从剑鞘拔出几乎可以说是太大的断钢剑,用防御的姿势双手握住。在艾沃尔身后,妮芙绝望地看着海什木的表情从震惊到疑惑,再到逐渐理解。

在她面前,艾沃尔举起了她的剑。

妮芙不想和这个女人战斗。她不过几小时前就看到过她残忍地杀死了一个皮克特人。妮芙是一名出色的战士，但使用一把新的武器和防御姿态……她知道她不能完成这场战斗。

艾沃尔猛冲向前，妮芙只能接招。她没有选择退缩，而是把断钢剑放低，和艾沃尔剑刃相接。她知道艾沃尔从海什木那里拿来的剑没有断钢剑重。她可以打断那把剑然后逃走——只是断钢剑在她手中颤抖着，她就知道这把神剑不适合她的战斗姿势。

"如果你现在把剑还给我，我不会杀你。我只会把你送回你爬出来的洞穴中。"艾沃尔说着，她的声音沉着，在咆哮或愤怒的边缘，还有妮芙不能忽视的毅力。

"我不能把它给你。"妮芙说道，感到自己在这个丹族人的力量面前变得虚弱。她们之间的压力在加大。妮芙不得不动作快点儿。"它不是你的。这是你偷来的。它的子民比你更需要它。"

说完这话，妮芙把全身的力气都集中在断钢剑的剑柄，猛推了一把。艾沃尔踉跄地后退，海什木的剑和她一样摇晃着。海什木的剑没有断，但妮芙意识到她激起了艾沃尔的一些狂野本能，就像是一只被释放的狼。

艾沃尔咆哮着，用她的语言大喊着什么。接着这名诺斯战士向前冲去，妮芙知道她不能承受被战斗纠缠的代价，整个营地都将被动员起来。

艾沃尔向她猛扑过去，妮芙利用这个优势翻滚出她的进攻路线。她挣扎着站起来，转身就跑，还愚蠢地希望艾沃尔不会追着她。

"如果你把它拿给上古维序者，他们不会帮你的！"艾沃尔在时间又加快时大喊着，肾上腺素让妮芙对世界的感知更清晰。她的身后有脚步声，如果艾沃尔在战斗中像一个攻城锤的话，妮芙身材更矮小、动作更快,她在周边区域消失的时候就已经甩开了丹族人。

"妮芙!回来!解释一下!为什么你手上有那把剑?"现在是海什木的声音,祈求着让她回来。但她不能回去。她不得不继续前进。

她跑过灌木林和黑莓灌丛,没有顾及要隐藏自己的踪迹。她除了快速拉远自己和丹族人营地的距离之外,没有时间做其他的事情。她一直向前跑,直到她看到保管着马的牧场。一群人看到了她,但是她在田地的遥远另一边。在他们反应过来之前,妮芙就行动起来。

她骑上了第一匹马,重重地把她偷来的战争物资和夺回的神剑放在马鞍上。她知道已宣誓的女祭司的职责比仅仅需要战斗更加困难,但她不知道这会付出像是海什木的友谊这样的个人代价。

她的呼吸变得快而重,她只能相信马儿给她指引方向,因为她的眼泪已经模糊了双眼。她现在还不能哭。她不能哭泣和哀悼。她试着把这些感情撇开,让它们赶紧离开。但她失去的太多了,她让自己躺在飞奔进山的马儿的背上,抽泣着。

在眼泪流干之后,在她身后那混乱而令人恐惧的叫声逐渐淡去消失,她强迫自己专注于这次逃离中。沿着偏僻的道路走太过显眼了。一个女人骑着马、带着武器,几乎就是在吸引土匪,或者让艾沃尔自己的部下更容易追踪到她的行踪。她把膝盖转向马的一侧,朝着她看到雄鹿的峭壁跑去。

她知道,她可以比任何人都能更好地在诺斯人眼前隐藏好。这里是她的山丘和山谷,是她的峡湾和湖泊。这里是她的家。

当她到达第一座峭壁时,寒冷的风向她吹来,她能在这里俯瞰到山谷里艾沃尔或她的族人。但她不能明确辨认出海什木和艾沃尔,她能确定的只是下面有人——他们的很多人都会来追捕她。

她知道最好的决定就像是狐狸去村里偷吃鸡那样。狐狸不会停下脚步，来观察村民是否注意到了，狼也不会去确认牧羊人是否发现小羊已经死掉。利用从猎人那里学来的知识，她转向北方，出发前往皮克特人的领地。他们会看到她文着渡鸦的肩膀，确认她是他们的兄弟姐妹。如果运气好的话，特别是如果他们发现了，诺斯人在用他们凶猛的宝剑和弓箭追杀她的话，妮芙还可以利用这一点让自己占据优势，因为丹族人在这些地方不受欢迎。

没过多久，地形就变得十分危险了。山崖十分陡峭，马儿对在黑暗中爬上山坡犹豫不决。它蹦了起来轻声嘶叫着，妮芙没有强迫它，就从马背跳了下来。妮芙把它拴在一棵树上，然后偷偷走进灌木丛中，保护她不被任何监视的目光发现。她得等到黎明时才能让马儿走得更远。

星星在她头顶闪烁着，这是除了附近的野生动物之外，她唯一的陪伴。一群乌鸦飞过。她能感觉到空气中危险的气息——是被猎杀的不安感。妮芙颈后的皮肤发冷，前臂起了鸡皮疙瘩。她听到有人叫自己名字的时候，身子蜷缩在了自己的皮草中。

那是海什木，他在叫她回去。他的声音里有着痛苦，还有着对他那么努力捍卫的人的信任的背叛。她能听到他声音里的沮丧，因为他信任了一个不该信任的人。她也能听到怒气。愤怒。妮芙不得不和本能对抗，不能想要回到他身边，不能告诉他她会回来、再次和他并肩作战。毕竟，她不能许下这样的承诺。她不能给他想要的东西。

她不得不遵从女士的命令，这就意味着要躲起来不被他发现。

当海什木离她更近时，她远离了她的马，在这个岩壁上方更远处的草地里找到了一个躲藏点。石头在她的脚边滑落，让砾石飞扬起来，让岩石破碎的温和声音划破了夜晚的宁静。

海什木跟随着这声音，她看到他找到了那匹马。她必须在这里保持从来没有过的安静,看着他似乎在痛苦中调整了自己的脚步,沮丧地看着她的马。

"你不能告诉我她在哪啊。"他说道,声音带着责备。

马儿对他哼了一声。

"你也不能帮我给她传个消息。如果她还能回来找你的话。"他伸出手,解开了她在细心打结的缰绳,然后尽所有的力量拍了一下马的屁股。马儿踢着腿,脱缰奔跑,逃向了山坡下面,轻声嘶鸣着。

"你现在想要带着剑逃跑就更难了。"海什木苦涩地说道,似乎知道她在那里,即使她几乎没有留下任何踪迹。

他悄悄地走下山坡,失望似乎像是石头一般重重地压在他的肩上。妮芙感受到他因为被背叛而生的冷漠怒火,她就知道如果她再次见到无形者的海什木,她就会和他剑刃相对了。

当海什木消失后,妮芙开始慢慢地在这片危险之地跋涉,远离营地的每一步都让她远离海什木的怒火。步行回阿瓦隆会十分辛苦,但找回她的马,甚至是从艾沃尔的营地里偷一匹出来就更加危险。她已经从他们那里夺走了一件宝物。再去夺走其他东西就不是很明智了。

穿过皮克特的村庄时,她很好奇她要花多少天的时间才能把腰间这把珍贵的神剑送到她的目的地。

时间过去太久了,特别是她现在已经暴露,有人会将描述着她的脸、着装和其他所有细节的情报送出去。如果没有交通工具的话,这趟旅程就不会那么容易了。她得去找一匹马。

她看了一眼日出时分出现的地平线,寻找着聚居点,找到那些用来烤肉和烧水的晨间篝火燃起来的烟雾。在下方的远处,越过好几个山谷,她看到了一个聚居点——可能是皮克特人的——那里的篝火一直在燃烧。

她能在那里寻求帮助，即使他们不是她的家人或者是平时的盟友。他们会帮助她对付丹族人。每个人会帮她对抗他们的。哪怕是基督徒，虽然她不会去找他们，除非是危急时刻。

她从另一边的山坡爬下，这里比她爬上来的山坡陡峭得多。她的脚艰难地站住，双手被石头磨出了血，锋利的石头边缘在她的手上划开了口子，陡峭的斜坡让她的前行更加艰难。她知道保持这样的下山速度时一定要付出一些代价，但可能找到马匹的认知让她坚持了下去。

她的膝盖因为损伤而疼痛，下山像是花了好几个小时，但最后她还是成功到达了底部的一个咸水沼泽。

沼泽对面有一个小村庄，但不像她的村子那么精致，几乎都是用石头建造的，除了火堆旁几乎没有木头。男人除了皮草什么都没有穿，身上还有蓝色的涂料，他们在初晨的阳光下走过村庄，用武器和勇猛将自己武装了起来。

妮芙曾经和皮克特人结盟，也和他们产生过冲突。但以她目前的情况来说，穿着裙子和肩膀上带着渡鸦图案的斗篷，让她看起来像是迷雾之女的一员。她不太确定，自己没有被邀请，他们是否会友善地欢迎她到他们的家园。

所以，她在沼泽边缘匍匐前进，紧贴着灌木丛，小心地绕开靠近水边筑巢产卵的蛇。她能听到远处女村民的声音，唱着那些妮芙的村子里同样的明快歌谣。也许她可以和那些女人谈谈，哪怕男人会犹豫不决，她们可能会帮助她。

她放轻脚步，走到女人们洗衣服的地方，在一个年龄与她相仿的女子旁边的灌木丛中走了出来。那个女子停下捶打衣服的动作看着她，然后其他的人才注意到她的出现。

"给我一个不应该尖叫的理由。"在她左边的一个女人说道,眼神充满了坚定。

妮芙在心里问着自己。目前为止,她已经违背了保护的诺言。威斯韦斯因为她太快杀掉德奥瑞克而死。修道院里的女人们还被关押着。她以一种可怕的方式让她们失望了……但是她们也是她最好的盟友。

"因为我和你们一样,都是来自北方,我现在处于十分危险的境地。"她说道,像是这几个星期以来第一次说了实话。能坦诚行事,让她松了一口气。那些谎言在她的胸口像是毒药一样在堆积着。

"离北方有多远?"那个多疑的女人问道,"你有采自岸边的草药吗?我这里有一个得了急性腹痛的婴儿。如果你有我需要的东西,我会帮你。"

这是妮芙能帮上忙的一次交易。她可以利用知识拯救自己。她从腰带上的一个口袋里拿出了一个小罐子。

"这是来自群岛的海草。如果你把它做成汤,就可以治好急性腹痛。不要直接喂给宝宝吃,你明白的,要慢慢、平稳地喂,汤要暖的。就像喝茶一样。"

妮芙的目光越过女人,望向远方,听到了她们愤怒的声音。"其实,如果你能发发善心的话,我需要一个能躲起来的地方。那些在追杀我的丹族人……我觉得他们就在这儿。"

村子的入口处有一阵骚动。妮芙能看到骑着马的诺斯人。她咒骂着自己逃走的速度之慢,猜想要来这里找她也很合理,这里是附近少有的人口聚集的地方。一个女人抓住了她的手臂,妮芙反抗了一下,但接着她就意识到,她将被带去一个安全的地方。

这个女人的年纪很大,妮芙从她脸上的皱纹看得出,她经历过很多个冬天、生过很多孩子。也许她也失去过很多人。她带着妮芙到了一个小屋，无声地把一堆衣服扔给她。妮芙快速地把自己身上战士的衣着换成了洗衣妇女的衣服，把自己的头发绑成和她们一样的发型。

但断钢剑要怎么办呢？她不能让断钢剑在没有守卫保护时留在小屋里。但它太大了，她必须把它藏起来。想要混进皮克特人里，但还持有这样的武器是不可能的。断钢剑是为敬畏而生的，而不是诡秘。

那个女人怒视着她，试着强调妮芙必须加快速度。不过妮芙环绕四周，注意到了墙上有一些旧的皮革马具和松垂的旧鞍袋，终于用自己的衣服包裹住断钢剑，把它随便塞到一个空木桶里。如果丹族人把整个村子都烧毁了，她就会失去圣剑，但如果他们离开了……圣剑会没事的，她还能活着把它带回阿瓦隆。

那个老妇人示意妮芙跟着她，她回头看了一眼，遗憾地离开了小屋。把圣剑遗留在一个腐烂的旧木桶里好像不太明智，但她也不确定自己是否还有其他的选择。

到了外面，她加入了一群女人的队伍，把村里其他人穿的皮草和其他衣服上的灰尘污垢打掉。这些衣服闻着很令人难受，但她也习惯了。她和自己村的女人们也做过同样的事情——即使是本地的女巫战士也要帮忙洗衣服。照看孩子也不是她的职责。她看着一个小男孩猛冲进这群女人中笑了出来，他被另外一群跑来要抓住他的孩子追逐着，就像刚出生时那般光着身子。

妮芙把双手伸向这堆杂乱的衣物中，拉出来一件她觉得像是沾了血的东西。世界的这个角落并没有红色染料，但血能染成这样。她把这件衣服拿去寒冷的溪水边，把它放进水里时手都冻僵了。冰冷的溪水和她的血液一样冷。她能隐约听到丹族人在质询村子前的村民。他们在找她。他们描述着她的衣着和长相，还在问他们有没有见过那把剑。

那些皮克特男人没有任何动作，而非欢迎这些诺斯人。况且，男人们都不知道她就在这里。她一直低着头，听着女人们唱起洗衣的歌谣，让敲打衣服的声音把她的心跳稳定下来，让自己的手不要颤抖。如果她现在被抓了，她没有任何自卫的方式，而且还会失去断钢剑。

"我要搜遍这个村子。她可能就躲在这里。"诺斯人刺耳的声音说道，在很远的距离都能听得很清楚，"海什木说她可能就藏在这村子的女人里。"

妮芙低下了头，拿起一块因溪流浸湿而变冷的布，把它晾在绳子上。她拿着一根棍子敲打着衣服，把那些尘土、血迹和草屑打下来。她在听着关于她的下落的谈论时，用这块布把自己隐藏起来。

"我们已经告诉过你了，我们没有见到过她。她不在这儿，如果你再踏进我们的村子一步，我们会让你们后悔的。我的弓箭手已经在待命了。"村子的领袖用不流利的诺斯语说道。

如果皮克特人把她供了出来，她的境地就会变得十分糟糕。如果诺斯人认为她是上古维序者的一员，他们不会放过她的。艾沃尔似乎认为，即使她不是上古维序者的人，她也至少是在和他们合作。

她在想，海什木是否同意艾沃尔的看法。但她一想就感觉太过痛苦，她继续偷听着，不稳定的心跳在拍打着她的衣服。

那些丹族人停了下来。他们带来的援兵太少，如果皮克特人真的有待命的弓箭手，他们马上就会没命。

诺斯人的头领终于退了一步，不再踏进皮克特领袖的领地。

"我们会回来的。"他阴沉地说道，骑马转身带着他的人离开了。

妮芙重重地叹了一口气，知道她在他们回来前不能留在这里了。

当马蹄的声音在周围消失时，她转过身飞奔到放着她的衣服和剑的地方。她把衣服都捆到鞍袋里，忽视了脑海里的抗议。皮克特人也许和她有着共同生活的土地，还有一些共同的信仰和传统，但是他们不会像保护自己的族人那样保护她。

她从小屋的前门离开，听着马儿的声音。转身向左，她回头朝着沼泽出发，找到了一个有着很多马的围栏，这些马都没有马鞍。无所谓了。她抓住了第一匹有缰绳的马，把鞍袋挂在中间，接着爬上了马背，她还穿着裙子，还有她身边的断钢剑，都放在了马上。她不太喜欢穿着裙子骑马，但比起其他的衣服，裙子能让她不那么显眼，装扮成一个快要生小孩的女人比一个逃命的战士要好得多。

不久前帮了她的那个女人，在她准备把马从围栏里牵出来时制止了她。

"你不能带走我们的马。"她咆哮着说，"下马，然后走路离开。"

"他们回来的时候你想要我在这里附近吗？你可以告诉你的首领和丹族人，我偷了一匹马……他们都知道我没有坐骑。但如果你让我离开的话，我会走得远远的，你不用在你们的领地里对付一堆要追杀我的丹族人。"

"为什么我不能直接把你交给他们呢？"她说道，怒视着妮芙，"在我们帮了你之后，你还想要更多吗？"

"我是迷雾的女儿，我要把阿瓦隆女士的圣剑交回给她。丹族人拿走了我们的圣剑，他们中的一员向断钢剑的子民挥舞着它。把它带回家是我的责任。"

她的真相是一场赌博。如果她是一个信仰皮克特神明，而不是阿瓦隆的人，她会阻止她的，不过……如果妮芙走运的话……如果这个村庄的女性都和她一样接受过训练的话……如果她选择追随科尔努诺斯的话……

那个女人低下了头。起初她以为是出于愤怒，但接着女人后退了，给她让出了前进的路。

"女士，你可以通过这里。"她用着她们共同的语言说道。

"我完成使命之后会把马还回来的。"妮芙说道，她知道她会遵守这个承诺的。即使不是这一匹马的话，她会把另一匹马还给她们，补充她们的牧群。她不是不善良，只是过于急切。

接着，她向南出发，竭力想要尽快回到阿瓦隆。

## 第十八章

骑马经过哈德良长城、北方森林，深入中部地区，妮芙发现自己快要倒下了。她已经有好几天都紧绷着神经，在逃离艾沃尔和海什木的怒火的过程中，她几乎没有怎么休息和吃东西，她和她的坐骑都筋疲力尽。但每次她停下来时，她就感到危险就在不远处。森林的声音十分响亮，不远处肯定有掠食者，催促她重新上马继续赶路。她在骑行时意识到，她不仅仅是要逃离海什木和无形者，还有圆桌后裔和上古维序者。妮芙现在比之前的想象中有了更多的敌人。

她知道这次旅程会很危险，但她现在发现是致命的危险。一有机会，她所有的新敌人都会为了断钢剑而杀了她。海什木可能会犹豫，但玛塞拉可不会。玛塞拉不惜一切代价阻止妮芙完成自己的使命。

夕阳落下时，妮芙停下了赶路的脚步，冒着暴露位置的危险，在林间的空地点燃了小火堆，接着把她的小刀抽了出来，开始打猎。她把发抖的马拴在树旁让它吃草。

狩猎兔子让她觉得不太高兴——它们是温和的动物，应该要留给像是狐狸、狼和蛇这样的天敌——但她带的干粮已经吃完了，她状态虚弱，需要进食。距离她上次吃到一顿温热的饭实在是太久了。

她在离火堆很远的地方蜷起身子，盘起双腿，等待森林赐予能允许她捕杀的猎物。她还穿着给她马的皮克特村民的衣服——一条带着垂下披肩的束腰长衣样式的裙子，还有不让她的头发挡住脸的头巾。老实说，穿着这样的衣服打猎，就像穿着她喜欢的长裤骑马一样舒服。

当她在渐渐变黑的森林里等待时，她意识到这是离开海什木之后第一次放松了警惕。她已经变得很享受海什木的陪伴——她甚至还高兴地想着，瓦尔卡多少对她的风俗很好奇，这位丹族女先知一直都很真诚。无形者对她和她的族人没有什么敌意——除了玛塞拉——他们也没想要改变她的行事方式。他们想要从她那里学到东西，教她新的技能，然后成为盟友。

"我在想，如果我以本来的面目到他们那里，他们会不会选择和我合作呢？"她大声地说了出来，孤独的声音在风中传递到森林守护者的耳中。她很快就打消了这个念头，她也明白，即使她到伦敦据点时，告诉他们迷雾之女想要和无形者合作，而无形者在这个时候就已经拥有了断钢剑。一开始就亮出底牌的话，无形者或许不会把断钢剑的下落告诉外人。而且他们也不知道它真正的力量，面对上古维序者和圆桌后裔的意图，它将变得脆弱。

虽然她的决定让自己承担了这些压力，但她一直以来都没有完全信任他们是对的。如果她告诉无形者，阿瓦隆需要迎回断钢剑，她的族人应该得到它，那他们肯定会对她说这只是一把剑而已。

她可以让自己的怀疑继续纠缠着她，但她内心知道完成自己的使命是对的。尽管如此，她还是会哀悼失去的友谊。

断钢剑带着力量在她的腿边轰鸣，提醒着她，这不仅仅是一把强大的宝剑。它对她的子民来说意味着一切。将它带回家是一种荣幸。

在视线的边缘，有什么在发出窸窸窣窣的声音。它的动作很快，在树叶中显得模糊不清，在灌木丛中穿梭着。那是一只兔子。

妮芙慢慢地蜷伏着，轻轻地跳了几下活动身子。当她从冥想状态中出来后身体恢复了活力，双手和剑刃像是融为了一体。她冲向兔子逃向的下一丛灌木，快速地割断它的喉咙。兔子没有时间反应过来，她对此感到十分庆幸。

"我很抱歉，小家伙。"她悄悄地说道，把兔子还有余温的尸体拿到她的火堆旁。她快速地剥下兔子的皮毛，在完成这系列已经做过无数次的动作，把兔子用木棍穿起放在火上烤时，她的思绪又回到了她那像叼着骨头的狗一样的困境。

她快速地瞥了一眼她的马，它现在正在睡觉，能看出来它已经吃过东西了。确认之后，妮芙从腰间解下巨大的圣剑，把它放在草地附近，用树叶把它遮盖起来，防止它在她沉睡的时候，毫无察觉地被夺走。只有在这个时候，她才觉得自己可以在做饭的时候闭眼放松一会儿，她觉得在休息好后，她才能更好地专注于接下来的长途旅行。

或者说，至少她是这样希望的。

从北边传来几声号叫，那是愤怒的狼群在咆哮。狼群在这个地方很常见，妮芙也知道也许她需要应对它们，但这些狼不像是要伤害她。听上去，它们似乎是在对着在林间穿梭的人号叫。狼群是不会恶意攻击人类的，除非是它们饿了，或者是有合理的原因。这群狼生活在一个有着充足猎物的森林中，还有舒适的洞穴休息，所以狼群是在对树林里的人做出反应。

妮芙不想知道那人的身份。她的脑海中闪现过无数的可能。面目不清的刺客。因为被出卖而满腔怒火的朋友。她毫不犹豫地把兔肉从火上拿下来，扔进鞍袋里。她可以晚点儿再吃，就是可惜只能吃冷的了。但这也总比变成烧焦的尸首再也吃不到强。她冒险生了火，但她的运气没有持续。

妮芙知道如果骑马离开的话，想要不被发现就走得远远的不太可能，所以她牵着借来的马，带着它远离火堆，衷心希望她能再多休息一会儿。她的视线因为饥饿和疲惫而眩晕。她检查了自己的弓箭，如果她一定要逐个干掉这些敌人的话，她就能有所准备。

果然，如雷的马蹄声没过多久就到了这里，当这些追杀她的人聚集在她的火堆前时，她紧张地听着他们的谈话声。

"她逃走了。"一个陌生的声音说道。这人的口音听着不太像是诺斯人。他是不列颠人。

"你应该要再快点儿的。"第二个陌生的声音怒吼着，"我们需要那把剑。如果我们没有拿到它，他会很生气的。"

这个"他"是谁？这些人是哪一方的？他们不是无形者，也不是艾沃尔的黑鸦氏族的斥候。妮芙咬着嘴唇，慢慢地回到森林的更深处，她一想到这个新的想法时感到有点恶心。他们可能是圆桌后裔的人，或者是来自上古维序者。但他们是怎么知道她有断钢剑的呢？海什木会不会为了抓住她，而和他们合作呢？但这个想法似乎太过荒诞，她很快就打消了这个念头。

"至少我们现在已经确认了它流失在外，很有可能就在她的手上。她只是一个女人。她不会再逃出我们的手掌心了。"第二个声音说着，她猜这是他们的头领。她太害怕了，都不敢看一眼，不敢从藏身的灌木丛里出来走得远远的。她希望他们没有更进一步观察树林，因为她的马就站在树林里，四周看着，似乎很是无聊。

"她受过那些可恶的迷雾母狗的训练,所以我们的敌人可能比我们想象的要厉害。"第一个说话的人啐了一口。

妮芙能听出来,这个人对她的族人恨之入骨。带着这样的仇恨称呼阿瓦隆,他一定是莫德雷德的圆桌后裔。从她的调查结果来看,上古维序者仅仅计划利用断钢剑和任何有关阿瓦隆的线索,作为他们最终计划的工具,但这个男人说话的不屑语气,似乎有着其他不一样的意味。

她要怎么活着逃出这座森林,继续赶路呢?他们都知道她就在这儿。他们会听到马蹄的声音,他们会尾随着她,然后杀了她,把断钢剑据为己有。她把手伸到大腿一侧,才意识到她急着躲避他们的时候,把断钢剑落在了树叶堆里。

她咒骂着自己,对自己的粗心十分懊恼,然后把缰绳绕在离她最近的树上,开始慢慢而小心地向这群人站着的地方匍匐前进,他们因为迷雾之女阻拦他们获得渴望的力量而十分愤怒。

"如果你问我,我们应该试着入侵阿瓦隆,把那里夷为平地。"

即使妮芙的心脏跳得飞快,她还是想起了海什木教给她的东西,爬得离他们更近了。她的新敌人在说话,她可以看到他火光中的脸。这是一个不列颠人,穿得和她在伦敦见过的其他人一样。他明亮的蓝色双眼充满了怒火,脸上有一道长长的伤疤。这两个男人身上脏兮兮的,装备十分简陋,手上也没有任何武器。如果他们在追捕她,如果他们有想过他们可能会抓住她的话,他们就应该拿着剑。但他们没有这样想,他们是那种认为猎物不会追踪他们的人。

她站起来搭上一根箭,情不自禁地微笑起来。他们已经提供了足够的情报让她辨认出他们的身份,但现在是时候终结他们的任务了。她射中了背对她的人的脖子。箭矢穿过那人的脖子,另外一个男人正继续咒骂着她的族人，血喷到了他张开的嘴巴里。他目瞪口呆，显然感到十分惊讶。

妮芙向前跃起，把他打倒在地上，按住了他的双手。他们互相盯着，彼此的距离十分近。她用膝盖顶着他的肚子，却尖叫出声，因为她顶到的是坚硬的铠甲，而不是柔软的肚皮。

那人笑了，反抗着她的动作，举起他的手，抓住她的手腕把她从身上扔了出去。妮芙重重落在地上，她觉得自己的每一根肋骨都断了。

"我们确实找到你了。"他笑着说道，然后站了起来，用力地踩在了她的身上，"好了。那把剑在哪儿？"

妮芙突然很庆幸她已经把断钢剑藏在了她睡觉的那片草地里，挖好一个土坑，用树叶把它盖住，为了可以在休息时不用害怕它被夺走。

"什么剑？"她问道，上气不接下气地伸手抓住他的脚踝。那人狠狠地踩了一脚，妮芙知道在几英里外都可以听到她的惨叫。

疼痛退去后，她站起身，学着玛塞拉的动作，像野猪一样朝着他猛冲过去。她的攻击奏效了。她的对手吓了一跳，没来得及做出反应，就被她再次打倒，摔倒在地。

"你为谁效命？"她咆哮着，"你怎么知道我在这里？"

她的敌人想要拔出剑，但她的动作更快，反向拔剑，迅速地架在了他的脖子上。她用剑划破了他的喉咙，留下一条细细的血迹。

"我要杀了你，我会这样做的。虽然我并不乐意这么做，但还是有必要的。"妮芙嘶声说道，然后重复了她的问题，"谁派你来的，你怎么知道我在这里？"

那个人盯着她看。她又用剑在他的脖子划了一下，划出了另一道血痕。

"上古维序者的耳目无处不在。我们看到你从黑鸦氏族的艾沃尔那里拿走了断钢剑。阿瓦隆的败类，也许你没有效忠于我们，但我们在她身边有自己的人。我们知道你的真面目，在过去的一个月看到你的踪迹遍布这座岛屿，给我们带来了不少麻烦。"话音刚落，他用膝盖猛地撞向她的肚子，但这次她做好了准备。

她翻滚到一边躲避攻击，但是拿着夺来的剑让她的动作变得困难。在短暂的打斗后，她手上的剑被丢到了她够不着的地方。她匆忙地想要翻出藏在靴子里的匕首，但她的对手和她一样不止有一件武器。他拔出了一把剑。这把剑和他的手臂差不多长，剑上还滴着黑色的浓稠液体。

那是毒药。

她不能让这把剑碰到自己。

他迅速行动起来，目标是他能看到的她暴露在外的身体部位。他试着用各种方式攻击她的前臂、脸和喉咙。她躲避翻滚着，但是她的精力快消耗殆尽了，他每次试图攻击的时候，她都在逐渐失去力气。她得做点什么应对，但他还是轻易地让她远离他的剑。

她还没有那样遇到过太多像他这样经验丰富的战士。

妮芙感到害怕了。

女神，我不知道我能不能活着逃出去。我不知道我是否拥有逃脱的技巧和力量。如果我在这场战斗中牺牲了，请不要让他找到断钢剑。让它沉睡在大地中，永远不要再被其他人找到。它实在是太重要了。

妮芙喃喃地祈祷，尝试做出最后一次攻击。

当他再次向她袭来时，她转到他的身后，一把抓住他的后颈，用胳膊肘卡住他的喉咙，用尽全身力气勒紧。她大声喊着，将他放倒在地。森林里的所有生灵都能听到他们打斗的声音。地上到处都是血。

他用尽全力地和她搏斗。就在他闭上眼睛失去意识之前，妮芙小声地对他说：

"告诉你的主人，无论我为谁卖命，我都会和他们对抗到底。告诉他们，他们已经树立了敌人，我会继续战斗，削弱他们的力量。最重要的是，告诉他们，那把剑不属于他们。不管是圆桌后裔还是上古维序者，断钢剑都不属于他们。"

说完后，妮芙把他瘫软的身体扔到地上。在他醒来前，她早就逃之夭夭了。虽然她筋疲力尽，但她还沉浸在战斗的刺激中，她翻找着他的衣服，找到一封用她能读懂的文字写的信。这封信的指令清晰直接，是和她有关的。她屏住了呼吸。她根本不知道无形者受到了如此严密的监视，也不知道上古维序者居然对她如此了解。海什木一定也和她一样，对她隐瞒了不少事。

你们在寻找的女人叫妮芙。她穿着一件肩膀上有渡鸦图案的斗篷，带着来自喀里多尼亚北部的断钢剑。只要能把剑从她手里夺过来，无论你们怎么做都可以。她也许还在和无形者合作，所以我同时下令袭击他们在伦敦的小窝点。

——效忠于上古维序者的蝰蛇之子

"也就是说。"妮芙说道，低头看着这个她可能会杀掉的人，"你本来是打算杀了我，把我的尸体留给狼群分食。"

她抬头瞥了一眼，仔细听着森林里存在着的其他掠食者，等着一顿免费的佳肴。她已经得知莫德雷德的追随者会追捕她，但这是她可以利用的情报。上古维序者——那是海什木和玛塞拉对抗着的人——也是想要置她于死地的人，现在圆桌后裔也在谋划要袭击伦敦。

她必须警告他们。她不能让海什木回到据点送死。而且，尽管她十分鄙视玛塞拉，但她最好还是要活着，让无形者占据更主动的地位，而不是失去她这个盟友。

妮芙感到十分虚弱，还有一点眩晕。她低头看到自己的前臂，发现她还是没有完全逃脱上古维序者的魔掌。看到那道深深的伤口，她的心沉了下来。

根据毒药的剂量，她不确定自己会不会死掉，但她肯定不回到伦敦。她这样也不能帮到海什木。她也许也不能活着回到阿瓦隆。她在屁股口袋里翻找她携带的草药，但发现她的草药包在战斗时不见了。在黑暗中找回草药包会浪费很多宝贵的时间。

她爬向之前藏起断钢剑的地方，把它收到腿边的剑鞘中。她离无形者太远，警告不了他们，还缺乏他们内部的信任圈，不能安全地警告他们。但有一个人可能会帮助她，把她的情报交给她在乎的人们，即使他们是冲突中的对立双方。她可以去找瓦尔卡。如果这位诺斯人先知愿意的话，她可以让瓦尔卡治好她。如果她真的殒命，她也可以让瓦尔卡帮她传递口信，或者是完成她的使命。瓦尔卡会明白断钢剑留在不配之人的手上的代价。毕竟，诺斯人也有着类似的神器。有着强大力量的神器只能由那些有资格的人拥有。

妮芙再次翻上马背时就已经知道，除非是为阿瓦隆效力，否则她还不配挥舞断钢剑。不过，她再次向南出发时，希望能在死去之前把这个任务交给她信任的人去完成。

## 第十九章

中部地区因为没完没了的雨而变得十分泥泞。湿气正在渗入妮芙的肌肤，直入骨髓。她的马嘶鸣了一声表示抗议，在一个大水坑前停了下来，拒绝走过去。

"我知道，我知道。你想要在马厩休息，想要身子干燥。我也是。"她说道，用空出来的手拍了拍马儿被雨打湿的鬃毛。这匹可怜的马在这样恶劣的条件下撑不了多久，她也向马的女神和保护者爱波娜许下过承诺，她会友善对待那些载她走过旅程的动物。寒气像是要渗入她的关节了，妮芙想到。

即使她把马儿带到林中空地或者草地，在这种户外多休息一晚，它也可能撑不到下一个休息点，或者是再下一个。妮芙不能承受在旅途中就失去坐骑的代价，不能是现在，特别是在这最后的关键时刻。

"到下一个客栈，不管谁在里面，我们都停下来休息吧。"她向马儿做了承诺。毕竟，泥地和湿气中艰难前行，她的脚步不够快，她不喜欢这样。如果她还是这样骑行前进，她就很容易得感冒，加上在她体内还有着毒药，染上疾病不能让她履行对阿瓦隆的承诺。

很快，在走了一段长长的泥路、经过有着吃饱喝足动物的牧场后，她来到了一个在毛毛细雨中显得十分宁静平和的小村庄。距离她沿着到伦敦的那条河很近的地方有一栋屋子，门是开着的，熟悉的歌谣从里面传了出来，像是渴望已久的问候。这是一座小旅馆。她没有犹豫，把马匹拴在旅馆温暖的马厩里。

她在开始照顾好自己之前，先把马的身子擦干净，弄干它深棕色的皮毛，这样一来，它就可以健康温暖地在这里过夜。

妮芙在准备走进小旅馆的门前，检查确保没有人能认出断钢剑。她再次绑紧了缠在剑柄上的布条，不确定她在里面将会看到的是敌人还是朋友。她现在甚至都不能肯定什么样的人是她的敌人和朋友了。毕竟，一个身份不明、穿着皮克特装扮的女人独自向南旅行，可不是什么安全的事情。但这还是比用自己的真实身份出行安全，因为有两三个不同的秘密组织为了她的族人最为珍视的宝物，而在跟踪着她。

小旅馆里面充满了汗、呕吐物、潮湿羊毛和麦芽啤酒的味道。这是妮芙在这么长时间以来闻过最好的东西。人们聚集在火堆前的长桌，用杯子和酒角干杯，唱着同一首酒歌。虽然她不知道这首歌的调子，但她知道要怎么假装融入他们，她也加入他们的行列，用适当的节奏拍着桌子，如果可能的话，她就认真地辨认他们唱的词。

歌曲结束后，一大杯淡啤酒被递到了她的手上。她希望她可以忽视这些人，说她只是路过的。但她实在是太过特别，很难不引起他们的注意，所以她不得不开始思考。这有点难。寒意让她直打冷战，肌肉因为几乎没有休息的长时间赶路而十分酸痛。

"姑娘，你从哪里来的？"一个有着粗哑声音的男人问道。他似乎比客栈里的其他人都高大。他的头发灰白，棕色的眼睛里满是怀疑。

"北方。"她回答着，除非是有需要，她不想再进一步给出任何具体信息，她碰了碰自己的手帕，希望它还在原处，"要到南方去见我的家人。"

她不想花费精力在说话上。毒药正在入侵她的生理系统，她只能希望自己能克服。她觉得血管里像是在流着泥水。虽然毒药的剂量还不足以让她马上死掉，但她还是需要治疗。她认为食物和温暖也许是康复的第一步。

"像你这样的姑娘一个人出门吗？"他继续问道，"你确定你能照顾好自己吗？"

"我有一把剑，没事的。"她说道。希望他不要再像看着被黑夜带走的东西那样看着她。她抿了一口啤酒，享受着室内的温暖时思考着她下一步该要做什么。如果旅馆陷入混乱，她就必须离开这个地方，寻找下一个落脚点——这对她和她的马儿都不是什么好事。"但我真的只是想要休息一下。"她说完话后，都能听到自己声音里的疲惫。

那个人的眼神里多了关心而不是怀疑。妮芙松了一口气，他转过了身子，从他的肢体语言能看出，他没有将她视为威胁了。这可是这么久以来的第一次。

"老头子，这姑娘得好好休息。"一个女人呵斥道。妮芙转过头，发现说话的是站在啤酒和蜂蜜酒桶旁边的服务生。妮芙感激地对她点了点头。

"一个独自赶路的女孩应该要觉得安全和平静才行，我们得让她安心，不管她是什么人。"服务生走了过来，把饭菜放到了她的面前。虽然菜式很普通，但比起之前几天在路上只能吃烤兔肉来说，也是十分令人温暖和满足。妮芙狼吞虎咽地吃了起来。

"我不需要房间,我和我的马在一起休息就行。"妮芙在吃完饭后说道,"我没有付房费的钱。我的钱都不够用了。"她把手头上少得可怜的钱放在了桌子上。

那个女人点了点头,没有提出质疑,只是无声地给了她一些能垫着睡觉的皮草。妮芙把这些东西都拿到马厩,在她的马身旁蜷缩着身子,闻着稻草和落在地上的雨水的味道,很快就睡着了。

她是被架在脖子上的匕首惊醒的。

"把它给我。"一个低沉愤怒的声音说道。妮芙不知道是谁在情况不利时发现了她,但她没有浪费时间回应,而是快速出拳回击,然后就听到了一声痛呼。袭击她的人向后闪躲,匕首也远离了她的脖子。

她的袋子被扔在了地上。她跳向散落一地的东西,翻找着已经被毁坏的战士衣着,然后狠狠地往那人的膝盖踢了一脚,让他痛苦地尖叫出来。

"再动一下,我就马上杀了你。"她说道,用脚狠狠踩着他的手腕,迫使他松开手上的武器,然后把匕首踢得离他们远远的。"我要继续我的旅程,而你下次在袭击一个沉睡的女人前,可要考虑清楚了。"

她快速地把自己的东西都放回袋子里,但她觉得每一秒都变得越来越漫长,仿佛她随时都要失去意识倒下,让袭击者趁她不备时找到攻击她的机会。

她把袋子甩到肩膀上,低头看了袭击她的人最后一眼,他在地上因为疼痛而翻滚着。

"我不知道你是不是被什么人派来杀我的,或者是你觉得你可以占一个独自出门的女人的便宜,但无论如何,你现在的选择只有这个:如果你继续跟踪我的话,我会杀了你。那可不是什么舒服的死法,也不是你应得的下场。"

那个年轻人咽了一口口水，睁大了眼睛，他意识到了无论自己陷入了什么样的困境，现在的情况都比他想象中的糟糕很多倍。

"好了，现在你告诉我，是谁派你来的？"她慢慢蹲下身子，把她的小刀架在他喉咙正在跳动的血管边。

"是圆桌后裔。"他哀声说道。妮芙还不习惯看到敌人这么容易就坦白，但很显然他已经被吓坏了，"我的曾祖父效忠于真正的国王，我的家族有权拥有你带着的剑。"

妮芙听到他的话后大笑出声。这个骨瘦如柴的小伙还不能好好地拿稳一把小刀，却认为自己可以拿起断钢剑吗？断钢剑的能量会毁了他的。

"不。这把剑属于阿瓦隆，你可以这样告诉他们。我留下你的一条命，你就可以把我的话转告给他们。不要试着说服我们放弃这个想法。"她说道。

"你的盟友不会帮你的。"他回答道，向她吐了一口口水，"他们帮不了你。我们把他们在伦敦的藏身之处烧成了灰烬。"

她体内的毒药是一回事。但恐惧是另一回事。尽管她痛恨玛塞拉——而且她们还是以不友好的方式分开的，她也从来没想过要让她死。还有那些在据点里出入过的人们。虽然她从来没见过他们，但她知道他们都在那里。

她想不到要说点儿什么，想不出威胁他们的话，也没有想问的问题。她所知道的一切，就是她来不及去帮助他们。她也来不及去找瓦尔卡，让她去警告其他人。

她站了起来，知道自己已经不需要小刀威胁他了。

"他们不是我的盟友。如果你还在跟踪我，我会知道的。"即使她的身体因为这个谎言和她对无形者的悲伤而发抖，她还是用低沉和凶猛的声音对他说道，"我是阿瓦隆的女儿，我不会因为任何人而停下我的任务。"

说完这番话后，她骑上了马飞奔出去，留下那个躺在尘土里的小子，当他不得不汇报自己不能在她陷入沉睡时杀掉她时，一定感到很羞愧。

有一点她很清楚：只要她还在路上，她就还是不安全的，无论找她麻烦的人是谁。上古维序者、圆桌后裔和无形者在这座岛屿有足够多的线人，他们也有足够多的金钱去收买那些不惜冒险帮助他们的人。

她离开这座城镇的时候，月亮高挂在天上。她没睡多久，但也足够了。她鲁莽地想着自己也许顺利回到阿瓦隆，但从她身体里涌现的一波波恶心感告诉她，她必须坚持下去，找到一个在她到达家门口可以帮助她的人。她调转马头，奔向雷文斯索普。

瓦尔卡也许不再是她的朋友，但瓦尔卡可能会理解她保卫圣剑的需求。而且，如果海什木有那么一丝的可能没有在伦敦据点里，妮芙需要警告他。他有试着跟踪她，还是说他回到了玛塞拉那里，承认他看错人吗？想到玛塞拉看到上古维序者到了伦敦，下定决心要把据点烧成灰之前的反应，她不由自主地打了个哆嗦。她的心里充满了愧疚。

总想着她已经做出的决定不是什么好事——妮芙能做的就是向前看，接受她的决定所带来的后果。无论如何，她都得去警告无形者的幸存者。让她惊讶的是，瓦尔卡的家是她能试着寻求庇护的最后一个地方，即使毒药已经深入她的血管。

她继续向西南骑行的时候，沿途的风景发生了变化。树木变得更加高大，她也发现了山丘和山谷都开满了花儿。如果她继续向南深入，她可能会发现一片全是蛇和青蛙的沼泽，也许还有生活着渴望有更多钱财的不列颠人的小城镇。如果她到不了雷文斯索普，修道院是不会救助她的——居住在那里的人们不认可她的言行，他们也许还会要求她发誓效忠其他的神明，才会为她提供保护。

她在骑行时，一直让自己的视线盯着远方，她发现那些毒药在继续残害着她的身体，她的记忆出现空白，身体变得更加疲惫。即使她知道去雷文斯索普的路，但她看到的一切都不太对劲，她不得不依赖自己的直觉。妮芙颤抖着，意识到了如果她不能尽快找到瓦尔卡的话，她可能就会死去。

当妮芙终于发现了稍微远离村庄保护范围的瓦尔卡的小屋时，她几乎如释重负。某种程度上说，妮芙感觉到了这片土地接纳了瓦尔卡，给了她一个神圣的地方施展她的诺斯魔法。

她用尽了全身的力气下了马，把她的马藏在了树林里，防止雷文斯索普的斥候也在寻找她的踪迹。她前进的每一步都感觉沉重困难，她现在能感受到她的身子真正的状态。她不敢想象如果她在别的要害之处伤得更深、进入她体内的毒药剂量变得更多时，情况会有多么糟糕。也许，她可能根本都到不了这里。她握紧了断钢剑，走近了瓦尔卡的小屋。

拜托了瓦尔卡，希望你在家。她这样想到。

瓦尔卡的屋子不是很大，但是从烟囱冒出来的烟，不像雷文斯索普其他屋子那样是纯灰色的。这里的烟雾边缘有一层紫色。妮芙知道有一些草药能给烟雾染上颜色，这些草药在阿瓦隆的仪式中会派上用场，和瓦尔卡的故乡一样。她又找到了她们的共同之处。

太好了，你在这里。妮芙看到天空因为夜晚的来临开始变黑，她抬起头，看到一群乌鸦在围着她。它们是女神的使者，是妮芙的见证者。还是说它们是她死亡的象征呢？很有可能。

妮芙慢慢地接近小屋的后门。她感到了一股奇怪而麻木的寒意。

她用颤抖的右手握成拳敲打着房门。她希望瓦尔卡不会一开门就要杀了她。

瓦尔卡打开门的时候,脸上全是惊讶。妮芙很庆幸她的神情中没有愤怒。也许她背叛的消息还没传到她这儿。但瓦尔卡的表情瞬间变了。

"是你。"她咆哮着,伸手想要掐住妮芙的喉咙。

妮芙用尽最后的力气,在瓦尔卡能碰到她之前躲闪后撤。"我来这不是为了伤害你。我是有情报要告诉你。"妮芙大叫着,想了想又加上一句,"而且我需要你的帮助!"

"你有那把剑吗?"瓦尔卡用十分严厉的声音问道,"你有艾沃尔的断钢剑吗?"

"我很快就不能回答你的问题了,除非你愿意帮我。"妮芙说道,如果瓦尔卡不能尽快治疗她……她的膝盖要撑不住了,"你是一个治疗师。请治好我。我中了毒。上古维序者干的。我不是他们的一员。瓦尔卡,我以女神的名义发誓,我没有为他们卖命。"她撸起袖子,让瓦尔卡看到她手臂上化脓的伤口。

"我应该大声喊叫,让雷文斯索普的战士们对付你。"瓦尔卡说着,举起手像是要准备击倒她。她的手仍然悬在空中,妮芙在等着她的攻击。

"但你尽自己所能帮助了那些修道院里的女人。"瓦尔卡说着,放下了手,"因此,我至少会给你个机会告诉我到底发生了什么。接着,我也许会亲自杀了你。"

妮芙快要如释重负地哭出来了。瓦尔卡弯下身,帮助妮芙站起来,然后带着她走过门槛,让她坐在厨房的椅子上。

"毒药是什么样的?"瓦尔卡问道,仔细观察着伤口。

"黑色的,有点浓稠?我觉得我的身子变得好沉。好冷。"妮芙在浑身发抖。

瓦尔卡啧了一声,开始在厨房里忙来忙去,在房间里各式各样的箱子和橱柜里拿出草药和各种工具。妮芙使劲地眨着眼睛,下定决心要看着瓦尔卡的动作,十分惧怕自己会睡着。她的眼睛不停地眨着。她有重要的事情要告诉瓦尔卡……但愿她能记得要怎么说……

"其中一个袭击我的人……一个年轻的小伙……他说伦敦的据点被攻击了。"她终于设法说了出来,"他是圆桌后裔的人。现在我觉得一切都很模糊。但不是我干的。也不是迷雾之女。瓦尔卡,阿瓦隆是一个美好的地方。我们……她们……不是敌人。"

用来分隔真相和谎言的壁垒正在坍塌。毒药让她距离生死之间的帷幔越来越近了。

瓦尔卡把一些东西猛地伸到她的鼻子下。这东西闻起来十分恶心。像是泥沼水、土地和粪肥的味道。

"把这个喝了。我来说话。你在袭击发生的时候就已经带走断钢剑了,是吗?"瓦尔卡开始说着,眉头紧皱,没有等妮芙的回答,"我看到了……你不在那里。我看到了断钢剑会离开艾沃尔的身边,但我没有看清是谁拿走了它。我认为我看到的幻象所导致的结果不止有一个。"

妮芙慢慢地喝着药。她差点儿就把药吐了出来,但还是逼着自己喝完一整杯。"当你不能用这种方式看穿时间的迷雾时,是会这样的。"她同意道,"是的,你说得没错。我是阿瓦隆的女巫战士。我和你一样,效忠于我的神明——虽然和你的神明不是一样的。"

瓦尔卡听到她的话后眯起了眼睛。"所以,你是被派来做密探的。玛塞拉是对的。"

妮芙能感到瓦尔卡给她的药奏效了。瓦尔卡和阿瓦隆的治疗师一样充满天赋。如果她能挽回她们的关系,也许她们可以互相请教学习。

"我被派来取回属于我们族人的圣物。断钢剑本就不该离开巨石阵。艾沃尔不应该解除它的封印，或者是把它取走。"妮芙挣扎着在椅子上坐起来，让自己不要陷入沉睡。她要说的话实在是过于重要，"但我确实是使用了一个叫妮妙的女人的身份，她是无形者原本想要招募的人。我拦截了给她的信，取代了她的位置。"

"这把剑对你们来说有什么意义？"长时间的沉默后，瓦尔卡问道。

"就像是……你们的雷神之锤。"她意识到了她们的两个部族都有着一些共同之处时，眼睛里闪烁着光芒，"断钢剑是神明赐予我们族人的礼物。但它只能由诸神派来保护我们的人使用。断钢剑没有为我发出光芒。很多人都没有得到它的认可。但在传说里，亚瑟拿起断钢剑的时候，它蕴藏着的力量发出了金色的光芒。"

瓦尔卡点了点头。"一件拥有神力的器物。我们没有把雷神之锤藏起来，等着有人来把它举起，但如果我们这样做了，我们会用所知的最强大的魔法来保护它，最勇猛的战士会愿意站出来守护它。你的族人派来取回你们的圣物。我确实能理解。"

妮芙松了一口气。她一直都渴望有人能理解她，明白她为什么要这样做。她从来没想过要伤害无形者和他们的盟友。她只是想要为她效忠的人们做正确的事。瓦尔卡证实了她优先选择侍奉诸神，而不是为她最近才认识的人服务，尽管她们之间已经建立了良好的关系。

"不要再说话了，你一定要休息。"瓦尔卡带着妮芙到了她第一次拜访时没有见过的房间里，让她在这里疗养。她躺在用皮草垫着的床上，依偎在它们的柔软和产生的温暖之中。但在她的脑海深处，她还在担心自己会不安全，丹族女先知可能会背叛她，但她还是让喝下的药起了作用。当她醒来时，她知道自己会比现在更有力。她相信瓦尔卡的治疗能力。

## 第二十章

妮芙醒来的时候，她觉得全身都像着了火一样。不仅是因为这是她在树林被袭击以来第一次感到温暖，而且她的血管像是充满了能量，而不是毒药带来的泥泞。她挣扎着从皮草堆里起来，把手放在额头上，担心自己还在发烧，却发现自己像是恢复了活力。

可是，当她坐起来时——还是有点疼和头晕——她听到了一个让她僵住身子的声音。她被出卖了。或者说，至少听上去是这样的。

"你让她留下来了？你居然没杀了她？"

海什木。他的声音不再有着她已经十分熟悉的温暖和体贴，而是充满了怒火。对瓦尔卡的，还有对她的。

"海什木，我认为我们对这件事的看法是完全错误的。艾沃尔没有权利拥有那把剑。这就像是妮芙和她的领袖取走了雷神之锤一样。"瓦尔卡说道。

妮芙紧张地想要听到海什木的回答，但她听不清楚。她得要靠前一些,但她的双脚却一动不动。

海什木是怎么找到她的?在妮芙把自己的事告诉了瓦尔卡之后,瓦尔卡是直接找到了他吗?话说回来,她到底睡了多久?只有瓦尔卡能回答这些问题,但瓦尔卡正在应对一个痛恨妮芙的人,不过这人至少可能不会像艾沃尔和玛塞拉那样,在见到她时就直接杀了她。妮芙十分感谢瓦尔卡的先见。

妮芙鼓起勇气,蹑手蹑脚地从她睡觉的房间走到走廊,她在这里可以清晰地看到瓦尔卡和海什木在小屋的主要公用区,而不会被他们看到。

海什木脸上充满了愤怒。显然,他被妮芙在高地的背叛伤得不轻。妮芙偷偷地回到阴影中,希望瓦尔卡和海什木在谈话的时候没有注意到他。

"我就不该对她产生好感的。"海什木说道,他声音里的愤怒变成了深深的遗憾。妮芙看到他复杂的情绪后也感到十分痛苦。

"海什木,她找到我的时候都快要死掉了。她向我解释了一切,她甚至还告诉我她顶替了妮妙的身份进入了无形者。为了她的族人,她愿意牺牲一切取回断钢剑。我觉得她并没有想要伤害你,事情不是你想的那样,但我确实认为我们不该拥有那把剑。"

妮芙如释重负地叹了一口气。知道瓦尔卡理解她的行为意味着一切。她渴望能听到海什木的原谅,虽然她也明白,她没有资格求他原谅自己。因为愧疚,她甚至都不敢看着他,只能瞥向窗外,缓解一下心情。窗外的灌木丛又厚又绿……直到她发现了树叶丛里的动静不是来自松鼠或者是其他的啮齿动物,而是来自全副武装的黑衣人。他们似乎在等待着有人给他们发出信号。

恐惧占据了妮芙的内心。他们是来扫荡雷文斯索普的吗?不……

他们的人数还不足以拿下整座村子。那他们是……?

很快，妮芙惧怕地意识到，这些人已经跟踪她好一阵子了。从他们的着装来看，他们明显不是无形者的人。不，他们的铠甲像是不列颠的样式，也就是说他们是圆桌后裔。他们一定是在她留了旅馆里那个小伙子一条命之后，就一直在跟踪她。

*妮芙，你真是个蠢货！* 她已经没有时间考虑了，只能做出行动。

"我们没有时间继续吵架了。"妮芙大步走进公共区，迎向海什木的凝视，"总之，不是对着彼此。假装你没看到他们。"她向外面的人做了个手势，海什木和瓦尔卡的目光跟着她的动作看了出去。海什木转过头来怒视着她，向前走了两步，但瓦尔卡拽住了他的胳膊，不让他再前进半步。

"你带了什么人来这里？"他嘶声说道。

"他们一定在跟踪我。我同时被上古维序者和圆桌后裔追杀。但如果我们都不行动起来，他们就会把我们三个人都杀了！"妮芙突然发怒说道，"如果我想要你们死掉的话，我本可以默不作声，让他们为了我杀了你们俩。但我没有！"

妮芙说完后，用手拨开瓦尔卡和海什木，拿起靠在墙边的断钢剑。她小心翼翼地打开前门，知道现在没必要谨慎行事，然后冲向了离她最近的一个人。她用全身的力气捅了他一剑，对着其他渴望加入战斗的袭击者龇牙咧嘴。

他们要追杀的人是她，不是海什木，甚至也不是玛塞拉。他们是冲着手里有着断钢剑的女人而来。她看到他们脸上的愉悦之情就知道了，他们想要杀掉她，然后抢走她手上的圣剑。

她会使用他们最渴望得到的宝物，和他们对抗到底。

妮芙举起断钢剑做出防御的姿态等待着，果然，敌人的第一次攻击就像雨水一样向下砸到她的剑上。她挡住了这一击,用全力推开敌人的剑,试着保持站立。她的腿因为这次强力的攻击而疼痛,让她痛呼出声。

敌人的数量不足以让他们拿下整个村子,但对她来说,她独自一人招架不住那么多的人。她估计最多有八个敌人。在渐渐变深的暮色中,他们穿的漆黑战斗服让人很难分辨他们的身份,就像是在黑暗中一棵笔直的树。

另一个敌人的剑挥向了她,她把自己面前的断钢剑举向了脑后。她的肩膀和手腕因为这个攻击变得麻木。她向侧面瞥了一眼,看到瓦尔卡和海什木决定要帮她打退这些入侵者,但她还不能更进一步确认他们的意图,因为另一个敌人的剑刃向她身旁砍了过来。她躲开了这一击,失去了平衡,翻滚到一旁的灌木丛中,暂时将自己隐藏了起来。

在她身后,瓦尔卡突然在战斗中大喊了一声。"海什木,你要么继续生气,让这些人把她杀掉,要么就——"

攻击妮芙的人和另外两个同伙一同前进,妮芙挣扎着站好,准备挥舞这把巨大的神剑时,海什木出现了,把他的武器对准了其中一个敌人。

妮芙把断钢剑挥向另外一个敌人的破绽,砍开了他的皮甲,让他向后撞上他的另一个同伙。一连串的脏话从他的嘴里冒了出来。

"帮你解决掉这些渣滓之后,我们要谈谈。"海什木说着,生气地看着她,接着用剑猛地砸向其中一个攻击她的人。那人无声无息地倒下了。

妮芙微笑着同意了。海什木和她背对背组成一个圈,一有敌人出现就将他们打倒。有一个人像公牛一样向她猛冲过来,发出撕心裂肺的吼叫。她迅速地迎击，躲开了将要劈到她头上的一剑。断钢剑刺穿了他的身体后，他手上的剑掉了下来，咔嗒一声掉在了地上，变得再无用处。

妮芙朝身后看去，看到海什木正在抵挡圆桌后裔残余的其中一人。好像不知不觉中，他们的人数就从八人变成了一人。海什木打昏了那个人，他的身体在海什木的脚边缩成了一团。很快，这里就只剩下他们沉重而疲惫的呼吸声。为了击败敌人，他们二人都努力而出色地进行了战斗。

"你……"海什木转身面向妮芙时终于说道，"你背叛了我。"

"但我也帮了你们。"妮芙回应着，"我杀了德奥瑞克，我帮你完成了任务，我替你跑了腿，我还治好了你……"

"我还邀请你加入我们的组织。我信任你，但你从我们最信任的盟友那里夺走了他们的东西！"

"那把剑从一开始就不属于她！"

他们同时停止了大喊大叫。然后看着彼此。

"我还想着，如果我们接受了你，你会忠诚于我们。"海什木说道，"可是，你偷走了艾沃尔的剑。你背叛了她的好客之道，玷污了无形者的名声。"

"断钢剑不属于你们，也不属于她。它是我们的。属于我的族人。我要把它带回去。"妮芙疲惫地说道。她受够了被追杀、被跟踪，她厌倦了向身边的人隐藏自己的真实身份和所作所为。最重要的是，她已经厌倦了冷漠。

"所以，你承认了从最开始你就计划着要把断钢剑偷走。"海什木说话的语气变得温和了一些，但他还是很生气。可是，他没有攻击她，也没有想要伸手拿走断钢剑。

"它不属于我们。"瓦尔卡小声地说道，从后方接近了他们。

"先知有自己的看法。"海什木苦涩地回答，"那么，妮芙，谁是你的'族人'？上古维序者吗，还是另外一个相信自己注定要把这个国家踩在脚下的组织？告诉我，瓦尔卡。你看到了什么？因为我看到的只是一个叛徒。"

海什木对先知的指责，让妮芙感到十分惊讶，但瓦尔卡绕过了他，直面着海什木。"如果你还想要成为我们村子的一部分，那就让我说，你听着。或许我对这些迷雾之女的了解并不全面，但妮芙已经说得很清楚了，这是她的族人——阿瓦隆——所需要的。断钢剑属于她们，我们必须尊重这一点。现在我们已经得知，上古维序者和圆桌后裔都想要把断钢剑抢到手。海什木，你要么就帮她对付这些敌人——要么就让她在没有任何帮助的情况下独自上路送死。但这是你要做出的选择。"

妮芙把目光转向海什木，不顾一切地想要向他求助，也许他会重新考虑成为她的盟友而不是敌人。"拜托了。我知道你很生气，但我没有想过要伤害你，也没有想过要毁掉无形者。我只是想确保我的族人远离危险，完成我的任务。我是迷雾之女的女祭司，和无形者合作之后，我知道我们都处于同一阵营。阿瓦隆的缺点就是保持神秘，但如果我能成功把断钢剑带回阿瓦隆，我知道我们之间也许达成一个长久的休战协议。"

海什木凝视着她。妮芙能看出来，虽然海什木在骄傲和愤怒之间挣扎着，但他还是一直把无形者的需求放到任何个人情感之上。

"好吧。"他低吼着，把剑收回到剑鞘里，"瓦尔卡，你觉得要怎么样，才能保证女祭司的安全呢？"

"我建议我们给上古维序者带来更多麻烦，让他们相信这把剑永远消失了。"瓦尔卡说道,把双手叠在一起,"断钢剑是上古维序者计划里的关键要素。他们需要这把剑统一这座岛的信仰,如果没有了断钢剑,他们除了神话传说之外一无所有。所以,我们必须毁掉它。"

妮芙震惊地张大了嘴巴。她想不出要说什么话。毁掉断钢剑?

"不,女祭司,我不会把真的剑毁掉。"瓦尔卡显然十分愉悦。

"它需要回到阿瓦隆岛。"妮芙气急地说道。

"它会回去的。但首先,我们要做出来一把假的断钢剑。"瓦尔卡说道。

"然后呢?艾沃尔拿着假的断钢剑,直到上古维序者或者是圆桌后裔把它夺走?我们甚至不能让一把假的断钢剑出现。"妮芙坚持道。

"为什么不能呢?"海什木问道,他们继续谈话的时候,他的敌意似乎在渐渐消失。

"哪怕是假货,人们都会相信持剑人是被断钢剑选中的人。它给予持剑人力量。如果艾沃尔持有断钢剑的时间足够长,那就存在她被邀请成为麦西亚的女王的可能。"妮芙端详着这把巨大的圣剑,继续柔和地说道,"归根到底,断钢剑最重要的用途就是一个象征符号。它是圣桌的其中一部分。如果圆桌后裔或者是上古维序者宣称他们是真王,那他们就会带来灾难。"

"妮芙,听我说。"瓦尔卡坚持着,"只要做出一把假的断钢剑,然后把它销毁,上古维序者就会相信断钢剑永远消失了,圆桌后裔会认为诺斯人要为它的消失而负责,然后他们就不会到你的神秘岛寻找它的踪迹。"瓦尔卡似乎对自己的计划十分满意。"他们都知道断钢剑在你的手上。但如果在表面上看,丹族人又从你的手中夺走了断钢剑呢?然后我们丹族人知道这把圣剑的威力如此之大,决定要,比如说,把它作为祭品,献给我们的诸神呢?"

妮芙的嘴上浮现出惊讶但理解的微笑。"你的建议是,你们会在一个能让上古维序者看到的显眼地方毁掉假的断钢剑。这样可以阻止他们的所有阴谋。"

"正是如此。也许我们可以在阿瓦隆的某个圣地,用我们的方式举行一个献祭仪式。"

"你知道的,我们只会在季节更替、举行婚礼和五朔节的时候燃起篝火,但我们不会把人活活烧死。不过,如果让他们相信我们会这样干的话……"妮芙微笑着,"这就最好了。"

"我们可以举行一场诺斯人的献祭。"瓦尔卡喃喃地说道,"一个不一样的献祭,我们把伟大的断钢剑献给我们的神明,祈求他们将好运赐予我们。妮芙,上古维序者会相信我们的仪式是真的,就像我们相信你们也许会进行活人献祭一样。但我们要在哪里举行仪式呢?"

"白马是我们的一个圣地。"妮芙提议道,"这是一只用白垩粉刻在山坡上的大马。"

海什木和瓦尔卡无声地交流,接着他们一起赞同地点了点头。

"但玛塞拉不能知道这一切,得要到我们完成行动之后。"海什木说道。

妮芙突然对据点十分担心。"据点!海什木,他们谋划了一次针对据点的袭击。我听说据点已经被夷为平地了。我没想到……我应该早点儿告诉你的……"

海什木对她露出了小小的微笑。"不用害怕。我到这里之前就已经收到了她的消息。事情没有你听说的那么严重。你可能忘了——我们无形者相当足智多谋。"

"我觉得玛塞拉最好还是不要知道这一切。也许永远都不要。"瓦尔卡加了一句,"她知道了的话会很不开心,而且也会因为没有参与进来而不开心。"

"如果她知道了你对我的信任是错的，但你还是决定了要和一个多神教的探子合作时，她会更加不高兴的。"妮芙说道。

听到这话后，海什木大笑了一声，拍了拍她的肩膀。"让我们给你找点吃的吧，女祭司。你的身体还没从瓦尔卡告诉我的那种毒药中恢复过来。你也需要一些伪装自己的衣服和更多的休息时间。瓦尔卡和我会寻找可靠的人脉来帮我们锻造断钢剑的复制品。然后，我们就在早上出发。"

"我应该要和你们一起去的。"妮芙争辩道。

"我不能邀请你到雷文斯索普里。有些人会问很多问题。还有些人可能会认为你不是我们说的那种人——最坏的情况就是，可能会有一个和我们曾一起在喀里多尼亚的斥候出现，还认出了你。再说了，你在这里很安全。"

妮芙叹了一口气。刚刚的战斗把她好不容易恢复的力量都吸走了，她能感到自己的身子愈加疲倦。"随你便吧。反正我也更愿意待在阴影中。"

"这话说的，和一个真正的无形者一样。"海什木回答道。

他们一起把敌人的尸体挪走，然后海什木和瓦尔卡把妮芙留在森林的寂静中。她的身体因为饿着肚子战斗的疲劳，以及正在从毒药的影响中恢复过来而感到疼痛。

她躺在了皮草上。她从窗户向外看去，在夜幕降临时，她可以看到星星的形状。黑夜来得太快，她有想过，如果她独自前往森林深处，她也许就什么都看不见了，只能凭借直觉找到回瓦尔卡的小屋的路。她打了个盹，直到小屋里有新的动静声把她惊醒。

瓦尔卡端来了一碗热乎乎、全是肉的丰盛炖菜。和刚刚烤好的新鲜面包一起带来的，还有闻着像是女士为一身疲惫、只想要在床上休息的勇猛战士们调制的草药饮品。

"谢谢你。"妮芙说着，接过瓦尔卡给她的东西，"现在……？"

"一切顺利。"瓦尔卡说道，"海什木知道他要做什么，他在这座岛上的人脉比你想象中的要广得多。"

妮芙点点头，吃了一口，对食物十分满意。她在继续吃的时候，瓦尔卡开始说话。

"因为你们信仰的是和我们不一样的神，当我第一次听说迷雾之女的时候，我就以为你们可能和基督徒一样，总是想要强迫我们丹族人跟随你们的信仰，而不是让我们继续信奉自己的神明。不过，你似乎十分乐意让我跟随奥丁，而你就继续跟随着你们的莫里甘。"她停顿了一下，"或者说，其他哪个为你们降下祝福的神。"

妮芙点点头。"我也没想过要让你们背弃你们的诸神。只是希望你们能尊重我们有自己的神明。"她抬头看向群星，感到平静和安心，"我们相信，我们是要保护自己族人的女性。我们被召唤为族人们服务，在新生命诞生时、在战争中时，还有在生病和心痛的时候为他们效劳。我们是女巫，但不是因为我们想要加害于其他人——事实完全相反。我们想要带来安定。所以断钢剑对我们来说如此重要。因为它是有着魔法的神器。"

妮芙低头看着断钢剑，笑了出来。

"我为能找到它而感到骄傲。我很快就可以把它带回家了。"

"你真的不相信你能使用它吗？"瓦尔卡问道，拿走了妮芙吃完了的碗。

"我必须把它拿给有资格拥有它的人。"妮芙伸出手拿起了剑，摸着包在剑柄上的皮革。这是她不会拆掉的伪装，直到它安全地回到阿瓦隆。

"你很了解你的本心。"瓦尔卡点头说道,"如果你说的是真的,也许阿瓦隆和无形者之间可以达成一些协议。但在此之前,你要好好休息。明天将会是充斥诡计和欺骗的一天。我们需要动用我们的智慧来完成这件事。"

## 第二十一章

妮芙在阳光中醒来,她确信自己不是孤身一人。她在皮草里慢慢地转了个身,向门口瞥了一眼,看到有一只狐狸在盯着她看。当她和狐狸眼神接触的时候,狐狸一动不动。

"你好呀,小家伙。你是来用你的聪明祝福我的吗?"

狐狸叫了一声,既不同意也不否认,然后就跑走了,逃回了它来的那片森林。她在这一瞬感受到了诸神的祝福。她变得足够机智,能完成他们要求她做的事。

妮芙起床后看向了门外。森林十分平静,仿佛昨晚的那场突袭从来没有发生过。

她远远地看见了海什木和瓦尔卡正向她走来。他们遵守了诺言,将要帮助她。妮芙的心中充满了希望,她已经很久没有感受到希望了。

"早安!"她隔着林中的空地对他们喊道。瓦尔卡手上拿着一个长长的包裹,神情十分得意。

"早上好。我们的赝品已经做好了。"瓦尔卡说道,"而且我们有一个主意,能让我们的计划变得更加周全。"

海什木在递给妮芙一些面包后,在她的对面坐了下来。"我的建议是我们把你伪装起来……不是扮成皮克特人——他们会到处找你的——而是扮成诺斯女人。你可以带着断钢剑回到它属于的任何地方,但你得要独自前行。这样一来,万一你被抓住了,他们可能会认为断钢剑还在丹族人的手里。不过首先,你还是要以你本来的面目和我们一起骑行出发——去你说的那个叫白马的地方。"

妮芙马上就意会到了他们的目的。"如果我以女祭司的身份和你们一起过去,圆桌后裔或者是上古维序者说不定会觉得,我要么是你们的囚犯,要么是我不能阻止你们举行仪式。"

"是献祭。"瓦尔卡把包裹递给了妮芙。

妮芙打开了假剑上的包装,把它和别在自己腿边的断钢剑对比了一下。两把剑确实十分相像。"这把剑做得太逼真了。人们会相信它是真正的断钢剑。"

海什木点了点头,对此十分满意。"当时机合适时,你就要出发回阿瓦隆了。我认为,你回到阿瓦隆的时间应该和假断钢剑'消失'的时间十分接近……你还可以再加快脚步,以防出现变数。"

妮芙感觉到了这句话的意图,他试图获取她去向的哪怕一点点儿信息。她没有上钩。"只要行得通,我去哪里都没意见。骑马出发,路程无论长短,都不会影响到我们的计划。"

海什木似乎对她提供的信息不够多而有点儿不满,但他也没有进一步置评。

瓦尔卡看上去十分愉悦。"我看出来了,你们还是挺合得来的。"

妮芙叹了一口气,回看着海什木。她会想念和他共事的时光,和海什木不可避免的分别让她感到了一丝难过。"这会给你和玛塞拉，或者是其他无形者的关系带来麻烦吗？"她问道。

"他们也许会因为我自愿毁掉一个能帮助无形者的神器而感到恼火。"海什木沉思着，"但更重要的是，我从上古维序者的魔爪中夺走了一件如此强大的东西。如果断钢剑被用来操控人们，让他们向一个自称是真王的人鞠躬，那么断钢剑就一定要从寻求统治和权力的贪婪之人手中安全地脱身。不管这是不是真的。"

瓦尔卡站起身，把手放在了妮芙的腿上。"妮芙，如果可以的话，你应该要穿上女祭司的装束，或者是迷雾之女的衣服。你应该看起来要更像是一个喀里多尼亚人。是时候让雷文斯索普的子民开始尊重和认可这片土地上的多神教徒了。"

妮芙给了瓦尔卡一个拥抱。"当你们的艾沃尔知道真相后，她会怎么说呢？"她问道，"在我做了那些事之后，她还会愿意接受我们成为她的盟友吗？"

"如果我告诉她，这是唯一能继续前进的方法，她会的。"瓦尔卡说道。

妮芙低头看着那两把剑。她用皮革条包裹住了真正的断钢剑的剑柄，把它收到她腿边的剑鞘里。接着，她看着海什木和瓦尔卡，笑了出来。

"我觉得，是时候要上演一出好戏了，不是吗？"

## 第二十二章

妮芙带头骑着一匹不属于她的白马。她尽量把自己打扮得像迷雾之女,把断钢剑绑在自己的腰间。她披着温暖的皮草,里面穿着铠甲,因为所有的女祭司都会穿着成这样踏上旅途。渡鸦的标志在她斗篷肩上闪烁着光芒。以一个女祭司的身份外出感觉十分奇怪,但她希望这样能吸引到不少人的注意。

海什木在她身后,浑身散发着一股致命的气息,他看起来不能被轻易戏弄。

瓦尔卡在他们的队伍最后,神情忧郁,穿着用羽毛做成的服饰。她看上去十分超凡脱俗,即使妮芙知道瓦尔卡不是一个可怕的女人,但如果她之前看到这样的一支队伍,她会感到害怕的。上古维序者的成员一定会感到怀疑和担忧。

把上古维序者引出来是他们计划里的第一步。他们必须做出像野火一样传遍整座岛屿的架势。本质上,他们不得不虚构出一个说法——

阿瓦隆的代理人带领着丹族人和他们的朋友，或者是被他们所囚禁了。

他们继续骑行的时候，有人开始跟着他们。效忠于阿瓦隆的年轻女性来到了他们队伍的后面，让他们知道，她们也要前往举行仪式的地点，或者她们是来保护白马的女祭司。有几个诺斯女人也加入了队伍，她们的手轻轻搭在剑上，表明瓦尔卡神圣先知的身份。这是一次出色的伪装。每个阵营的人都在做出自己的假设推断，让真相和虚假交织在一起。

海什木像是惊讶地看了一眼他们的两侧。妮芙想，他还不太习惯在光天化日之下行动。这和他平时做的事情完全不一样，妮芙也意识到了他花了多大工夫帮助她和阿瓦隆。

"我相信我们的目击者已经足够多了。"妮芙向后对着海什木小声说道，"在这个路口上方的那座山丘，我们要假装为了争夺断钢剑打起来。这样，他们就会认为迷雾之女反对无形者持有断钢剑。他们会对此深信不疑。"

妮芙知道，有着如此规模的队伍，他们可以把断钢剑被彻底摧毁的消息传播出去，但这也意味着她要快速回到阿瓦隆，不能让女士认为她的任务以失败告终——也不能让她认为无形者是她们真正的敌人。

他们到达下一个山丘顶时，妮芙的心怦怦直跳，他们的身后还有阿瓦隆的人和丹族人在跟着。

有几个不列颠人开始站在他们的身后，妮芙能在队伍前方看到，先知被很多旁观者跟着，他们都很好奇，这三个不是同一阵营的人之间会发生什么事。也许他们中的一些人与圆桌后裔和上古维序者有联系。显然，他们在任何地方都有着耳目。

海什木让坐骑向她靠近，这样一来他们就可以足够谨慎地说话。

"我觉得计划奏效了。"他说道，"你很快就要准备逃脱了。"

"但你们也不知道白马在哪。"妮芙突然害怕地说道,关切地看着他。她之前都没想过要给海什木一张地图。

"那是在山坡上的一匹巨大的马。"海什木说道,"也许不太难找。"

妮芙哼了一声。"沿着右边的岔路一直走,直到你看到山丘上的白色线条。白马的头朝着伦敦的方向。你们也许会想要到你们看到的第一座山坡,从那里走,你们可以到达马鼻的地方。"

妮芙已经在白马举行过很多次仪式,她记得每次前往那里看到发亮的白垩逐渐出现在视野中,白马的脸庞凝视着她时,都令她感觉十分鼓舞。每年一次,优芬顿的村民都会来到这里唱歌颂文,确保白马还在守护着他们。

岔路出现在她的视野中。妮芙对自己在这种艰难的时刻不能看着白马寻求勇气而感到遗憾。相反,她要在这里和朋友们分道扬镳,回到阿瓦隆,完成她所接受的使命。为女士完成这项任务。

"我不能同意你们的要求!"妮芙大声喊道,把马头迅速调向海什木和瓦尔卡,然后她让马儿用后腿站起身。"阿瓦隆不会同意的!你们必须把你们偷走的东西还回来!如果你们不这样做,我会回到迷雾之女,把你们对它的亵渎告诉其他人!"

"如果你坚持认为这样的力量只属于你的族人,那它就不应该属于任何人。"瓦尔卡喊着,让她的坐骑向妮芙冲去。她的马向后仰身,让她的斗篷在风中飘起。"我们要将断钢剑献给索尔和奥丁,它会为我们丹族人带来力量。阿瓦隆没能保护好它,现在断钢剑是我们的了!"

"叛徒!把断钢剑还给我!"妮芙继续大喊着,让马再次站起来,准备向着岔道跑去。她又转身,向他们大叫:"你们会为背叛迷雾之女而后悔的。"

"那我们的神明只能决一死战了。"瓦尔卡回应道,"你们再也不会拥有自己的神器——断钢剑将不复存在。"

　　海什木举起弓瞄准妮芙射出了一箭,差一点点儿就射中了她。接着,海什木向她冲去,抽出了断钢剑的赝品,让它在阳光下闪耀,仿佛要驱逐她离开。妮芙调转马头,朝马的两侧狠狠地踢了一脚。马儿疾驰而去,把海什木和瓦尔卡甩在她的身后。

　　真正的断钢剑紧紧地贴在她的身上,安然无恙,正在向它真正的家奔去。

　　她希望这个计划能奏效。

## 第二十三章

　　瓦尔卡走在人群的最后，确定了大概有三十人步行跟着他们。有一些人离开了队伍，跑去传播刚刚发生了什么事的消息。她知道，如果是迫不得已，或者是有人攻击了他们，她和海什木会不惜一切代价成功实施他们的计划。她带着自己的草药和毒药，以备不时之需。当然，如果她不得不把致幻剂丢在地上来分散大家的注意力，她和海什木也会看到阿斯加德，但瓦尔卡知道这会让他们更加胆大妄为。

　　海什木和她快速朝着妮芙离开的反方向出发，直到他们看到了一个让她心神荡漾的绿色山丘。她的家乡只有无尽的雪，这样的绿意只有在夏天时分才能瞥见一二。但在这里，绿色的大地延绵不绝，除了离此遥远的北方。

　　经过绿色的山丘，她看到了白色的线条，接着就是被刻意雕刻在这座山丘上的马的形状。她从未见过这样的景象，屏住了呼吸。她的马停了下来，他们都在享受着这一刻环绕在这个地方的平和能量。这里和她自己的神明所喜爱的任何一个地方一样神圣。

海什木催促他们继续用无情的步伐向前，直到他的马到达了这个白垩雕刻的马头边，大喊着丹族人拥有的力量之源必须被破坏或遗弃，这样一来，没有任何人能拥有断钢剑的力量。这样的力量应该要归于诸神的手中，而不是人类的。有一些跟着他们的人小声嘟囔着，说他没有资格做出这样的选择——瓦尔卡认了出来，那是来自迷雾之女的人。

"这把剑是亚瑟王的力量之源。"其中一个男人怒吼着，为这把将要被毁掉的剑大声喊道，"随便你们吧，把它扔到湖里去也行！它只给我们带来了麻烦，那些关于骑士的可笑故事让我们的小伙子们放弃了田地。"

人群边缘的一个女人小声地用瓦尔卡不认识的语言祈祷着。当她瞥向那个人，她所回敬的眼神意味着她反对他们对断钢剑将要做的任何事。

瓦尔卡踢了她的马让它前进，和海什木在约好的地点碰面。她知道他利用了自己的关系网，让那些属于无形者的人们留下能构筑火堆的材料，接着他马上用一堆树枝和原木燃起了熊熊的烈火。他把假的断钢剑从剑鞘中抽了出来，将它高高举起，然后再交给瓦尔卡。

"你是怎么得到圣剑的？"之前的那个女人大叫着，怒视着瓦尔卡，"丹族人，它不属于你们！"

"今天我们来这里是见证一件神器的毁灭和献祭。"瓦尔卡隔着山丘，对着似乎还在壮大的人群大喊道。她希望和祈祷着没有人会试着阻止她。如果有人这么做了，他们也许不能活着离开这个地方了。

她意识到，如果人群里有人现在想要夺走这把剑，她和海什木有可能会死在这里。如果上古维序者召集手下的速度足够快，海什木和瓦尔卡就完了。

瓦尔卡把剑高举起来，一手拿着剑，一手拿着剑鞘。"这是断钢剑。我们从想要利用它作恶的人的手中夺走了它。太多的人宣称断钢剑属于他们，但我们知道，它应该属于诸神。我们将要用我们自己的方式，把它献祭给奥丁和索尔！"

在她身后，海什木快速地在人群中移动，仿佛发现了一些他不想看到的人。他消失在后方三个人的身后，瓦尔卡能做的就是继续下去，她的心脏快要跳到喉咙处，她想象着有一支箭搭在弦上，目标正对着她。

"我召唤洛基之火的炽热，毁掉这把剑。我召唤索尔的力量，毁掉这把剑。我请求诸神，让这把剑不再成为权势的工具。将魔法从断钢剑中剥离，让它变得比孩童的玩具更加无用。请带走它的神力，求你们把恩惠赐予我们。"

她把剑投入火焰中，让白热吞没它。为了这场戏，而不是使用锻造的这把崭新的断钢剑赝品开始熔化。在她继续把木头扔进火堆时，一个全身穿着黑衣的男人从人群中走了出来，向她冲去。

"为了莫德雷德！"他尖叫着，"圣剑的继承人！为了真王！救下这把剑！"

瓦尔卡看到死亡正在接近她。她拿出了手上有的毒药，但也明白毒药生效的时间不够快。她拿起一把匕首，希望它能帮到自己。

但是海什木走了向前，抓住这个男人，把他从瓦尔卡身旁引开救了她一命。他们的剑碰撞在一起，发出了锋利的叮当声。

"这把剑是属于我们的！"那个男人尖声大叫，试着突破海什木的防守，把断钢剑的赝品从火焰中救出来。海什木和他针锋相对，瓦尔卡张开嘴尖叫了起来，仿佛她是一名瓦尔基里。她用胜利的眼神看着假的断钢剑继续熔化成渣。

"你们现在不能带走它了！"她大喊着，愉快地指着火堆。

袭击者恐惧地看着正在熔化的剑。他的分心成为他的破绽，海什木利用这个机会在他的侧腹捅了一剑，把他从神圣的山丘扔了下去，让他自生自灭。人群中的混乱突然爆发，像疯了一样蔓延开来。瓦尔卡没有意识到有多少人对艾沃尔从巨石阵下拿出来的这把剑充满了真正的感情。

有的人尖叫起来。有的人在哭泣。还有的人帮着把火燃得更旺，把能找到的东西都扔进咆哮的火焰里。之前那个在祈祷的女人跑向了宝剑，看看自己还有没有机会把剑拯救出来，但她没有任何办法能做到。假的断钢剑熔化得太快了，它已经挽救不回来，而且已经淤积在火堆中央的一块石头上，残余的部分以一个别扭的角度凸显了出来。当她意识到自己无能为力时，她冲了出去。瓦尔卡希望妮芙能尽快回到迷雾之女，阻止任何针对丹族人的报复。

在一片混乱中，瓦尔卡转身面向海什木，示意他们要离开了。他们骑上马，尽自己所能回到伦敦向玛塞拉汇报情况，给艾沃尔寄去一封信，告诉她断钢剑的下落。他们会汇报断钢剑已被毁坏，除了迷雾之女、瓦尔卡和海什木，没有人会知道它真正的结局。

献祭仪式的消息会很快扩散，一个新的传说将要诞生。

## 第二十四章

妮芙以最快的速度向阿瓦隆飞驰，祈求爱波娜让她的坐骑跑得更快。她匆匆过桥，经过已熟识多年的田野，穿过居住着会参加五朔节和冬至节仪式的居民的城镇。这些都是她的族人，每次有人看到她经过时，他们会转身背对她，意味着他们从来没有见过她，她在执行一项只有信徒才能见证的任务。

她在骑行时，能感觉到自己在被诸神的风推着前进，直到她到达阿瓦隆的岸边，她祈祷着自己不会遇到任何敌人或朋友。时间至关重要，她要交出断钢剑，告诉其他人，她的朋友瓦尔卡和海什木不能因为在白马那里做的事情而受到伤害。

她继续骑行，诸神在看着她。

当妮芙终于到达阿瓦隆的岸边时，她已经浑身是汗。她把断钢剑从腰间拿起，把包裹住它的东西全部揭开，双手颤抖着。

"我来到阿瓦隆的岸边，把她的神剑交还给她的子民。"她对着水面说道，用双手拿起断钢剑，把它指向天空。她开始往水里走，每一步都意味着她离任务的结束越来越近。"女士，请快点！我是代表你来到这里的。"

小船向她而来，她接近了小船，走进了船头。她没有放开断钢剑，即使她的裙子和靴子已经被水浸透，迷雾散开，将她带到对岸。

她首先看到的就是阿瓦隆女士、所有的女祭司和其他的女巫聚集起来迎接她。她们静静地站着，见证了她的到来。

小船靠岸时，她从船上走了出来，用右手举起断钢剑。

就在这个时候，她看到圣剑发出了金色的光芒。她把剑倾斜，把它平放在左掌上，准备要把它交给女士，象征着这把圣剑回到了主人的身边。

但她的心怦怦直跳。圣剑为她发出光芒，这意味着什么？它想要赐予什么样的力量？

"我不太明白……"她在女士面前跪下时小声说道，但女士只是微笑着。

阿瓦隆再次拥有了她的圣剑。

她们拥有了一位新的女士来使用圣剑。

## 第二十五章

几个星期后，海什木和瓦尔卡被邀请来到了阿瓦隆的岸边，他们到达时，迎接他们的是一个熟悉的面孔。

妮芙微笑着在小船里和他们见面。阳光灿烂地照耀着格拉斯顿伯里，她可以让他们顺利地穿过湖面。

"他们能确定到底发生了什么吗？"妮芙问道，"上古维序者有没有继续搜寻断钢剑的下落，还是说他们已经把这事放下了？"

"还是有一些传闻……"海什木回答道，"但我听说，圆桌后裔已是一盘散沙，他们再也不能确定自己的目的是什么了。也许断钢剑的消失，把他们联手的缘由斩断了。"

"玛塞拉呢？"妮芙顽皮地问道。这位罗马人没有获得进入阿瓦隆的邀请，但妮芙还是十分好奇她的命运。根据海什木上次送来的信，除非妮芙是在玛塞拉的利刃对面，她绝不愿意再次面对妮芙。

"她还是老样子。还是那么怒气冲冲。"妮芙差点儿笑了出来，摇了摇头。她发现自己对玛塞拉有着一股奇怪的尊重，但也明白，她们俩永远都不会看对眼。

当小船停靠在湖的另一边后，他们三人踏上岸，迎来了全副武装的守卫——六个身穿深绿色长袍的年轻女子，额头上还戴了有着女神象征的头环。

守卫走了过来，围住她们的宾客，从薄雾的这一边走上突岩。妮芙带着她的无形者伙伴们，穿着在如今的新角色中已经适应了的白色长袍。她还是不太确定成为阿瓦隆女士是什么样的感觉，她还在想，比起现在已经接受了的新生活，她是否更愿意回到以前更活跃的时候，但随着她继续带着海什木和瓦尔卡穿过长满青苔的小路到达岩石山顶时，她至少知道现在她做的选择是对的。毕竟，有一名新的女巫战士已经代替了她的位置。

"妮芙，为什么你手里拿着断钢剑？"海什木在他们为他停下脚步休息时问道。

"当你们和女士见面时，会得到关于这一切的解释。"她回答着，脸上露出了狡黠的笑容，"毕竟，我是那个有着许多秘密的人。"

接着他们三人都笑了出来，注意到了这个现实。

他们继续攀登突岩，这已经成为妮芙日常生活的一部分，在经过了几周的晨间仪式和夜间篝火后，这段路程对她来说再也不算艰苦。她一直在学习如何带领这个族群的人们，她经历了很多才到达了她的目标。可是，她还在密切留意着海什木的状态，只有他似乎慢了下来、他自己都注意不到时，她才会停下来休息。

"我们到底要去什么地方？"瓦尔卡在他们将要到达山顶时问道。

"女士将会告诉你们一切。"妮芙回答着，走进了突岩顶部的神圣圆环中。

这是一片美丽的林中空地,像白马一样用白垩铺成,圆心处还有一个螺旋。这是为了给女祭司冥想时提供一条行走的路。圆环的边缘由石头筑成,比巨石阵,甚至是埃夫伯里的石头圆环还要小,但它还是一个石阵。迷雾开始从突岩的东边滚滚而来。妮芙在想象,在遥远的地方,她能看到白马在守护着这些乡村。

在圆环中央等待他们的正是女士本人。她示意妮芙站在她的身边。妮芙照做了,向后看到她的两位朋友带着惊讶的神情接近这里。他们没有鞠躬也没有跪下,只是对着领导这座岛的女性点头表示敬意。

"十分感谢你们的到来。"女士说道,"我从妮芙那里了解到,你们都是技艺精湛之人。在她人生中最黑暗的时刻,你们使用了你们的方式,将阿瓦隆的需求放在了你们自己的需求之上。我希望我们能成为朋友,而不是成为敌人。"

海什木上前一步。"我不太能确定阿瓦隆的目的,但我知道,我们来这里是互相学习请教的,而且,我希望能与你们缔结盟约。妮芙为您完成这个任务时,我和她的关系多少受到了伤害,我希望您能明白,无形者很乐意和她再次合作。"

"妮芙正在决定自己的使命,这与你们无关。"女士尖锐地说道,"无论你们是否与我们结盟。上古维序者,如你所称呼的,不会仅仅因为断钢剑似乎被毁而感到开心。他们想要的是权势。我认为你我都赞同的是,我们不同意他们想要利用断钢剑力量的方式,即便我们并不是每个决策都站在同一立场。"

海什木同意地点了点头,女士的声音变得柔和起来。

"妮芙要做出自己的选择,她要么会成为你们的联络人——如果你们还愿意与她共事的话……或者是留在这里,成为我的侍女。不管她怎么选,她都会是下一任阿瓦隆女士。断钢剑选择了她成为我的继任者，这一点毋庸置疑。但她可以选择成为什么样的女士。挥舞着圣剑，在阴影中行事；或者是像我一样，投身于我们族人的仪式之中。"

妮芙不知道女士竟然会如此坦率，但她也提到过，毕竟保持神秘是阿瓦隆的缺点。她得知自己将成为下一任女士时感到十分震惊，她还在适应这个新的观念，对她的族人而言，比起成为一个热爱并献身于迷雾之女的女巫，她还有更多的价值。但她也希望她能促成的一件事，就是让两个团体之间缔结牢固的关系，这样一来，群岛就能变得生机勃勃。

"下一任女士吗？"瓦尔卡挖苦地说着，声音充满了这个头衔带来的沉重，"好吧，我们肯定是多了一位有趣的盟友。"

海什木笑了。"我同意。我很期待妮芙未来做出的选择，但现在的话，似乎我们有一些事情要做，不是吗？"他张开双臂，示意大家聚在一起。

妮芙的心中充满了希望。眼前的危机终于结束了。现在，他们可以建起沟通的桥梁了。

## 关于作者

艾尔莎·顺内松是一位荣获雨果奖、极光奖和英国奇幻奖的编辑。虽然她有视觉和听力障碍，但身着复古服饰的她却像飓风一样横扫一切。她的处女作回忆录《被看见：一位盲聋女性为终结歧视而战》于2021年出版。

Assassin's Creed® Valhalla: Sword of the White Horse
Original English language edition first published by Aconyte Books in 2022
© 2025 Ubisoft Entertainment. All Rights Reserved. Assassin's Creed, Ubisoft and the Ubisoft logo are registered or unregistered trademarks of Ubisoft Entertainment in the US and/or other countries.
Cover art by Alejandro Colucci
Simplified Chinese edition copyright: 2025 New Star Press Co., Ltd. All rights reserved.
All artworks are the property of Ubisoft.

著作版权合同登记号：01-2025-0398

**图书在版编目（CIP）数据**

刺客信条 . 英灵殿 . 白马之剑 /（美）艾尔莎 · 顺内松著；夏青，孔颖译 . — 北京：新星出版社，2025. 4. — ISBN 978-7-5133-5922-1

Ⅰ . I712.45

中国国家版本馆 CIP 数据核字第 2025NF4763 号

**刺客信条：英灵殿 . 白马之剑**
[美]艾尔莎 · 顺内松松 著　夏青　孔颖 译

| 责任编辑 | 汪　欣 | 出版统筹 | 贾　骥　宋　凯 |
| --- | --- | --- | --- |
| 责任印制 | 李珊珊 | 出版监制 | 张泰亚 |
|  |  | 特约编辑 | 嘉泽晋 |
|  |  | 美术编辑 | 李　森 |

出 版 人　马汝军
出版发行　新星出版社
　　　　　（北京市西城区车公庄大街丙 3 号楼 8001　100044）
网　　址　www.newstarpress.com
法律顾问　北京市岳成律师事务所
印　　刷　三河市兴达印务有限公司
开　　本　910mm×1230mm　1/32
印　　张　7.875
字　　数　183 千字
版　　次　2025 年 4 月第 1 版　　2025 年 4 月第 1 次印刷
书　　号　ISBN 978-7-5133-5922-1
定　　价　49.00 元

版权专有，侵权必究。如有印装错误，请与出版社联系。
总机：010-88310888　　传真：010-65270449　　销售中心：010-88310811